菜飯屋春秋

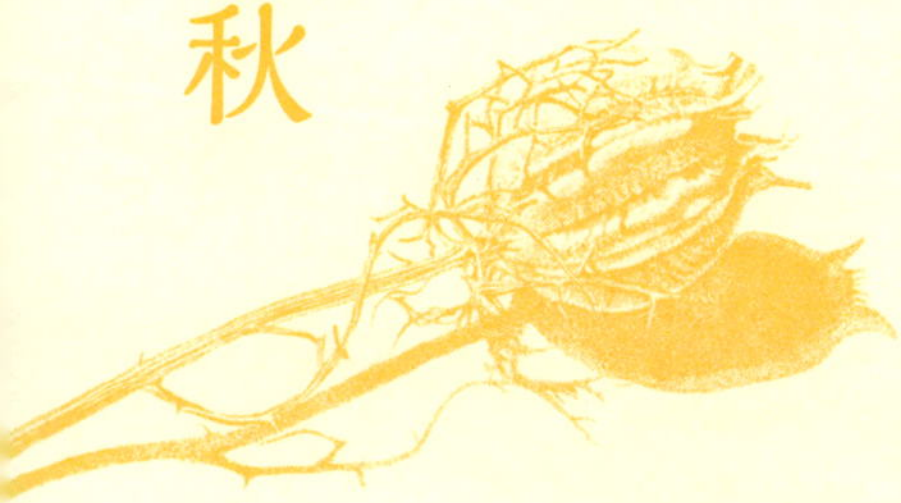

魚住陽子

駒草出版

菜飯屋春秋

装画　加藤閑

たった十坪ほどの小さな店である。

惣菜屋と見紛うほどのささやかな構え、居酒屋にしては地味過ぎるしつらい。気まぐれに翻る暖簾も、悪ふざけをするように光る電飾の看板もない。その代わりに引き戸の両側に新しい塩を盛って、「待っています」という印にした。今日もここにいます、というつもりで、純白の塩をそっと盛り上げている。それだけが「菜飯屋」という店名さえどこにも掲げなかった店の矜持であり、覚悟のすべてだと思っている。

普段通りに早い昼食を済ませてから店に行き、いつも通りの順番で、行きつけの八百屋や魚屋をまわり、仕入れてきた物を厨房のカウンターにもう一度点検するように並べる。

群馬の山独活。千葉の菜の花。茨城の蓮根。気に入った魚がなかったから、メインにするつもりで、ちょっと奢って鹿児島産の初物の筍。仕入れ先の八百春の若旦那がおまけにくれた静岡の山葵の葉の一束。

　独活の白さに惚れ惚れと見入ってから、筍の重さを手にとって確かめる。まだ乾ききっていない泥の匂いと筍独特のむっとする香り。毎年この匂いを嗅ぐと嬉しくてぞくぞくする。一握りの糠と鷹の爪を入れてさっそく大鍋に火を入れる。中身はきっと十センチほどだろうから、筍御飯になどしない。柔らかな新若布とさっと煮て、大ぶりの椀で食べてもらうことにしよう。

　米を磨ぎ、出汁をとり、野菜を順番にゆがく。洗ったり、刻んだり、煮たりする。次々とガス台のコンロは塞がれ、いくつもの竹笊に下拵《したごしら》えの済んだ野菜が並ぶ。

　蛇口から水の流れる音。湯のたぎる音。野菜を刻む音。さまざまな食材の匂いが狭い厨房に充満すると、それに感応するように私の身体の中には様々な記憶や思いが流れ着き、次第にその移り香にすっかりまぶされてしまう。

　済ませた仕事はすぐ次の仕事を連れてきて、疲れで頭がぼおっとしてくる。気がつくと二時をまわっていた。

　自分のために濃い目の煎茶を入れ、店の椅子で一休みする。そっけない外観に相応して、店内もさっぱりしたものである。色紙もなければ、ポスターもない。壁の二箇所に生けた掛け花。まず咲くという意味だというマンサクの枝と春蘭が、わずかな早春の飾りである。

　お茶を飲みながら、仕入れのついでに買ってきた草餅を一つ食べる。甘いものが好きな客のために残りの餅を菓子鉢に盛ってから、そうだったと思い出して、山葵の一束を硝子の瓶にさしてカウンターの隅に置く。

もしかしたら、あの人が今日あたり来るかも知れない。山葵が好物だったことを思い出して、一度置いた花瓶をずらしカウンターの真中に置き直す。たった一人で切り盛りする店だから、三、四組客が立て込むとゆっくり話をするひまもない。だからせめて、皿や湯呑を渡す時くらい正面から顔を見て、たまにはさりげなく目を覗いたりしてみたい。

あの人はきっと、山葵の葉に顔を近づけて、匂いを嗅ぐに違いない。「あっ、辛い。目に沁みた」そんなふうにおどけて、私の顔を見るだろう。飾った葉とは別にした残りで「山葵のたき」を作って出そう。あまり酒の強くない人だから、「これ、お茶漬けにしてよ」なんて言い出すかもしれない。

一週間に一度しか来ない人。いや、一ヶ月に二度くらいだろうか。ふらりとやってきて一人で食べて、少し喋って、酔いもせずに帰ってしまう。その人の背中、声や突き出す腕や、箸を持つ手などが目に浮かぶ。

拭いたばかりのカウンターをもう一度丹念に磨いて、思わず時計を見る。こんな時の自分はまるで舞台の出を待つ女優のようだとおかしくなる。

煮物は雪平鍋の落し蓋の下で、出汁をかぶって眠っている。大きな土鍋には御飯の支度。独活と蒟蒻のきんぴらも、蓮根の袋詰めも出来上がった。

メニューにそって、使う食器などを予め決めてから、店の二階に身繕いに上がる。客には「隣町の自宅から通勤している」と言っているが、二階にも仮寝するくらいの部屋があって、着替えや化粧道具の類は置いてある。

こんなささやかな店の、レジもお運びも、料理人も兼ねる女主の身繕いなどごく質素なものである。主婦をしていた頃より少し念入り、会社勤めをしていた当時よりちょっとぞんざい。家に客を呼ぶ主婦のよそゆきくらいだろうか。あまりみすぼらしくなく、華美でなく、清潔で働きやすい格好だけを心がけている。

無地の薄いセーターかワイシャツ。動きやすいスカートかパンツ。身体の線が目立たないデザインと丈。小さなイヤリングやペンダントはしても、香水やマニュキュアは一切つけない。素顔に近い化粧をして、ショートカットの髪を無香料のワックスで撫でつけて前髪が落ちてこないようにすれば、もう支度は終わりである。

いつも二階に上がっている今時分に、窓の外に下校途中らしい子どもの声が聞こえてくる。ベランダに出て、干してあった布巾やタオルなどを取りこみながら町の様子を眺める。抱えている洗濯物がすっかり乾いて暖かいので、陽ざしが一段と豊かになっていることに気づく。空にはまだ午後の明るさが残っているから、どんどん日が伸びているのだろう。

子どもの一団が通り過ぎる頃、近くの商店街が賑やかになる。商いの呼び売りの声や、客の声などが一緒になって聞こえてくる。そして、だいたいの主婦が買い物を済ませ、一時静けさが戻った頃、エンジュの街路樹を抜けて今日初めての客が訪れるだろう。

いらっしゃいませ、と言うように鏡の中で少し笑ってみる。目尻には二本の皺。窪みがちな瞼は翳りを増している。大きめの唇だって、若い時のようにふっくらぷりんとしているわけではない。口紅の色が薄すぎるかもしれないと、最近よく思う。途中で化粧直しもしないので、閉店する頃にはもう口紅の色はすっかりなくなっている。もともと派手な顔だちではないから、ずいぶん地味で、寂しい容貌に見えるだろうと少し気になっている。

「もうちょっと、頑張った方がいいのかな」

鏡の中で口紅を引き直す。頬紅をもう一刷毛。あまり変わったとも思えない。それでは四十七歳相応の女の顔とは一体どういうものなのだろう。妻の顔、主婦の顔。母の顔。あるいは独身のままでいる女の顔。仕事をしている社会人の顔。未亡人の顔や、愛人の顔。どんな顔も似合わなくて、私はこんなふうに生きているのだ、と自分を確かめるように見て、鏡の前を離れる。

厨房には炊きあがった御飯の匂いが立ちこめている。ガス釜をやめて土鍋にしてから、出来上がりにはむらがある分、蓋をとった時の楽しみが増えた。

蒸らした後の御飯を皿にとって味見をしていたら、足音も聞こえないうちに戸が開けられた。

「あれっ、ちょっと早すぎたかな」

声に聞き覚えがあったけれど、帽子をかぶっているのですぐには誰かわからなかった。

「いらっしゃいませ」

リュックをおろして、カウンターの席に客が腰をおろした時にはすっかり思い出していた。

「珍しい。今日は早いんですね。お仕事、終わりなの」

一週間に一度くらいの割合でやってくる客は近くの病院でレントゲンの技師をしていた。

「今日は休み。旅行に行ってきたから。これ、おみやげ」

手渡されたものはずっしりと重く、微かに魚と酢の匂いがした。

「京都のおみやげ。鯖寿司」

男が常連になってから一年は経つが、みやげなど持ってきたのは今回が初めてだった。

「ありがとう。大好物なのよ。でも冬の京都は寒かったでしょ」

「参った。寒いって聞いてたけど、あれほどとは思わなかった」

帽子をとって髪をかきあげ、鼻水をすすってみせた。

「ここの鯖寿司は美味しいって評判だけど、まだ食べたことがないの。お行儀が悪いけど、お相伴させていただこうかな」

ゆうに二十センチはある鯖寿司は、切り分けると包丁に魚の油がつくほど肉厚で、独特の匂いを放ち、鯖の下にみっしりと重なった白い飯は何か生き物の卵のように見えた。

赤絵の大皿に並べて、生姜の甘酢漬けをたっぷり盛った。

「鯖寿司って、山椒も合うのよ」

実山椒の佃煮を山椒壷の中からとって小皿に取り分け、作ったばかりの若竹煮をぐらりと一煮たちさせると椀につけた。

「あったかくて、いい匂いがして、美味いなあ。京都じゃあまだ筍なんて、食えなかったし」

あっという間に具も汁も平らげてから、客は自然に和らいだ目になった。誰でも決まって、温かくていい匂いのするものを食べた直後はこんな表情を浮かべる。それにしても、客の顔に浮かぶ安堵の表情はいつもとは少し違うように思えた。

「東大寺の御水取り。一度見たいって、ずっと憧れてたんですよ」

鯖寿司には箸をつけないで、山椒の佃煮をつまんで食べているから、若竹煮をもう一杯つけた。

「わざわざ見に行ったのに、がっかりしちゃった。こもり僧が行に向かう前に、童子が籠松明を一本ずつかかげて階段を上がるんだけど。待っても待っても欄干からいっせいに松明の火が噴き出すなんてことない。時間ばっかりくって、下で寒さに震えながら見てる方は、たまんない。テレビとか雑誌で見る方がずっと迫力がある」

二杯目の若竹煮の汁を美味そうにすすって、客は少し甘えた調子で愚痴をこぼした。

「祭事なんて、案外近くで見ると、みんな同じようにがっかりするんだろうな」

やっと鯖寿司を一切れ食べると、すぐに大量の生姜の甘酢漬けを口に入れた。

「俺、ほんとはこういう寿司、苦手で。何か他の煮物でも、なんでもあったら、下さい」

私が思わず高い声で笑うと、客もつられて笑った。少し長すぎるほど笑っていた。

結局炊き上がったばかりの御飯に、出汁を張った蓮根の袋詰めと、小鉢に独活と蒟蒻のきんぴらをつけた。

「お酒、飲まないんでしょ。お茶でいいかしら」

客は若竹煮を二杯食べたスピードで、よそった御飯と惣菜を平らげると浅漬けの盛り合わせに、熱いほうじ茶を二杯飲んだ。口を動かし箸を持って、時々私の姿を確かめるように見ていたが、話し出す様子もなかったので、料理の続きをする手を休めなかった。

「こんなに食べたのに、まだいい匂いがする。何、作ってるんですか」

湯呑を大事そうに両手で持ったまま、厨房を覗いている。

「山葵の葉っぱと茎を貰ったから。たたきにしようと思って」

ガーゼにくるんで熱湯をかけた山葵の葉と茎を叩いて、醤油とほんの少しの酒の中につける。山葵の若いつんとくる匂いと、ガーゼが染まるほどの新鮮な緑色。まだ作りかけの山葵のたたきを客の前に取り出して、見せた。

「ほら、そこにある白い花が、山葵の花。少し匂いもするでしょ」

「ふうん。俺、花はどうでもいいけど。その山葵漬け、下さい。それから御飯をもう一杯」

「いいわよ。でもせっかく京都に行ったのに、鯖寿司も食べないし」

こんな中途半端な問いかけとも、意見ともつかない尻切れとんぼの言い方が癖になっている。短く訊ねて、長く待つ。客との会話の息づかいがこの店を始めて三年で、すっかり身についていてしまった。

「京都の料理って、勿体ぶってる割に実態がなくて、曖昧で。俺、この蓮根の煮物みたいにしっかり味がついてる方がいいな。油揚げだって、ここの方がうまいよ」

こんな素朴な感想がどんな褒め言葉より嬉しい。容貌を褒められたり、好意を打ち明けられたりするより数倍も深い満足感を覚えるのだ。菜飯屋の女主が、私の存在理由のすべてになりかかっているのかもしれない。

客は言葉通り、二杯目の御飯を出来上がったばかりの山葵のたたきだけできれいに平らげた。

「やっと二日分食ったって感じ。御馳走様でした」

空腹と不満がそれほど男を疲弊させていたのだろうか。確かに目に見えて、客の顔は来た時より晴れやかになっていた。

「京都旅行、彼女と行ったんだけど。俺、ふられちゃったみたい」

そうだったのか、とすべての合点がいって、私は客の見えない場所で頷いた。

「レントゲンで映すみたいに、人の心も内が見えるといいんだけど」

「そんなことになったら、大変。怖くて、病院に行けなくなっちゃう」

山葵の辛さが目に残っていたのか、思い出すことでもあったのか、客は眦《まなじり》に指を当てて、いつまでも笑っている。三十歳にまだなっていないのかもしれない。若い頬をかすめるように見つめながら、私もつい笑った。

「よかった、遠回りして、ここへ寄って。腹がいっぱいになったら少し元気が出てきた」

鯖寿司は彼女と二人でどこかへのみやげにするつもりで選んだのだろう。喧嘩か別れか、単なる行き違いか。一晩を共にして、想像していたのとは反対の思わぬ結論が出たのかもしれない。

今日の品書きを出す前で値段もつけていなかったので、鯖寿司のお礼だから勘定はいいというのに、「こんなに腹いっぱい食って、それじゃあ申し訳ない」と客はカウンターの上に千円札を二枚置いて、席を立った。

店の外まで送って出た。見送られるのも見送るのも好きではないし、普段はそんなことをするひまもないのだけれど、なんとなく声だけの素っ気なさで帰してしまう気がしなかった。

「御馳走様でした。また、来ます」

「こちらこそ、御馳走様」

声の往復が細い路地にたなびいて残った。言葉とは反対に、なんとなくもう来ないような気がした。

居た時間が短くても、充分過ぎるほどゆっくりであっても、客が馴染みでも、偶然立ち寄った一見の人であっても、帰られた後は必ず少し気落ちする。帰る客と迎える客が入れ違いになるような場合でも、差込みに似た痛みが胸の奥できらりとする。

根っから人好きの寂しがり屋なのだろう。人と会うのが嬉しくて、別れてしまうのが惜しくて悲しい。いたずらに傷つきやすく、情の深い性格が仇となって、苦い思いを存分に味わってきた。恋愛によく似た感情の波に翻弄され、知らず知らずに深みにはまって手痛い思いをしても、ちっとも懲りない。

若くて自由だった時は勿論、結婚して家庭を持ってからも、人恋しくて悲しい思いをずいぶんした。毎日必ず帰ってくる人がいても、決まって隣に眠っている人がいても、寂しがる性癖は治らなかった。まして、いつの間にか一緒にいるのが当たり前になっていた人が不在がちになり、わけも言わず外泊を重ねるようになったりしては、到底辛抱出来るはずがなかった。

しらじらと夜が明けるまで待ったり、胸が痛むほど案じたり。帰ってきても、帰ってこなくても毎日が妄想と嫉妬の鼬ごっこ。十五年の結婚生活で孤独の訓練を重ね、待っている長い時間に充分鍛えられても一向に免疫らしいものは出来なかった。

だからといって離婚して自由になった途端、次々と恋人を作ったり、新しい人とすぐに一緒に暮らしたりしたわけではない。むしろ弱くて寂しがり屋の性情を鍛えるように用心深く人に接したり、抑制したりした。

「でもしょうがないわね。こういう性質《たち》なんだから」

自分を許し甘やかして、どうにか工夫して、一人で生きることと折り合いをつけられるようになったのはごく最近である。

この店が、こんな形で、私を生かしてくれているから。

若い山葵の匂いが微かに残る厨房に戻って、料理の続きを始める。泡だちたぎる湯の前で息を詰めるように茎の部分を先に熱湯につけてから、いっせいに手の中の菜花を放つ。ほんの一呼吸。湯が染まると錯覚する一瞬、菜の花も葉も茎も、鮮やかさを増して浮かび上がる刹那をすくう。氷水にとった束を生き物を扱うように、丁寧に水切りをする。野菜をゆがくというありふれたいつもの行程が、微かに波立っていた心を知らず知らずに宥めていく。

「まるで私自身がきれいなお浸しになったみたい」

言葉に出さない独り言を言いながら時計を見ようと振り返った時、威勢よく戸を開けて女が二人入ってきた。

「ああ、よかった開いてて。私たち、お腹がぺこぺこなのよ。なにか、ある」

カウンターの前に並んで座ると、書類で膨らんでいるバッグを投げ出すように置いた。

「あら、一仕事終わったみたいね」

客の二人がベテランの保険外交員であることはわかっていた。

「やっとよ。やっとひとつ、成約。もうくたくたよねえ。この齢で、楽じゃないわ」

「ほんと。最近は旦那の方が煩くて煩くて、優柔不断で。あたしなんか、もう口の中がパサパサで声も出やしない。悪いけど、ビールくれる」

「いただき物だけど、とても美味しい鯖寿司があるの。よかったら、どう。お腹が空いてるんでしょ」

「食べる、食べる。鯖でも、鯵でも。食べられるものならなんでも食べるわよ」

鯖寿司を二切れと、若竹煮を一杯。二本目のビールと共に独活と蒟蒻のきんぴらをぺろりと平らげて、もっとこってりしたものが食べたいと、たるんできた首から顎を引き出すようにして、揃って厨房の中を覗く。

「でも、二人ともこれから家に帰って、夕食でしょ」

「そうだった。仕方ないから帰りにコロッケかメンチでも買ってかえろ」

「うちは夕べ、カツだった」

惜しそうに置かれた空のコップの隣に濃く入れた煎茶と、買ってきた草餅を置いた。

「美味しそう。ここで作ったの」

「まさか。お餅までつけないわよ。享保堂で買ってきたの」

「もう草餅の季節なのね。あそこの和菓子、美味しいわね」

食べながら喋り、喋りながらお茶を飲み、口も手も一時も休まない。男は一様に疲れていると無口になるが、女は疲れをかきたてるようにいっそう饒舌になる。

「ああ、美味しかった。甘いものを最後に食べると、やっとお腹いっぱいになった気がする」

「ほんと。この店って、客の気持ちをよくわかってるわねえ」

二杯目のお茶を前にして、初めて寛《くつろ》いだ表情になった。休まずに繰り出す愛想笑いと、習慣になっているらしいサービス心から開放されたのかもしれない。二人とも同時に肩の力を落とすと、化粧のちょっと濃すぎる疲れた初老の女に戻った。

「もういい加減。潮時かもしれないね」

口紅ははげ、小さな皺が無数によった唇からは諦めたような声が漏れた。

「あんたも、そう感じたの。あたしもよ。徒労感っていうのかな。途中でもう諦めて帰ろうかと思った。こんなの二十年以上仕事してるけど、初めてよ」

草餅のなくなった塗りの銘々皿に指輪の食い込んだ手を並べている二人の女に、今度はどんなものを振る舞えばいいのだろう。酒でもなく、甘味でもなく。

それでも私はどうしても、二人の前に何か差し出してやりたいと切実に思った。

「ねえ、作ったばかりの菜の花の辛し和えがあるけど、食べる」

気に入りの片口の鉢にこんもり盛られた菜の花を二人とも黙って食べた。美味しいとも、もっと食べたいとも言わなかった。静かに食べて、一緒に箸を置いた。

「行こうか。年寄りと子どもが口をあけて待っているから」

「そうだね。口の中にまだ菜の花が咲いてるうちに」

二人いっぺんに、疲労に萎んだような顔のまま、腰を上げた。

「揚げものじゃないけど、油揚げの蓮根詰めがあるの。中に新牛蒡のささがきと名残の銀杏が入ってる。もちもちっとしたすりおろしの蓮根って、お腹の足しになるし。持っていかない」

これまでずっと成約があるたびに来てくれて、祝杯をあげては客のあれこれをおもしろ可笑しく喋り、これでノルマ達成だと気炎をあげて帰っていく。思いがけない事故や死で喪服を着て現れたりする時も、「こんな時こそ、私たちが役にたつ」と元気を失わなかった。二人のビールの匂いのする豪快な笑いに、どんなに心を引き立てられたかわからない。

「そりゃあ、あたしたちは助かるけど。これからの客の分がなくならないの」

「気にしないで。なくなればそれでお仕舞い。そういう商売なんだから」

厚い書類カバンとタッパ容器の入ったビニール袋を提げて、二人が一人になってしまったようにひっそりと寄り添うように帰っていった。

出会いがあり始まりがあって、やがて必ずどんな親しい関係でも終わる時がある。ぱたりと姿を見せなくなったり、少しずつ足が遠のいたり。それが店と客との縁のすべてであると覚悟はしている。

もう数人分がやっと残るだけになった蓮根詰めの代わりに、ふと思いついて新じゃがの小さな粒だけを丁寧に洗って皮を少し残したまま、油で揚げ始めた。最初は高温で皮をこんがり、ぱりっと。もう一度油の温度を下げて中までじっくり火を通す。焦げ目がつき、こうばしい香りの熱いジャガイモを一口つまむ。このまま塩をふって大鉢に入れるのもいいけれど、冷めてしまうと台無しなので油を切った後、少しこっくり目の味で煮る。気がつくと格別心が沈む時には必ず、芋類を使った料理をしている。

ほくほくと崩れて、ほんのり甘く暖かい。野菜の中でも芋料理の持っている力をどこかで深く信じ続けている。

「折敷は重ねて、そこに置いて。後はいいわよ。私がするから」

階下から水江の生きのいい声が聞こえてくる。一ヶ月に一度、彼女の主催する句会が菜飯屋で開かれるようになって一年になる。この日、私の仕事は水江の話し相手と出来上がった料理の味見くらいでたいした仕事はない。

水江とのつきあいはほぼ二十年になるから、気兼ねもなければ遠慮もない。勝手知ったる厨房で不便もないらしい。そもそもこの店を出すことさえ彼女の「私も手伝うから」という一言がなかったら、実現しなかったかもしれないのだ。

水江とは私が習いに行っていた茶花の稽古で知り合った。私より一回り歳上の彼女は茶道でも代稽古の出来るほどの腕前で、先生の助手のようなことをしていた。

「でも私は茶花よりも、御点前よりも、茶会の料理の方が得意なのよ」

夫婦と息子と舅のいる賑やかな家に何度も招かれて、お茶つきの食事を御馳走になるうちにずいぶん親しくなった。十五年間の結婚生活に終止符を打ち、離婚すると決めた時も、どれほど力になってもらったかわからない。今までずっと姉のようにも、母のようにも頼りにしている大事な女友達だった。

「ねえ、ちょっと降りてきてよ」

階段の途中から、もう酢と魚の匂いがした。カウンターに積まれた九人分の食器の向こうから、白髪の混じった水江の小さな頭が覗く。

「いろいろ味見してたら、舌が鈍ったみたい。私もプロじゃないわねえ。ちょっと椀の味をみてよ」

差し出された小皿から、ぷんと昆布と鰹出汁のいい匂いがした。

「ちょうどいい塩加減。完璧」

舌なめずりするように答えると、げんきんに顔が輝く。

「ほんと。じゃあこれで仕上がり。少し一休みしようよ」

お茶の支度をしながら、今日の献立を一渡り眺める。菜の花と鯛のお寿司。青柳と分葱のぬた。彼女得意の胡麻豆腐。さよりの昆布締め。

「いつもながら、豪華。うちのお客様にもたまにはこんな御馳走を食べさせてあげたい。毎度おんなじ菜っ葉料理ばかりじゃなくて」

水江が笑いながら私の肩を突く。

「何言ってるの。誰が毎日こんなハレの食べ物ばかり食べたがるもんですか。あんたのとこは菜っ葉料理でいいのよ。わかってるくせに」

水江の言う通りだ。一時期、店で彼女に料理を担当してもらったことがある。食材も高級品で、手の込んだ、見た目にも美しい献立だったにも拘わらず、三月もしないうちに馴染みの客が少しずつ間遠になった。彼女の弟子や友人でどうにか凌いだものの、それも限界がある。

どうしてなのか、二人ともしばらく合点がいかなかった。その真の理由に気づいたのは、多分聡明な水江の方が私より早かったに違いない。半年後、舅の発病をきっかけに、彼女は店を手伝うのをやめた。

「あら、水江さん。私だって、私なりのハレの料理を作ってるつもりよ、これでも」

「ああ、そうだった。失礼しました」

私たちは彼女の作ってきた椿餅を食べながら、笑いあう。舅が長い闘病生活の末、亡くなってから彼女は続けていた俳句に熱心に打ち込むようになった。

「けしかけただけで、結局何も助けてあげることが出来なかった」

会うたびに申し訳ながっていた彼女は、一年後に菜飯屋で句会を開くことを思いついたのだった。

「私の手伝うこと、あるの。なかったら、美容院に行くけど」

「行っておいでよ。五時過ぎには終わるから」

盛りつける前の料理を半人分ほど食べさせてもらって、店を出た。今年は寒くて長い冬だったけれど、やっと蕗の薹が出回り、独活が盛んに売られ、菜花を毎日茹でる頃には桜も散っていた。

毎年毎年、年毎に春は急ぐ。いつものように仕出し袋も持たず、献立を反芻することもないので、習慣になっている早足を心持ち緩めて、ゆっくりと商店街を歩く。

いつも行く美容院は午後の三時まで予約で埋まっているというので、隣の喫茶店で本を読みながら待つことにした。

「あれっ、こんなとこで油、売って。さては店、潰したな」

顔を上げた私の目にはきっと驚きと嬉しさが溢れていたに違いない。

「違いますよ。失礼な。今日は水江さんに一日店を居抜きで貸したんです」

閉じる間もなく、開いていた本をさっと盗み見すると、「ふうん」とあの人は鼻をならした。

「深水さんこそ、こんな時間にどうしたんですか。デート」

美容院に行くだけだからと、普段着姿で化粧もせずに出てきたのをどんなに悔やんだことか。店の外で深水と逢うなんて想像もしていなかった。話しているうちに着飾った女が現れたりしたら、すぐ席を立とうと腰を浮かしかけた。

「近所で何年も店をやってて、知らなかったの。俺、ここの常連」

いつも菜飯屋に来る時より少し崩れた格好をして、普段着らしいシャツ姿の深水をそっと盗み見る。常連というからには、住まいか勤めが近くにあるのかもしれない。訊いてみたい気もしたがひとまずぐっと好奇心を抑えた。店にやって来る客に対して、店に来る以外の顔を詮索したりしないという抑制が信条のようにも、習慣のようにもなっている。

「やっぱり、あなたって人は文学少女のなれの果てなんだ。あんな趣味みたいな店をやっている理由がやっとわかったよ」

たまたま読んでいた本がフランスの翻訳書だったからだろう。あまり一般的でも、ベストセラーでもない著書を知っていたということから察すると、深水自身がそうであると白状しているようなものだった。

「これはたまたまお客さんに貸して頂いただけ」

運ばれてきたコーヒーをあらかた飲み終えてしまった深水が組んでいた脚をほどいただけで、帰ってしまうのかと胸がすっと冷える。

「もう一杯くれる」

慣れた様子でカウンターに告げてから、「この人にも」と空になりかかった私のカップを指さして勝手に頼んだ。

「水江さんって、あの、きれい寂びの白髪頭の人だろ」

「そう。料理の上手な女流俳人」

「ちょっと似てるけど、親戚の人なの」

「血の繋がっていない精神的姉妹みたいなもの。長いつきあいだから」

二杯目のコーヒーはいつもより濃い気がして、途中から砂糖を入れる。かき回していたら、嬉しそうに笑っている深水と目があった。

「そうそう。二杯目のコーヒーには砂糖をたっぷり。俺と同じ飲み方だ。でもそんなにかきまわしちゃあ、だいなしだ」

熱いコーヒーがちょっと冷めて、底に淀んでいた砂糖が溶け出して少しずつ苦さに溶けあう。最後の一滴を飲み干した時の複雑な甘さが最高だ、と深水は普段にはない饒舌さで話す。

「昔、昔、小樽の駅の近くに古い喫茶店があってね。まだ十代だった頃、こづかいをほとんどそこで使ってた。隠れて煙草すったりして。常連になると、そこの髯のマスターが小さなカップにサービスコーヒーを煎れてくれる。いっぱしの大人扱いされるのも嬉しかったけど、このコーヒーがえもいわれぬ美味さでねえ。なんでだと思う」

昔、昔、などと言うが、私より十歳くらい年上に過ぎないのだろう。この歳の男には珍しく歯並びのいい口元を見ながら、彼の言葉というより声を聞いている。耳を澄ましている。人を好きになるという過程は見えないし、好きになれば消えてしまうものだけれど、ごくたまに自分でも「ああ、好きになっていくな」とその道筋というか、傾斜がわかる時がある。人の声がこんなふうに身に沁みてくると危ない。

「ある日、見ちゃったんだな。マスターがデミタスカップの底に小山のように砂糖を入れて、そこに真黒なコーヒーを注いでいるのを。美味さの正体は苦さと、舌を麻痺させるほどの甘さだったんだ。俺も若くて、その二つが巧妙に混ざりあう魔法をその時まで知らなかった」

少し冷めたコーヒーの甘い一滴が私の喉を通っていく。

「それからは、カップに残った砂糖をこんなふうに指でせせりだして流しこんだりして、マスターに怒られたけど」

どういう具合なのか、次の一滴は顔をしかめるほど苦いだけで、甘さはなかった。一度味わうと舌も喉も、口いっぱいであの甘さを強く恋うて、じれるような物足りなさを感じた。

「つい無駄話をしちゃった。そろそろ帰ろう。また店に行くよ。菜っ葉を茹でてるあんたの顔でも見に」

来る時も、行く時も若い人のように素早かった。その速さに戸惑っているうちに一緒にいた時間まで即座に消える、生身の身体と共に持っていってしまう。ある意味では相手をゆっくり寛いだ気持ちにさせることが出来ない、深水はそんな印象を残す男だった。

喫茶店を出てからも、髪を切ってもらっている間もずっと、消えてしまった男の余韻のようなものが宙ぶらりんのまま残っていた。

「思いきってずいぶん、短く切ったわね。いくら春だからって。それじゃあ、襟足が男の子みたい。あんまりすっきりしすぎて」

早春の夕暮れはまだ冷たい。首も肩もなんとなくすうすうと薄ら寒い。店に戻った途端、複雑に混じりあった食べ物と人いきれの暖かさと、水江の肉親のような心安い言葉に、ほっと気が緩んだ。

「句会、どうだった」

「いつものように盛会。いつものように、大成功。でも、疲れた」

始まる前の元気はどこへやら、萎れかかった花のように水江は上半身をゆらゆらさせた。

「洗い物ぐらい残しておいてくれればいいのに。水江さんってきちんとしすぎるのよ。少しは手を抜かないと」

「もう歳なんだからって、言いたいんでしょ」

萌黄色のきれいな帯の上を手でしごくようにしながら、いたずらっぽく笑う。身体のどこかにあるらしい鈴がちりりんと鳴る。

「お茶でもいれるわ。何茶がいい」

カウンターの後ろにあったエプロンをすると、もう反射的に土瓶に水を入れている。

「熱いミルクティー。それから、薄くてぱりっとしたトースト。オレンジマーマレード付き」

「あんな大御馳走の松花堂弁当を食べた後なのに」

「だからよ」

湯が沸く間に紅茶の缶から二人分の茶葉を出し、ポットとカップを温め、ミルクも熱くして、トーストのかねあいを計りながらも、深水の声や仕草の切れ端がまだ残っているのを感じていた。猫の毛がふわふわと漂うように、花の匂いがついてくるように。

「あんた、行く時と帰ってからと、違う顔してる。違う女になってる」

注文通りに熱いミルクティーを差し出すと、水江はよく光る目で私を見た。

「そんなに変な髪型なの」

襟足を一撫でして訊くと、ふふんと意味ありげに笑った。

「まあ、いいか。菜飯屋の夏子さんが恋をして悪いってわけじゃないから」

近いうちにきっと、水江には深水のことを打ち明けることになるだろう、そう思いながら黙っていた。

「美味しい。お茶も上手に入っているし、パンの焼き具合も申し分ない。料理って、熱い冷たい、甘いしょっぱい、焦げ具合や和え加減一つの、かねあいがすべてなんだけど。かねあいっていうのが、心なんだよね」

「だてに毎日、菜っ葉を茹でているわけじゃないでしょ」

熱いミルクティーを飲みながら、また深水のしたコーヒーの話など思い出している。菜っ葉を茹でているあんたの顔を見に、と言ったあの声を思い出している。

「ねえ、いつになったら俳句、始めるの。花もお茶も、料理もいい感性を持っているから、俳句もじき上手になるわよ。季節感も深まるし、食材の勉強にもなる。楽しいものよ」

水江に誘われるたびに、心が動く。最近では八百屋で走りの野菜を見かけたり、初物の野菜を茹でていたりすると、ふと五、七、五、と指折り数えるように言葉を探していたりすることもあるくらいだった。

「今度作ったら、まず先生に見ていただこうかな」

「しごけるのを楽しみにしているから」

店があるから句会や吟行には参加出来ないかもしれないが、お茶を習っていた時のように水江とお喋りをする機会は増えるに違いない。私には俳句よりむしろその方が楽しみなのだった。

「先月、吟行へ行って、あんたの元の旦那に会った」

ほぐれにくく固まってしまったものがあって、ダンナと言われた時にもすぐには元の夫のことが思いつかなかった。

「すっかり忘れちゃったって顔してる。十五年も夫婦でいたのに、女は怖いねえ」

「どこで会ったの。元気そうだった?」

「すぐにはわからなかった。ずいぶん老けて。あたしと同じくらいの白髪頭になってた」

夫は私より三つ年上だから、やっと五十になったばかりのはずだ。そんなふうに思ったら、固まっていたものが少しずつほどけて、夫だった男の冷たい横顔がくっきり浮かんできた。どうしても忘れられない顔を、いつかは忘れてしまいたいとずっと思ってきて、気がつくともう思い出すこともなくなっている。歳月だけが本当の魔法だ。十五年という時間の痛みも残滓も、ひとかけらの重みさえなくなっている。

「あっけなくくれてやるのは勿体ないような、いい男だったけど。縁が切れてから見かければどこにでもいて、すぐ忘れる影の薄い男に見えた」

不思議なものねえ、呟く水江の言葉は、声にならない私の呟きそのものだった。

「芭蕉庵の帰り道。永代橋の近くで逢ったのよ。仕事で近所まで来たって」

永代橋と聞いてすぐに思い出した。あの近くに夫の勤めていた会社の営業所があった。それではまだ仕事も替えず、あの時の女と一緒に暮らしているのだろう。

「向こうの方から声をかけてきて。すぐにあんたのことを訊いた。しゃあしゃあというか、悪びれないと言うか。懐かしい、義理ある人の様子を訊ねるみたいに」

なっちゃん、元気にしてますか。夫は多分そう言ったに違いない。声も姿も茫洋としているのに、不思議なほど挨拶の仕方まで想像がつくのだった。

早春のまだ冷たい川の上で斜かいに向き合って、浚渫船《しゅんせつせん》の音を聞きながら二、三分立ち話をしたのだという。差し障りのない近況を漠然と。言葉が切れるごとに、お互いの背後にある川の流れ、水の様子を見つめながら、と水江は言った。

「俳句仲間を待たせているから、挨拶もそこそこに別れたけど。別れてからもまだずっと、こっちを見てる。水江さんの昔の恋人じゃないのって、後でひやかされた」

橋の袂で去っていく人をずっと見ている夫の姿がありありと目に浮かぶ。恋しいからではない。呼び戻したいとか、振り返って欲しいとか、勿論別れたことを悔いているわけでもない。ただ行ってしまわれるのが、惜しいのだ。弱さと優柔不断が遠くから見ると、少年のように無力で澄んだ感傷に映る、夫はそういう男だった。

「どう、少しは未練が残ってる？　ほんとに別れてよかったって、思える？」

いつになく真面目な、目の隅に強い光を込めて水江に問われると、二人で見たという永代橋の下の水が一筋胸に流れ込んでくるような気がしないでもなかった。

「私はね」

返事を待つでもなく、水江は後を引き取った。

「五年前、いつまでも決心がつかないあんたを無理やりみたいに説得して、別れさせて。ほんとにこれでよかったのかって、ずっと気になってた」

当事者である夫も私も、卍巴のありふれた浮気騒動の渦中で、ぐずぐずと決心がつかなかった。私自身はいつまでも夫の出方次第で迷い、夫は相手の女に翻弄されて右往左往するばかり。女のアパートに運び出された荷物が、二年の間で自宅とアパートを何度往復したことか。迷ってばかりいる夫婦の間で、仲裁に立った水江の離婚の意志が強かったことが、すべてを決定的にした。

「とっても奇妙なことだけど、あんたにしても旦那にしても、お互いが嫌いになって別れたわけじゃない。なんとなく別れさせてしまったみたいな後味の悪さがあって。離婚した後も、いっそもう一度会って説得しようかと思ったりした」

水江の気持ちはたやすく想像出来る。長く込み入った騒動に巻き込まれた末、あっさり片が付いてしまえば、憑き物が落ちたような気がするのは、あるいは当事者以上かもしれない。

「つい最近まで、よく夢に見たのよ。おかげで僕たちは別れるはめになったって、恨めしそうに」

その夢が余りリアルなので思わず笑った。水江も困ったような顔をして一緒に笑った。

「だけど、なっちゃんがこの店を出してからはやっと私も、これで良かったんだって思えるようになったのよ」

「その通りよ、水江さん。きっとどのみち別れることになったんだから。きっかけはよくある浮気だったけど、結局私たち夫婦の賞味期限がもう切れていたんだもの」

十五年の結婚生活は過ぎてしまった一つの時代として、私の中ではしっかり梱包されて片づいている気がしていた。気儘に解いて取り出し、気の済むように味わうこともいつか出来るようになるのだろう。

「濃い紅茶を飲んだら、身体がシャッキッとした。また明日荷物の整理に来ることにして、もう帰るわ」

春物のショールを引き寄せて、水江は立ち上がった。

「そろそろあんたの好きな筍が旬になるけど。食べ過ぎないようにね。去年みたいに、また肌が荒れるわよ」

「はいはい。気をつけます」

水江が出ていった後、紅茶茶碗を洗っていると、流しの隅に銀色に光るものがいくつも張りついているのが目に止まった。洗剤の泡かと思って指でなぞると、それは飛び散った鯛の鱗だった。

削いだ硝子のかけらのように硬い鱗を指でつまむと、微かに生臭い匂いがした。海のある町で生まれ育った水江は魚料理が得意で、どんな魚でも見事にさばく。彼女に手伝ってもらっていた頃はおのずと魚料理が多かった。流しが生臭くなるのには閉口したけれど、山や里に季節があるように、海にも港にも豊かな春秋があることを楽しく学ばせてもらった。

明かりに透かして注意深く見ると、鱗はあそこにもここにも銀色に散って残っていた。一つずつ丁寧に拾って集めていると、白髪が目立ったという別れた夫や、白い歯を見せて笑った深水のことなどが思い出された。

「今日の句会の席題は春日よ」

水江の言っていたシュンジツとは、こんな銀色の鱗の飛び散っている日のことなのかもしれない、とふと思ったりするのだった。

私の故郷は都内から急行で一時間半ほどにある北関東の小さな町だ。今でこそ都心までの通勤圏として住宅も増えたけれど、私が幼い時は水田と畑の間に民家がまばらにあるだけの、ひなびた盆地の村だった。山が迫っている人家の周りには鬱蒼とした竹藪が到るところにあった。戦後、いくつもの村が合併して町になるまでは竹の村と呼ばれているほどだったから、多くの家で農閑期には竹製品を作って現金収入にしていた。

前も後ろも開け放たれた土間に座って、竹を裂いてはヒゴにして編む。小さな豆籠から、うどんすくい、背負い籠から竹の椅子まで、家人の技術と竹の材料によって、それぞれの竹製品が庭や納屋の前に溢れていた。竹を削いだばかりの青々としたものから、干して飴色になったものまで自在に使って、年寄りも子どもも器用に竹製品を作った。

二十年ほど前、駅が増えて複線になると、あっという間に宅地造成がされ竹藪は激減した。プラスチックや化学繊維の籠や笊に押されて竹製品は需要も減ったし、形の優美さとは反対に、重労働で手の荒れる竹を編む人もいなくなった。

「今じゃあ、町のカルチャースクールで、年金暮らしの年寄りが若い奥さん相手に教えてるくらいだよ。そうでもしないと、もう竹の編み方さえ廃れちゃうんだ」

実家の兄からそんな話を聞いたのは私が東京に出てから間もなくだった気がする。

私も結婚して家事をしていた頃は当たり前のように安価なプラスチックやステンレスの籠や笊を使っていた。店を出そうと決めてから相談も兼ねて実家に行った時、兄が「それじゃあ、こんな物も役にたつかもしれない」と納戸に積まれていた竹製品をいろいろ出して見せてくれた。

木の実や豆を入れる小さな篭や、うどんをすくう笊、茹でた野菜の水切り籠。どんなふうに使うのか、蓋つきの優美な物まであった。大きさも竹の種類もまちまちで、青々と節の美しい物から、寂びて滑らかな皮細工に似た物もあった。

「お惣菜の食べられる喫茶店みたいな店。お酒より煎茶や熱いほうじ茶を出して、ハレの御馳走は無理だけれど、定食屋より、もうちょっとだけ非日常的な店にしたい」

そんな漠然とした青写真しか描いていなくて、まだ具体的に場所すら決まっていない時だった。

兄が見せてくれた懐かしい竹製品の数々を見た時、「菜飯屋」のおぼろな輪郭が私の中にすうーっと形になっていった。

懐かしいけれど、無闇に干渉しない。優しくしても、甘えない。青々と強く、凛とした感情が持続出来るような、そんな関係が結ばれたり、ほどけたりする料理と空間を作りたい。

経済的にも精神的にも、行き詰まったり、なんだかやる気がなくなったりするたびに、私は今でも兄が開店祝いと一緒に持ってきてくれた数々の竹製品を厨房に並べて見ることにしている。

少し底の立ちあがった三つの籠に、絹莢と豌豆と蚕豆をいっぱい入れて、私はカウンターの席に座っている。

秋の茸、冬の根菜、春の野草、そして春が闌《た》けてから、初夏になるまで出回る緑色の豆類は、元気をなくした時の芋料理のように、私には特別な食材だった。翡翠色の浅いものから濃いものまで、莢の大きさもまちまちの初夏の豆たちを前にすると、いつも思い出すことがある。

私は十歳くらいまでは、ことあるごとに微熱を出す病弱な子どもだった。季節の変わり目には食欲が失せ、体力が落ちる。特に梅雨の前後がひどかった。

「何だったら、食べられるの」

母に訊かれると、決まって同じことを答えた。

「絹莢の卵とじ」

子どもの爪ほどもない豆を並べて盛り上がった絹莢に、卵のふわふわした黄色が優しくからんで。その上に醤油を少し垂らして食べる。それが食欲のなくなった私の食べられる数少ないおかずだった。

「それじゃあ、これお願いね」

新聞紙を膝の上に広げて、丁寧に筋を取った絹莢を渡された籠の中に入れる。それは微熱でだるい私の得意とする手伝いだった。

「筋、取るの上手ねえ」

死んだ母の声が今も背後で聞こえてきそうな気がする。当時に比べると今の絹莢はみな筋を取る必要もないほど、柔らかくて薄い。莢が弾けて豆が出てくるような絹莢はどこにも出まわっていないのだ。

豆御飯。白魚と豆の白和え。桜海老を入れた卵とじ。青豆のスープも、コロッケもと菜飯屋の毎年の献立が頭をよぎる。

別れた夫は莢から豆を出すような家事がとても好きだった。新婚の頃はよく「もっとむく、もっとむく」といって多量の豆をいっぺんにむいては、私を呆れさせた。後に別れ話を言い出しかねて、豆をむいている私の手元をいつまでもじっと見ていたことなどを思い出す。

きれいに編まれた竹の籠に、緑色の豆が溢れる。むいては思い出し、現れてくる豆に喜んだり、驚いたり、また少し思い出したりする。同じような野菜ばかり仕入れてきて、どんな料理にするのかはっきり決まっているわけでもない。店に積まれていたものを、あれもこれもと欲張って買って、「今日も豆の日かい」と八百屋の若旦那にひやかされている。

絹莢と、グリンピースでいっぱいになった篭を横にどけて、蚕豆にとりかかる。蚕豆は莢から出すだけでなく、薄皮の隅にあるお歯黒にむきやすいような傷を入れなくてはならない。

蚕豆の莢をあけて、白い真綿にくるまった大きな豆が出てくる時、いつも少ししゅんとする。こんなに大切に育まれた命を容赦なく奪っていくのだと思うと、感傷とわけもない昂ぶりが胸に込み上げる。

二度目の流産で、たった四ヶ月しかいなかった子を失ったのも初夏だった。

一度目は防ぎようのない事故で亡くしていたから、今度こそと大切にしていた。蚕豆の内部よりもっと大事に、祈りでくるむように、願いで包むように、毎日、毎日、いつもいつもその子のことばかり思って、生きていた。

大きくて立派な、これ以上安全で確かなものはないほどの莢の中から、小さな萎んだ豆が現れると、目をぎゅっと瞑って莢ごと捨てる。

それならば、蚕豆になど手を出さなければいいものを、菜飯屋を開いてからはまるで自分の内部を試すように、莢豆を買わずにはいられないのだった。

こんなにたくさんあったら、一度は薄甘く煮て富貴豆に。桜海老の新物が出始めたら、かき揚げにしてもいい。勿論塩茹でにしたのをそのままつまみにもする。

「この店で、どれだけたくさんの豆を食ったかしれない」

毎年そんなふうに言う客も一人や二人ではない。

莢をむく手が少しずつのろくなる。最後の莢をむき終えると、決まってちょっとぼんやりしてしまう。

「こんなふうに次々と豆ばっかりむいているうちに、今年の春も終わるのねえ」

独り言を呟くと、最近よく顔を見せる新しい客や、いつの間にか足の遠のいた人が頭をかすめる。春というのは卒業や入学、転勤や引越しが多いせいもあって、初夏になるまで何となく店の雰囲気が落ち着かない。客の誰彼を特別当てにしたり、待ち受けたりするわけではないが、「今日あたり来るかもしれない」と思うと、好物だったものを作ってみたりする。

最近はその勘がしょっちゅう外れる。酒の飲めない客に、おつまみのようなものばかり出すはめになったり、逆に酒好きな客に白御飯の惣菜にしかならないものを出したりする。

「こんちは。いるかい」

聞き慣れた声がして、戸がいっぱいに開かれた。

「あら、お兄さん。珍しい」

珍しい、と口では言ったがつい今朝方、「じきにお兄さんが筍を持ってきてくれる頃だ」と思ったのだった。

「ああ、重い。ちょっと手伝ってくれ」

泥のついた筍がごろごろ入ったダンボールをどさっと置いて、兄は腰をさすって見せた。

「お兄さん、この筍ちょっと大き過ぎるみたい。じきに竹になりそうよ」

軽口をたたきながら、ダンボールの筍を一つずつ手に取って見る。

「しょうがないよ。雨後の筍だもの。うちの方は朝方まで雨が降ってたから、もう掘ってるうちに、にょきにょき伸び始めて。破竹の勢いって言うだろ」

兄の話を聞いていると、実家の周りの竹藪の様子が目に浮かぶ。さやさやと鳴る優美な竹林からは想像できないほど筍掘りは重労働で、熟練の技が要求される。何よりもすぐに大きくなってしまうから、急がなければならない。

「ほら、糠。それから少し蕨も持ってきたから、灰汁抜き用の灰も入れてきた」

「ありがとう。こんなに野菜を貰ったら、しばらく買い物をしなくて済む」

「だけど、ほんとにこんなものだけでいいのかい。客が来るのかい。刺身とか、焼き鳥とか出さなくて、大丈夫か」

店を出してからずっと、来るたびに兄は同じことを言う。

「あっ、気をつけて。そっちの箱には卵が入ってる」

筍とは違う小さな木の箱には籾殻が詰まっていて、手を入れるとほんのり赤い大きな卵が出てきた。

「この卵、すごく重い。それにちょっと暖かい」

「産みたての卵だからな」

「いつか言ってた、放し飼いの貴重な卵でしょ。こんなにたくさん。少しは代金を払わないとね」

いいよ、いいよ、と言いながら、珍しく兄は屈託のある様子で筍や卵の入った箱から目を逸らしたままでいる。何か、込み入った話でもあるに違いないとぴんときた。春にめざましく動くのは、芽の出る野菜や筍ばかりではなく、生きている人の心にも何かが動き出すことが多いような気がする。


ありったけの大鍋で筍をゆがき、それぞれの山菜の灰汁抜きを済ませた。

血や腸や骨のある生物をさばいたばかりのような生々しい、不思議な匂いに包まれて私はぼんやり厨房に座っている。

「まるで植物の大量虐殺の後みたい。こんなに量が多いと、山菜もなんだか荒々しい感じがする」

様々な菜をゆがく時のさーっと緑色に心が凪いで、澄んでくるのとまったく違う、猛々しいような高揚を持て余して、さっきから意味のない溜息をつかずにいられないのだった。

「おまえんとこが、最後の頼みの綱なんだよ」

やめていた煙草に火をつけて、兄は言いにくそうに話し出したのだ。

「だけどお兄さん、ごらんの通りここは小さな店だし。私も今まで一人で気儘にやってきたから。お手伝いの若い子を置いてほしいって、言われても」

「だからさ。料理も作れないし、客商売をしたこともないんだから、皿洗いでも掃除でも、何でもいいんだよ。置いてさえくれれば」

置いてさえ、と言われても兎や狸の置物ではない、二十代の若い女性のことなのである。

短大を卒業した後、隣町のパン屋で半年アルバイトをしただけで、ほとんど家にこもりきりだったという、血の繋がってもいない遠縁の娘を預かることなど私に出来るだろうか。甘やかされて育って、ろくに働いたこともない娘が、こんなささやかな店の手伝いが務まるとは思えない。会ったことも、見たこともない他人の娘の面倒を見るなんて。ずいぶんと無茶で乱暴な、賭けのような一大事ではないのだろうか。

「歳は二十二、三。化粧っけがないから、ちょっと老けて見えるけど」

流産した最初の子が生まれていれば、同じ歳のはずだ。

兄の話を聞いた途端何の脈絡もなく、ふと想像したのだ。正確には想像などというものではない、私はその仮想に一挙に飛びついてしまったのだ。

サヤという名前の未知の娘に。

店の二階を片付けて、身の回りの最小限のものと、布団が一組敷ける場所を作った。カーテンを新しくして、店に一つ余っていた椅子を運んだ。人の使っていた鏡は気持ちが悪いだろうと、自分の古い鏡台は処分して、小さな化粧台だけ新調した。

竹沢サヤという娘が店にやって来たのは、それから一週間後のことだった。

「失礼します」

店の入口に仁王立ちになって、走り寄った私と目を合わせないようにしている、硬そうな髪を無造作に束ねて、ジーパンに白いシャツを着た娘は私が想像していたより十歳は老けて見えた。

「今日からお世話になります。よろしくお願いします」

声は細くて小さいが、気の強い、強情そうな様子が骨格のしっかりした全身から滲み出ていた。

「こちらこそ、よろしく。サヤさんって、呼んでいいかしらね」

まるでその名前だけが、親しくなれる唯一のよすがのような気がして話しかけると、早速思ってもいない返事が返ってきた。

「私、サヤって言うアホっぽい名前、大嫌いなんです。苗字で呼んで下さい」

握った手を振り払われたような気がした。出来れば「じゃあ、このまま帰って下さい」と言ってしまいたかった。

「履歴書は持ってきてません。それから、多分おじさんは私のこと、二十代の初めみたいに言ったと思いますけど、私、後二ヶ月で三十歳になります」

一気に言ってから、初めて私の顔を試すように正面から見た。

精一杯挑むような目の奥に、微かな脅えがあった。傷つきやすい小動物のような怯みが見えた。相手の反応を試すかに見えて、実は自分の弱さを試そうとしている。試練を受けたことのない自尊心が裸のまま震えているような気がした。

「正確な歳なんか、どうでもいいのよ。でも、これだけは聞いておかなければならないから。あなたはどうして、ここへ来る気になったの。いろんな就職口をずいぶん断ったって聞いたけど」

就職先も縁談もと、兄は打ち明け話をしていった。器量も頭も平均以上なのに、「変わり者で、まったく愛嬌もないし、男っ気もない。何を考えているのか、親や妹にもわからなくて、途方に暮れている」と。

「こんな小さな店だから、はっきりいってお給料もそれほどお支払いできない。何をしてもらったらいいかも、まだよく決めていないくらいだから」

客相手にとりとめのないことを中途半端に喋る癖がついているので、理路整然と条件を示すことなど出来ない。従業員を雇う主の資格など最初からまったくないのだった。この齢で、子を持つほどの賭けではないと、自分なりのあやふやな覚悟で引き受けたことを早速悔やみ始めていた。

「お給料は十二万、って聞いています。住み込みで」

スミコミで、と言いにくそうに言った時、皮肉な笑いの影が浮かんだのを見逃さなかった。

ああ、なるほど、と合点した。就職先ではない、彼女はむしろ住む場所を求めてここに来たのだと。

「じゃあ、まず二階に案内するわね。とても狭いのよ」

まるで下宿人を案内する家主のように、前に立って階段を上がった。

「板の間がちょっとあるけど、八畳ね。後は押し入れ。トイレと洗面所は下にあるけど、お風呂はついていないのよ」

目を一旦瞑って、そっと開いた。もし実の娘であったら、こんな場所に母親として住まわせることが出来るだろうか、という思いが胸をよぎった。

「近くに銭湯もあるけど。私のマンションのお風呂を使ってもらってもいいのよ」

彼女は泣くのではないか、とふと思ったが案外しっかりした声で「ありがとうございます」という答えが返ってきた。

「店は日曜と第二、第三の木曜日がお休み。営業時間は午後五時から十時までだけれど、私は仕入れや料理をしなくちゃあならないから、だいたい午前十一時くらいにはこっちに来ます。お店はたまにはグループの予約が入ることもあるけど、だいたい九時くらいでお客様はいなくなってしまうの。でも後片付けもあるから、夜はやっぱり遅くなるわね」

　サヤは窓の前に立って、黙って外を見ている。眉も整えず、口紅もひいていない横顔は高校生のようにも、中年の女のようにも見える。がっかりしたのか、納得したのか、あるいは怒りを抑えているのか、まったく窺い知ることが出来ない。喋っていないと、かたくなな若い命の塊に押し潰されるようで、胸が重苦しくなる。

「今日は定休日だけれど、近所を少し案内して食事をしたら、私のマンションでいろいろ具体的なことを話しましょう」

　サヤは私の話が聞こえたという合図のつもりか、持っていた荷物をどさりと床に置いた。打ち明け話は勿論、ろくすっぽ返事らしい返事もしない娘と半日一緒にいるのは、芯まで疲れる。時々「じゃあ、もういいわ」と突き放してしまいたくなったり、「はっきりしなさい」と揺すぶりたい衝動を覚えたりする。それにしても、何と表情に乏しい、反応の少ない娘なのだろう。

　マンションに連れて来る道すがら、「お昼御飯は何がいい」と嗜好を試すつもりで聞くと「スパゲッティとか」という返事が返ってきたから、イタリア料理店でランチを食べた。

　トマトソースをいたずらにかき混ぜて、つまらなさそうに食べる。感想も言わず食べ終わって、水を飲み、コーヒーには口をつけなかった。デザートの皿が空になると、話しかけられるのを避けるように下を向いている。

「どんな食べ物が好物なの。若い人はやっぱりイタリア料理やフレンチなのかしら」と水を向けても顔も上げない。

「料理は好きなの。何か作れるものがあるの」と訊ねると、考えるふりだけして、無視している。

マンションに連れ帰ってきた頃には、娘のご機嫌を取ることにほとほと疲れきっていた。

「竹沢さん。ほんとに店を手伝ってくれる気があるの。気が進まないなら、今のうちに言ってね」

私はどっちでもいいのよ、という言葉を飲み込んで切り出したのは、もうこれ以上返事のない質問をするのに飽き飽きしたからだった。

「私、一体何をすればいいんですか。ここにいさせてもらうには。それを教えて下さい」

出したお茶に口もつけず、突然切り口上で質問されたのには驚いた。

「言われたことはちゃんとします。後片付けでも、掃除でも」

料理も、とはさすがに言わなかった。なぜこの娘は口を開くと、目の前の戸をぴしゃりと閉めるような喋り方しか出来ないのかと、反感が抑えられなかった。

「きちんと人と話が出来ない。質問に誠実に答えることもしない人が、一体何が出来るのかしら。する気のない人に、何か頼むのはいやだわ」

大人気ないと思ったが、少しきつい口調で言った。

薄い唇がわななないて、それをきつく噛んだ。厚い顎が押さえてもひくひく動く。無情なようだが、黙ってそれを見ていた。サヤという名前と歳を、生まれなかった子と勝手に結びつけて、うっかり承諾してしまった落ち度は自分にもある。痛い経験だったが、早めに解消してしまった方がいい縁かもしれない。寂しがり屋で甘い性質でも、いくつもの別れを経験していたから、長く引きずってはいけないことがあるくらいは学んでいた。

「妹がじき結婚するんです、父の工場で働いている人と。二世帯住宅だけど、やっぱりあたしがいると、困るんです。だから、どこにも行く所がなくて」

途切れ途切れに娘はそれだけ言った。

「母親が妹の方が先に結婚してしまって不憫だとか、僻《ひが》みはしないかとあまり心配するから、本人も家を出る気になっている」と兄の話したことなどを繋ぎあわせると、娘の事情はほぼ理解が出来るのだった。

状況はなるほど合点がいったけれど、問題は実際サヤに何が出来るか、一緒にやっていけるかということだった。

「小さな店だから、はっきり分業ってわけにはいかない。手がすいているものが、料理を運んだり、レジをしたり、洗い物や、時には料理の手伝いもしてもらわなけりゃならない。何より客商売だから、あなたみたいに、返事もしないで黙っているっていうのが一番困る。愛嬌を振りまいたり、お世辞を言ったりしろとは言わないけれど、お客様を不愉快にさせないようにしないと。あなたに出来るの」

噛んで含めるように、なるべく優しく丁寧に話した。言ってきかせているうちに、わけもなく涙ぐみそうになる。相手は三十歳になろうとする一人前の大人だと言うことをいつの間にか忘れているのだった。

「料理はあんまりしたことないけど。卵は好き」

娘の言葉に、切羽詰まるような気分がほっと緩んで私はつい笑った。

「ああ、卵ね」

だから兄はあんなにたくさんの赤い卵を持参したのか。代金を払おうとすると、いつものように固辞したけれど、あれはもしかしたら娘の仕事ぶりを危ぶんだ母親が挨拶代わりに持たせたのかもしれない。

「卵料理といってもいろいろあるでしょ。厚焼き玉子やオムレツとか。何が出来るの」

「厚焼き玉子は、卵焼き器が家にはなかったから、出来ないけど。煎り卵とか。ポーチドエッグも出来ます」

ほんの少し、まさに卵の内部を透かしてみるほどゆっくり、微かに娘の目に嬉しそうなものがちらちらした。

そんな微かな光のようにも、命の淡い影のようにも見えるものに、賭けてみようという気になったのは、やはり最初聞いた時の状況と、娘の名前とが起因していたのかもしれない。心のどこかに、幾度も同じ声がしたのだ。

「どっちにしても、この齢で子どもを産むほどの賭けではないのだから」

離婚直後ストレスによる十二指腸潰瘍で、脂汗が出るほど苦しんだ時、「でも、こんな痛み、子どもを産むほどではないから」とどうにか耐えた。子を産んだことのない女は肉体的にも、精神的にも痛い思いや、苦しい思いをするたびに「大丈夫、子を産むほどじゃない」と経験したことのない苦痛と比較する癖がついていた。

サヤという名前と、最初聞いた時の歳が生まれなかった子と同じだというだけで、深く覚悟もせずに預かるはめになった。縁ともいえないような薄い縁を考える時、同じことをよく思った。またそんなふうに思わなければ、到底一緒にやっていける娘ではなかった。

わがままではないが、強情でかたくなだった。無能ではないが、根気もなく、努力をしなかった。何よりも、これほど無口で、自己表現に乏しい娘を見たことがなかった。毎日毎日、乾いた雑巾を絞るような努力をしないと、彼女から言葉らしいものは引き出せない。

言われたことは黙々とこなすけれど、次の仕事を頼もうとすると、もう二階に行ってしまっている。一日が終わっても、疲れたと訴えるわけでも、楽しかったことを話すわけでもない。「平気です」と「わかりました」という二つの言葉を使い分けて、ほとんどの会話を済ませてしまう。

「最初は口がきけないのかと思った」常連の幾人かが同じことを言った。

娘にほんの少し変化が表れ出したのは、持参金代わりの三ダースの卵が使い終わって、しばらくしてからのことだった。

　北海道の友達から送られてきた箱一杯のアスパラを手でぽきぽき折っては、冷水の中に投げ入れていた。下の部分を少し削るだけで、はかまも取らない。新鮮なアスパラは指に吸いつくほど柔らかく、ほんの少し力を加えると小気味よい音をさせて折れる。その感触が楽しくて、私は後ろに娘が立っているのさえ気づかなかった。

「何してるんですか」

　店に来て一週間、自分の方から何か訊ねたのは初めてのことだった。

「新しい野菜は、出来れば包丁を使わないようにしてるのよ。あなたもやって見たら。とてもいい気持ちよ」

　勿論やってみることはしない。それでも後ろに立って、アスパラの短くなった茎が水の中に沈んだり、ぶつかったりしているのに目を凝らしたままでいる。

「お湯を沸かして」

　いちいち頼まなければ料理の手順を覚えて先回りしたり、率先して準備をしたりするということは決してない。面倒でも、いちいち言葉で言うしかないのだと、こっちの方が学んでしまった。

「沸いたら、塩を入れてね」

　調理用の塩と、下拵え用と、そのまま料理にふる塩と、三種類の塩の壷の前でちょっと迷っているらしいのを目の隅で見ながら、黙っていた。

　適当の塩を適量入れて、鍋の前で立っている。竹の笊一杯のアスパラをさあっと入れて、一呼吸、菜箸で二、三度かき回すだけで、引き上げる。

「氷水」と言うと、その準備くらいは出来る。

　水に放ったアスパラの一つをつまんで口に入れると、ぽきぽきとした茎の触感とともろこしに似た甘さが口いっぱいに広がった。

「おいしい」と確認するように言って、すぐ水から上げ、丁寧に拭く。一連の動作を娘が普段と少し違う目で見ているのを感じていた。

「アスパラと卵って、とってもあうんです」

　娘の言葉に驚いて振り返った。

「卵って、春がいっとう美味しいから」

　普段の物言いよりずっと幼く優しい声で言った。初めて娘が言葉らしい言葉、自分の声でものを言った、という気がした。無視したり、わざと意地悪で黙っていたり、競うようにぶっきらぼうに振る舞っていたけれど、やはり本当は娘が打ち解けるのを心の奥でずっと待っていたのだ、とやはりこちらの方が先に骨身に沁みてしまうのだった。

「卵も春が旬だから、春の野菜とならどれでもぴったりあうのね、きっと」

　肩までの髪を毎日毎日、ぎっしりきつく束ねている。そんなにぴっちり結わえなくてもいいのだと、ついでに言ってやりたくなる。

娘は私の言葉には答えずに、黙って掃除の続きを始めた。よく見れば、やはり若い身体はどれほど素っ気なく振る舞っても生き生きとして、手足はしなやかに軽いのだった。

「あのう、竹沢さんじゃなくて、サヤって名前で呼んで下さい」

そんな申し入れを恥ずかしそうにしたのは、次の日だった。

「アホっぽくてイヤなんじゃなかったの」

少し意地悪な気持ちで逆に訊ねてみた。

「竹沢さんって呼んでくれれば、その方がいいけど。竹ちゃんなんて呼ばれるよりはまだサヤの方がましだから」

翡翠豆を作ろうと、相も変わらず豆をむいていた手を休めて笑いを堪えた。客の二、三人が娘のことを気安く「竹ちゃん」と呼ぶのを、まるで松竹梅の竹みたいだと思いながら聞いたことを思い出したのだ。

「サヤちゃんなんて、可愛くていい名前だと思うけど」

几帳面に小さなゴミを何度もすくって捨ててから、また丁寧に手を洗い、私が自分の言ったことを忘れた頃になって、娘は返事らしいことを口にした。

「竹沢って苗字で、名前がサヤなんていうから、竹藪竹藪って、子どもの頃よく、からかわれたから」

子どもというのは正直で残酷で、ときに自然そのものの感性をひらめかす。なるほど、竹が風にさやさや鳴って竹薮なのかと、納得してむしろ感心した。

それから大っぴらに「サヤちゃん」と呼ぶたびに、故里の竹林の青さが胸に揺れた。名を呼ぶことも多くなって、ほんの少し親しさが加わった気もする。

小さな店では主の思いが客に浸透するのも速く、正確なものらしい。

「サヤちゃん」

客の誰もがそう呼ぶようになってから、娘は急速に店に馴染んできたような気がする。

食べ続けた豆もそろそろ終わり、露地物の胡瓜や茄子が出回り出していた。

初めて見るらしい冬瓜に驚き、「こんな化け物みたいな野菜初めて見た」と無邪気なことを言っていた娘が姿を消したのは、菜飯屋に来てからまだ二ヶ月過ぎたばかりの頃だった。

戻り梅雨というのだろうか。一旦明けそうになった梅雨がまた逆戻りしたような雨の降る午前のことだった。

いつもの時間に店に出てくると鍵がかかっていたので、自分で開けた。不審に思って二階に上がると、畳んだ布団の上に二週間前に私が買ってきて与えたパジャマと薄いカーディガンが重ねて置いてあった。置き手紙も、留守電のメッセージもなく、ただ娘の持ち物だけがきれいになくなっていた。

それでも店はいつも通り開けなくてはならない。不慮の事故や病気ではないことははっきりしていたから、しばらく実家に連絡するのも見合わせることにして、料理の支度を始めた。

支度をほぼ終えた頃、いつも一休みする時間を見計らったように電話が鳴った。

「本当に申し訳ない。今さっき、俺のところに辞めるって電話があった。理由も言わなきゃあ、今後のことも何も言わない。どうもすいませんって言っただけで、切れちゃった。非常識な娘だ、いい歳をして」

兄の困惑した声をぼんやり聞いていた。がっかりしないと言えば嘘になるけれど、なんだか肩の荷が下りたような軽い安堵もあった。

竹沢サヤという名前だけが、二ヶ月間自分のお腹にいて生まれなかった娘のように、心の隅に残った。


「結局、体よく利用されて、騙されたわけでしょ」

水江はきれいに描いた眉を上げたり下げたりして、怒った。いつものように、私のために憤慨し、私の心中だけを察して心配していた。

「被害はなかったの？　ほんとにお人好しなんだから。サヤって娘、給料の前借りとかしてなかったの」

「とんでもない。支払わなけりゃあならない分が、こっちに残っているくらいだもの」

なくなったものは、本当に何一つなかった。少なくとも、その時期にはまだ気づかなかった。

物ではなく、常連の客を一人失ったことに気づいたのは、それからさらに十日ほど経ってからだった。

「竹ちゃんを見かけたよ。同じ沿線の三つほど前の駅で。化粧もして、別人みたいだった」

思いがけない情報をもたらしたのは深水だった。

「しゃあしゃあした顔で通り一遍の会釈なんかするから、こっちもむかっときて、話しかける気にもならなかったけど。思いがけない男と一緒だった」

男は離婚歴のある三十代後半の塾の教師だった。幼い一人娘を別れた妻が引き取ったと話していた。

「荒れている中学校を辞めて友達と塾を始めたんだけど、うまくいかなくて。妻はさっさと出て行きました。向こうも同じ教師で生活には困りませんから。こっちは昔の同僚の塾に拾われて、どうにかやってます」

最初店に来た時、自嘲気味に打ち明け話をした。菜飯屋の客にしては珍しく酒好きで、看板近くまで長居をする。酔うと別れた妻の悪口をねちねちと繰り返した。陰気な性質だけれど、かなりの自信家のようにも見えた。

「若い娘っていうのは、ほんとに何を考えているのかねえ。客種のいいこの店の、よりにもよってワーストスリーに入るような男を捕まえなくてもよさそうなものなのに」

なるほど言われてみれば、三日に一度は訪れていた男が、娘が姿を消してからふっつりと来なくなっていた。

「でもまあ、ワーストスリーが一人いなくなっただけで、あんたとしてはむしろ最小限の被害で済んだわけだ」

深水がわざとのように大きな声で言うと、馴染みの客が控えめに笑った。

「これで、いつもよりちょっと水っぽい和え物を食べずにすむな」

「あら、ひどい」

深水を軽くぶつ真似をしたら、側に立て掛けてあった傘が倒れた。水滴の残る傘を取り上げた時、手にべったりと生臭いものがついたような気がした。厚い髪を垂らして、下手な化粧をしていたという娘のことが胸をよぎった。

軽はずみに逃げ出さずにはいられないようなことがあったのかもしれない。弱く寂しい、人慣れない心情を見透かされて、つけ入られたのではなかろうか。一旦預かって引き受けたからには、もっときっちり監督すべきだったのかもしれない。

それから二、三日はあれこれと悔いて、思い煩った。電話で水江に相談をしたのは、深水の話を聞いて五日後のことだった。

「いい鰹が手に入ったから、行こうと思ってたのよ。一時間もしたら、そっちに着くから」

水江の対応は、いつものように胸がすーっと軽くなるほど敏速だった。

出初めた新生姜、茗荷と、紫蘇と、大蒜。分葱と、かぼす。八百屋で買い揃えた数々の薬味と香味野菜を揃えて待った。もう何年も、「水江さんの鰹」が来る日は同じ準備をして待つことにしていた。

「へええ。男と一緒だったなんて。たった二ヶ月の見習いが、よくやるじゃないの」

水江は鰹をさばいたり、串を打ったりする手を休めず、けらけらと笑った。

「あたしたちが思っていたより、案外あの娘、切羽詰まっていたのかもしれないわね」

鮮やかな血の色をした魚の肉。鰹の薔薇色の切り口を隠すように数々の薬味を盛りつけて装う。惚れ惚れと見入るのは毎年のことだけれど、今年に限ってすぐに箸を出す気になれないでいた。

「しょうがないわねえ。やっぱりあんたの方が参っちゃってる。こういうものは眺める間もなく、ばくばく食べなきゃあ、美味しくないのよ」

一切れ口に入れると、とろりと溶ける何かの肉、と思うのは一瞬で、数々の薬味の匂いが口の中いっぱいに広がり、それは広がるというより柔らかな爆発のように頭の中を香気で満たした。

「美味しいなんて生易しいもんじゃない。すごいわね。やっぱり水江さんの鰹は」

「いやだ、私が鰹を作ったわけじゃないわよ」

もし今あの娘が側にいたら、こんな見事な鰹のたたきを食べて、何と言っただろう。かたくなな目が一瞬和らいで、盛大な薬味の饗宴に慌てたようなびっくりしたような表情を浮かべたかもしれない。せめて、鰹の出るまでいればよかったのに、とつい思いはそこへいくのだった。

「だめね。ほんとに私って、娘に縁がないんだわ。いつでも、すぐに出ていかれてしまう」

口の中にはまだ茗荷や紫蘇や、生姜などの香りの爆発が残っている。何かの肉の柔らかい触感も微かにある。噛みしめて最後に残る味や香りは何だろうと想像すると、やはりもう一度箸を出す気にはなれないのだった。

「あら、私だって娘に縁なんかないわよ。息子には嫁がこないし。でも、そんなことどうだっていいのよ」

そう言いながら水江は逆さ箸で、薔薇色の傷口のように並べられた鰹を残った薬味で入念に隠すようにした。


娘はだらしなく髪を垂らしたままで、卵を割り続ける。洗面器ほどのボールの中には、すでに数え切れないほどの卵が沈んでいる。全体がとろりと緩い、ちょっと赤味がかった黄身の卵である。

「サヤちゃん、そんなに卵ばかり割って、どうするの」

卵を割り続ける娘の傍らで、白い割烹着を着た私がおろおろした声で訊く。

「ふふふっ。卵ってどれもそっくりで、捜してる中身の卵が見つからないんだもの。ちっ、これも違った」

耳ざわりな舌打ちなどして、娘は卵を割り続けている。

「一体何を捜しているの、もうやめて」

悲鳴を上げた自分の声で目が醒めてしまった。

気がつくと雨が降り出している。なんて単純でわかりやすい強迫観念の夢だろう、と思いながら何度も頭を振って、張りついたままの残像を振り払った。

時計を見るとまだ八時前だったから、もう一度眠ってもよかったのだけれど、夢の続きが怖くて追寝をする気になれなかった。

夕べ深水が置いていったハワイコナをミルでひいて、熱いコーヒーを煎れた。

コーヒーの馥郁《ふくいく》とした香りに加えて、雨の朝独特のもたれかかるような空気が部屋中に充満した。

「六月のうっとうしい季節には、このコーヒーでなくちゃぁ」

湿っぽそうな上着のポケットの左右から一袋ずつコーヒーを取り出して、カウンターに置いた深水の、微かに煙草の匂いのする手が思い出された。

さりげなく側にある時も、ずいぶん遠い手だった。他の客の手前もあり、店の主と客という関係もあって、やすやすと重ねたり、つい触ったり出来ない。いつも見ているだけの手の形をもうすっかり覚えて、目を瞑ってもなぞれるほどだった。

「私、いつか目が見えなくなっても、ちょっと触るだけで深水さんの手はわかるわ」

そんなふうに言える日が、いつか来るだろうか。

花屋で買ったばかりの紫陽花が目に沁みるような深い青色に咲いている。大きな花の頭にびっしりと花びらのかたまった西洋紫陽花は好きになれないので、花火のように中央に額のある山紫陽花に似た花を選んだ。買った時は薄緑色だったのに、いつの間にか滲んだように青く変わっている。この花は雨に感応するのかもしれない。

「口をきかなくても、あの娘がいるだけで店の雰囲気が違った。なんか落ち着きがなくて、ざらっとしている。田舎っぽい粗さだねえ。サヤっていうより、ざわざわだ」

新物の実山椒の佃煮をつまみながら、深水はひりひりと厳しいことを言っていた。娘の姿が消えた経緯を、もう常連の誰もが知っているのである。

二杯目のコーヒーには砂糖を多めに入れて、あまりかき回さずに飲んだ。甘さと苦さが喉の中で溶けあって、新しい甘さと苦さになって分かれる。いなくなった娘と、最近頻繁に訪れる深水の声を一緒に思い出していた。

いつもより早めにマンションを出て店に向かった。この頃は夏までの葉境期ということもあって、なかなか献立が決まらない。八百屋へ行っても、魚屋を覗いても、作りたいもの、食べたいものが思い浮かばなかったらどうしよう、そんな心配を毎日している。

去年の今頃はどんな料理を出していたのだろうか。どういう顔ぶれの客に、何を出していたのだったか。そんなことを考えながら店の前まで来ると、中年の女の人が玄関の前に立っていた。

私よりいくつか年上らしい身なりの地味な人だった。

「あのう、ここのおかみさんですか」

おかみさん、と言う言い方でぴんとくるものがあった。

「もしかして、サヤちゃんのお母さんですか」

娘の名前を呼ばれただけで、束ねた髪の根元がぴくっと動いた。

「はい。竹沢サヤの母です」

母という者は名前を名乗らずに済むものなのか、と思いながら店の中に通した。

「上品な店ですねえ。もっと飲み屋みたいな所だとばっかり思ってたもんで。挨拶に来るのが怖くって」

率直と無遠慮をないまぜにして、それでも口は存外滑らかに動いた。

「挨拶の順序がすっかり逆さになっちゃって。ほんとに申し訳ないことをしました。あんな役にたたない娘を押しつけて。お礼を言う間もなく、このたびはまたとんでもない御迷惑をかけて。まったく、お詫びのしようがありません。もっと早くに来なくちゃあならなかったのに、恥ずかしくって」

梅雨寒の日に汗をかいているらしく、丸めたハンカチでしきりに首筋を拭いている。肉の固そうな骨太の身体つきや、顎から首にかけての線や、俯き加減にした瞼のあたりなど、サヤがむっつりと黙り込んでいた時の様子とおかしいほど似ている。

「まったく、おかみさんにはひとかたならない世話になって」

媚びるように繰り返されると、何だか女郎屋の主にでもなったような気がして、落ち着かない。

「私も日が経つほど心配になって、一度様子を伺おうかと思っていました。サヤちゃん、元気にしているのかしら」

わざとのように軽く訊ねて、お茶の支度を始めた。

「元気には違いないけど。それも困ったもんで。娘っていうのは家から出ないのも心配だけど、出たら出たで、厄介ごとばかり起こして。それやこれやで、実は御相談に参ったようなわけで」

サヤにはこんな癖はなかったから、緊張している時の癖なのかもしれない、ぴちゃぴちゃと舌でさかんに唇を嘗めながら、顔色を伺うように話を継ぐ。

「おかみさんと、雄二さんは古いつきあいだって、聞いているもんで。実家のことや、別れた奥さんのことなんかも、うかがっとこうかと思いまして。今後のこともありますから」

気安く名前で呼ぶからには、娘が男と一緒にいるのは公認のことなのだろう。事後承諾であったとしても、実家が容認していて話が進んでいるのなら、今更私が口を出すべきことは何もないという気がした。

「古いつきあいなんかじゃないんですよ。店に来てくれるようになってから一年足らずですし。つきあいと言っても所詮、店と客の関係に過ぎませんから」

自分で言いながら、寂しいことを話していると胸がしんとした。

「それでも、おかみさん。男っていうのは家で女房に言えないことでも、こういう所じゃあ、気安く打ち明けたりするっていうじゃないですか」

私はおかみさんじゃあないし、この店はあなたの知っている「こういう所」でもない、と言ってやりたいのを我慢して、黙っていた。

注げば注ぐだけお茶をまたたく間に飲み干し、到来物の竹筒に入った水羊羹を二本も平らげて、サヤの母親はしつこく訊ねるのをやめなかった。

「あの娘だってもう三十だし、相手が再婚でも文句は言えないけど。離婚歴なんて、私らのいる田舎だって、珍しい話じゃないくらいで。くっついたり、離れたり。また同じ女と再婚したりすることだってあるんだから」

サヤと男の結婚はどうやら決まっているらしい。だとしたら相手の何を聞き出したくて、わざわざ私の所までやってきたのか、どうにも合点がいかない。

「ほんとに何も知らないんですよ。お客さんのことだけじゃあなく、同じくらいサヤさんのことも知らなかったわけですしね」

そろそろ買い物に行かなくてはならない時間だった。その前に去年の献立帳にさっと目も通してもおきたい。何よりも、目的のない不愉快な会談を早く終わりにさせたいと、愛想のない言い方をした。

「まったく御迷惑をおかけして。娘もこの店はとても気に入って。おかみさんともうまくやってるって言うから、こっちも安心してたのに」

けど、とか、まったく、とか言いながら、むじむじと腰を動かしては、話の続きを平然と再開する。薄くなったお茶を入れ替える気にもなれなくて、私は時計を見るふりをして席を立った。

「すいませんねえ。忙しいところを御邪魔して。あっ、そうだ、田舎の手土産なんて、ろくなものはなくて。娘がおかみさんは野菜が大好きだって、言うもんで、つまんないものだけど、お詫びのしるしに持ってきてみました」

床に置いていた大きな紙袋の中から、新聞紙にくるんだものを取り出して見せた。泥のついた根の、奇妙な形にねじれたり瘤になったりしている塊がごろごろ出てきた。

「家で使う分だけ気儘に作っているから、形は悪いけんど。新物だから」

得意そうに大きな塊を取り上げると、乾いた泥がざらざらっと床にこぼれた。

「生姜なんておかずにはなんないけど、のんべえの客なら好物だと思って」

そう言えば故郷でも新生姜の出回る頃である。きび糖とりんご酢を混ぜた酢につけた甘酢生姜を仕込まなければと思っていたから、思わず足元の塊を摑んで匂いを嗅いだ。

「新生姜らしいあっさりしたいい匂い。いいものをいただいて助かります」

さっそく甘酢漬けにしたら、蛸飯に混ぜ込んでもいいし、そのまま生姜飯にしてもいい。ほんの少し熱湯でゆがくだけで、淡い薔薇色に染まる生姜を思い浮かべるだけでつい頰が緩む。

女は女の性根を素早く値踏みして、攻撃をしかける瞬間を誤ることがない。

生姜のくるまった新聞紙を持ち上げようと屈んだ私に、サヤの母親はずっと矯《た》めていたであろう問いを、矢を射るように口にした。

「ついでと言っちゃあなんだけど。娘があんまり気にするもんだから。これだけは訊いて帰りたいと思って。おかみさんは、雄二さんと秘密の約束ができてたとか、なんてことはありませんよねえ」

新聞紙にくるまれた生姜がいくつか転がって床に落ちた。落ちた物を拾い集めている時でも、訊かれた問いの意味が少しの間わからなかった。

「秘密の約束って、どういうことですか」

ずいぶんぼんやりで、とぼけたようでも、そう問い返すしかなかった。

「雄二さんはおかみさんよりずいぶん年下だし。まさかそんなことはないだろうって、言ったんだけど。まあ、男と女のことだけは、常識の外って言うから」

遠回し過ぎて焦点のない問いより、げんきんなほど露骨にひろがった女の薄笑いで、言っている意味がようやくわかった。

「まあ、とんでもない。雄二さんはただのお客さんですよ」

客種のいいこの店の、いつ失ってもいいワーストスリーの、と深水の言った言葉を危うく呑み込んで、かろうじて平静を装って答えた。

「あはは。そりゃあ、そうですよねえ。塾の先生の稼ぎじゃあ、この店で夕飯を食べるくらいが関の山ってもんだ。娘は生意気なだけで、世間知らずだから。えらく気にして」

娘の愚かさと、母親の非礼を差し引いても、ずいぶんと不愉快な憶測には違いなかった。

「開店前で何のお構いも出来ませんでしたけど、サヤちゃんによろしく。お幸せにって、お伝え下さい」

母親はやっと腰を上げると、礼と詫びを繰り返し言いながら出て行った。

生姜がこんなグロテスクな形をしているものだと初めて知った。ひねったり曲がったり、瘤のように膨れたりしている隙間に入り込んだ泥を丹念にかき出しながら、驚きは怒りに、怒りには後味の悪い口惜しさが溶けあっていつまでも消えなかった。

収拾のつかない気持ちを紛らわすように、せっせと甘酢生姜を作った。びっしりと淡い薔薇色の薄片を沈めている保存容器の瓶を不必要なほど力を込めて締めた。

怒りと自己嫌悪、悔いと喪失感。生姜の瓶を見つめていると、胸に押さえかねたものが重しの甲斐もなく浮き上がり、上澄みにうっすらと葛をひいたような寂しさがつきまとって、いつまでも離れないのだった。

「あれあれ。とんでもないところへ来ちゃったのかな」

感情というものはどんなに長く淀み、もう傾斜も速度もなく湛えられているだけだと決まったようでも、ほんの少しのきっかけで奔流となり逸散に走り出すことがある。そんな小さなきっかけや、魔のようなものが運命と呼ばれているのだとつくづく思う。

「どうしたの。こんな時間に深水さんが来るなんて」

深水の声を聞いた途端、自分の目に急に熱いものが盛り上がって、振り返ってみれば、それが頬を伝うであろうことはよくわかっていた。

「こんなものを貰ったから、あんたにやろうと思って」

青々と広がる大きな葉で顔を半分隠すようにしながら、深水はゆっくりと近づいてきた。

＊

寂しさに蓋する夕べ芋を煮る

聞き慣れない男の声が、聞き覚えのある言葉を清朗な声で詠み上げるのは確かに聞こえていたけれど、それが初めて作った自分の俳句であり、ここが句会という場であることが、すぐに頭の中で切り結ばないのだった。

「夏子」

慌てた水江が代わりに名乗りを上げてくれた。しまったというように彼女の方を見ると目があって、少し心配そうな笑みが返ってきた。

そうだった。今日は引きこもりがちの私を心配した水江に誘われるまま、初めて句会というものに出席したのだ。

改めて周りにいる七人のメンバーをゆっくり見回す。まず、私の句を詠み上げてくれた初老の男性。隣にいる妻らしき人。退職したという元教師の女性。中央には長く親友のようにも、姉のようにも頼りにしてきた水江の端正な横顔。その横に並んだ年配の婦人二人。最後に、関口と名乗った先生格の老人。

会の始まる時、本名と俳号を告げる自己紹介を聞いたはずなのに、関口と名乗った老人のことしか覚えていない。句会に出る前に飲んだ鎮痛剤のせいで、まだ意識が鮮明でないのかもしれない。ささやかな商いながら客商売を三年も続けて、人の名と顔は忘れないという習性までも、私はあっさり手離してしまったのだろうか。

確認するために、もう一度出席者を見回した顔を慌てて伏せると、私の眼裏に「都合により休ませていただきます」と書かれた白い紙が浮かぶ。いかにも頼りない筆跡の張り紙には、いつまでの休みなのか、期間も理由も書かれてはいない。それほど急拵えの、覚束ない挨拶の言葉が、今の自分の現状のすべての説明であり、釈明なのだった。

「帯状疱疹が猛烈に痛いということは聞いてたけど、これほど酷いものとは思わなかった。我慢強いあなたが、店を開けることはおろか、自分の寝食さえままならないなんて」

治療と点滴のために、数日入院することになったと電話で知らせると、水江はすぐに病院に駆けつけてきてくれた。

「でも、帯状疱疹って術後の患者や体力の弱った老人に多いはずじゃないの」

その後は病院の薄いカーテンを憚って言葉を濁した。濁した後に続く言葉をたやすく推測することが出来て、痛い左半身をねじるようにして私は薄く笑った。

たった一夏で終わった深水とのつきあいは、離婚歴のある四十七歳の女にとって、命の危険を犯す大手術と同等の打撃であったとでもいうのだろうか。

木の実投げて告白の代わりとす
今度はどうにか披講の後に小さく自分の名前を告げることができた。前に座っている教師だったという女性と水江が、私の顔を一瞬見つめたことにも気づいた。私より十歳ほど年上らしいその女性が、私と同じ独身だということも同時に思い出した。

木の実投げて告白の代わりとす
告白はなされたのだ。店を突然やめた若い娘が、同棲している男と自分の仲をどうやら疑っていたらしいとわかって、裏切られたような惨めな思いを味わっていた時、たまたま深水が店に入ってきた。

緑色の豊かな菜をゆらゆらさせて彼が近づいてきた時、自分の方から彼の胸に飛び込んで泣いた。離婚して五年、男の腕の中で手放しで泣きじゃくる自分の昂ぶる気持ちは告白以外の何ものでもなかった。

みやげの菜をカウンターに預けて、深水は驚くふうもなく私を受け止めた。羞恥心とわけのわからない安堵に溺れるように、胸に顔を埋めて泣く私の髪を彼はゆっくりと撫でた。

「どうしたっていうの。何がそんなに悲しいの」

彼が店に五日か一週間に一度顔を見せるようになって二年、折にふれ懐かしく恋しく思った深い優しい声であった。

告白はなされたのだ。
それがちっぽけな軽い木の実ほどのものであっても、私にとっては赤く鋭く、切羽詰まった告白に違いなかった。しかし深水の胸にその木の実の礫はどれほどの訴えとして届いたのだろう。茎の中が空洞のために空芯菜と呼ばれる大きな葉を盾のようにして、彼はその告白の痛い実をさりげなくかわしただけだったのではないか。
透き通るものみな好きで蕪煮る
私が今日の出句中一番好きだった句を作ったのは、やはり水江だった。白い蕪が鍋の中でふわりと白く透き通ってくる。使い慣れた雪平の鍋が目に浮かんで、この句を読んだ時私はつい涙ぐんでしまった。水江は私のそんな気持ちを察していて、励ますつもりでこれを出句したのかもしれない。
今頃の時期に定例句会が菜飯屋で開かれていたら、水江の献立には土瓶蒸しや菊膾《なます》、柚庵焼きの魚といった目に鮮やかな秋の献立が並んでいたはずなのに。私だって、出盛りの芋や根菜をいそいそ煮たり、焼いたりしている楽しい時期だったはずなのだ。
短日やドロップ五つ分けられて
誰の、どんな句が詠み上げられても私の眼裏には「都合により休ませていただきます」という白い紙が浮かぶ。そのたびに、自分はこの世でたった一つの居場所さえ失って、何のために、どうしてここにいるのだろうという思いにひしひしと取り囲まれてしまうのだった。

「秋の味覚の横綱と言えば松茸だろうが、あんなもの私らが小さな時はさして御馳走でも、特別貴重なものでもなかった」

気がつくと、披講を終えた男性が懐かしそうに思い出話をしている。

「今のように流通がよくなかったし、保存方法もなかったせいで、旬のものはほんの十日くらい出回るだけだから、盛りの時期になると、そりゃあ松茸だって腹一杯食えたものだ。村で松茸山を持っている家じゃあ、採ったばかりのものを焼いて裂いちゃあ、生醤油の中にちゃぽんとつけて食べる。今みたいに松茸御飯だ、土瓶蒸しだなんて、気取ったことはどの家でもしやあしない。お袋が炭で焼いて、裂いて、それを醤油にちゃぽんとつけて。七日も八日も松茸が採れる間は繰り返す。学校に行くと、松茸山を持っている家の子どもは、みんな唇の両端が生醤油につけた松茸の食い過ぎで、赤く割れてるんだからねえ」

「豪勢な話ね」

「別に豪勢だと思ったこともなかったけど。子ども時代に一生分の松茸を食っちゃったから、今じゃあさほど食いたいとも思わないよ」

話しにつられて一緒に笑うと、左腕のリンパ腺が腫れているあたりがひどく痛い。癖になっているのでつい右手でさすっていると、前の席の人が「大丈夫ですか」と声をかけてきた。

「私も介護をずっと続けていた夏、母が亡くなって初七日の日に帯状疱疹で入院しました。この痛みだけは経験した者でなくちゃあわからない。そりゃあ酷いもので、点滴を打ちながら、母と一緒に死んでしまいたかったと思ったものです」

深水と別れることに決めて、「もう会いたくないから、店にも来ないで」と電話をかけた後、私は痛みと悲しみに捩れるようにして泣いた。

「帯状疱疹、どこに出たんですか」

優しい声で我に返って、まだ痛みの残る半身を浮かせてみせる。

「左の背中と腕と胸の上までずっとだったんです」

「まあ、それはひどい。大変だったでしょう」

確かに最初の二週間ほどは左半分が軋むほどの痛さで、何も考えられなかった。だんだん痛みが間歇的《かんけつてき》になり、鎮痛剤で小康状態が維持出来るようになると、まるで帯状疱疹に侵されなかった右半分に、違う病巣があるかのように別れの苦しみが襲ってきた。

私は帯状疱疹の痛みと恋を失った哀しみの往復に溺れた。あるいは縋《すが》ったと言った方が正確かもしれない。痛みの渦中にあっては、悲しみは遠のき、悲しみに打ちのめされていると、痛みは攻撃をゆるめてくれる気がした。

長い苛烈な夏もさすがに衰えて、秋がゆっくりと近づいてきていた。それでも私はまだ八百屋に行く気にもならず、献立を記録していたノートを取り出す気力も湧かなかった。客の嗜好どころか、自身を養うのさえ億劫でたまらない。無気力な自分を持て余すように、痛みと痛みの間で湯を沸かしては、ぼんやりと白湯ばかり飲んでいた。

「どう。まだ痛むの」

簡単に食べられる食材を仕入れて、食事の支度をしてくれるたびに水江は不安そうに私の顔を覗き込んだ。

「帯状疱疹後の神経痛らしいのよ」

三十日が過ぎ、疱疹の痕も目立たなくなった背中に、水江が薬を塗ってくれていた時に深水とのことを打ち明けた。

「やっぱりね。何かあるらしいと思っていたのよ。離婚の前後の憔悴と似ていたから」

「十五年の結婚生活に比べれば、呆れるほど短い期間だったのに。やっぱりあの頃と比べると齢をとったってことね。こんなに参ってしまうなんて。我ながら情けないわ」

「いくつになっても、長さなんか関係なく、恋愛は大変なものよ」

水江は自分にも心当たりがありそうな声で言うと、それ以上は何も訊かなかった。

「病後の心弱りも、傷心もわかるけど、店はどうするの」

そんなふうに切り出されたのは、九月も大分過ぎた頃だった。

「ごめんなさい。八月は句会も休みだったからよかったけど、九月には定例会が店であるはずだものね」

「それはいいのよ。一度くらい他の店でやれないこともないから。でも八月は長い夏休みだと思ってくれたとしても、九月になってもまだ店を閉じっぱなしっていうのは、よくないと思うのよ。常連さんだっていつまでも待ってはくれないでしょ」

水江に言われるまでもなく、それはずっと考えていたことだった。考えるというより、折にふれ思って、いつしか片時も頭から去らない悩みの種になっていた。

「よくわかってる。でも店を開けたとしても、まだ料理が出来るとはとても思えない。包丁が握れなければどうにもならないし。お客さんは私の顔を見にくるわけじゃないもの」

「都合により休ませていただきます」という紙が翻っている店の前を、深水も通り過ぎたことがあったろうか。少しは案じてくれただろうか。

暖簾も電飾の看板もないそっけない玄関を過ぎる時、常連の誰もが、このまま菜飯屋は閉じられてしまうのだと諦めて去ったのではあるまいか。それは馴染みの客や、未熟な店主を育てひきたててくれた人に対して、礼や恩を失した勝手過ぎる一方的な別れ方に違いない。

悩めば悩むほど、我ながら情けなく自己嫌悪に沈み込んでしまう。しかし、左半身の突き刺す痛みと、右半身に疼く心の痣を思うとどうしても、いつも通り店で「いらっしゃいませ」と迎えて、季節の菜を茹でたり、魚を料理したりする気力を自分が取り戻せるとは思えないのだった。

「また元気になられて、今度は菜飯屋で句会をご一緒出来るのを楽しみにしています」

そんな慰めと励ましの挨拶を受けて句会が終わり、帰途についたのは日もずいぶん傾いた頃だった。

マンションの前までくると、見慣れた車から作業服を着た兄が降りてきた。

「少しは外出が出来るようになって良かったな。心配だったけどなかなか来れなくて。行き違いになるとこだった」

寄ってお茶でも、と誘ってみたけれど納品の帰りだからと大きな袋を押しつけて、そのまま兄は帰っていった。

袋の中には竹篭から溢れるほどの椎茸が入っていた。北関東のはずれにある故郷では山の斜面を利用して椎茸の原木栽培が盛んだった。私への見舞いを兼ねて、農協に出荷する前の朝採りを分けてもらったのだろう。篭から出すと枯葉を燻したような匂いが台所いっぱいに広がった。

「こんなにたくさん、句会の前だったらみなさんに分けることも出来たけど」

一人で食べきれるはずがないと思ってから、店を開けていたらこのくらいの椎茸、すぐになくなってしまっただろうと、つい苦笑が漏れた。

マンションのベランダに出てみると、風はもう冷やかに乾いて、空は高く澄んでいた。

「秋が来たら山に行こう」

初めて二人きりで知らない町を歩いた時、深水が言った。

「深水さん、山登りなんかするの」

年齢不詳、職業不明の感がある深水の広い肩に半分ぶつかるようにして聞いた。

「正確に言うと山登りじゃあない。山歩きだ」

深水は寄り添おうとしてためらっている私の、触れるようで触れない腕を捕らえて笑いを堪えている声で答えた。

「俺も体育系ってわけじゃないけど、一年中店で菜っ葉を茹でたり、和えたりしてるあんただってれっきとした文化系だろ。喫茶店でフランス小説なんか読んでる文学少女崩れなんだから」

「そうねえ。こんなふうに散歩するのだって、運動靴一足持っていないんだもの」

「今時は運動靴なんて、小学生だって言わないよ。ウォーキングシューズって言うんだ。覚えておかないと、恥をかくよ」

「もうかいてます」

六十を過ぎた男と、四十半ばの女が遅い出会いをすると、遠慮や気配りや常識の壁があって、好きだから、惹かれているからなんでも打ち明け、思いのままを口にすることは憚られる。ましてもともとは店主と客という関係である。小学生、などと軽口の中に出てくるだけで、同じ年頃の孫でもいるのかと気にかかっても、それ以上は訊けない。

「春もいいけど、晩秋の山は特にいいよ。花よりきれいな木の葉が豪勢に散る。それも花みたいに一週間や十日じゃあない。百夜もかけて燃え続け、散り続ける。その後はもっといいよ。木も梢もきっぱりと線だけで。木の実は輝くし、鳥があちこちから飛んでくる」

深水さんって詩人ですね、などという軽口は言わない。私は菜飯屋の主ではなく、深水は今、客ではない。客でない彼とこうして逢っているのだと思うだけで、足取りが自然に弾んだ。

短日の空に深水の背中が淡い輪郭となって消えかかる。まだこれほど心を残し、姿も声も恋しいと思っているのに、と痛みに似た未練が右半身に疼く。

店を開けていた頃は、眠りにつく前に決まって「明日すること」を考えるのを習慣にしていた。献立を考え、順序や段取りを反芻する。料理が決まればしつらえも、皿もすぐに見当がついた。菜飯屋を休むようになって、そんな習慣もなくなり、最近では新しい就眠儀式のように俳句らしいものを考えて眠る。今晩はそれが、兄の持ってきてくれた椎茸に刺激されたのか「明日はあのたくさんの椎茸を半干しにしよう」と思いついた。

翌日、台所から集めてきた竹の笊を並べて、ベランダのテーブルの上に湿っている椎茸を重ならないように置いた。

三つの笊に万遍なく並べ終わると、椎茸小屋の番人になったように椅子を引き寄せて座り込んだ。

もう菜飯屋の客として会うのではない。店主として待つのではない。そんな私の内心を察したかのように、二人きりで会うようになると深水はほとんど店に現れなくなった。店で会うのが減ったからといって、それほど頻繁に外で会えるわけではない。定休日の前日に電話がなければ、客であった男に自分から連絡をするのは憚られる。結局百日ほどの間に、十回ほど外で会っただけだった。

山にも川にも湖にも行かなかった。午後に会って、近郊を歩き食事をして帰ってくる。夕方になると、深水が時間を気にし始めることにすぐに気づいた。夏至の前後は夕暮れまでが長い。口にはっきり出さなくても、最初の頃は別れが辛くてわざとゆっくり歩いたり、喫茶店に入りたがったりした。

「病院の面会には夏時間なんてないんだよ」

拒絶というより、聞き分けのない子どもを持て余すような口調で言われた時、私は初めて深水の中に、生活や家庭の匂いが希薄だった理由がわかった。

「家内は三年くらい前から、一年の内に十ヶ月は病院にいる。まあ家内ではなく院内だな。以前は車椅子で外出も出来たけれど、ここ一年はベッドを離れることが少なくなった」

深水は妻の病名も、入院先もそれ以上は一切明かさなかった。言外に「あんたには関係ない」という拒絶と排斥があって、私の恋心はその時一部分が壊疽したように損なわれて、元に戻ることはなかった。

深水は男にしては微妙で繊細な心づくしをみせるかと思うと、打って変わって慣れも共犯もなく、勝手に切って捨てて顧みないというような身も蓋もない態度をとることがよくあった。

信頼や、親密さ、依存や習慣さえも積み重ねることが出来なかったのだと、私はがらんどうの秋の真ん中へ手を入れるようにして思い出を手繰った。その間も並べられた椎茸はしんしんと光を浴び続けている。

山々はまだ夏のやつれを纏っているだろう。欅も楢も、眩しい緑ではなく、内に衰えと凋落を秘めた褪せた緑になっているに違いない。そんなことを想像すると、結婚するまで二十数年間過ごした北関東の山里が自然に思い出された。木の匂い、日向の匂い。竹林を過ぎる風の気配。土手や畑の畝や、川のきらめき。

私は水江に誘われて俳句らしいものを作り始めてから、特に故里の風景を頻繁に思い出すようになった。そのたびに、小さな駅に山歩きの格好をした深水と連れ立っている光景を夢想せずにはいられなかった。

男と別れて故里が近づくなんて。私は自分が自覚しているよりずっと老け込んで、参ってしまったのだろう。十五年も共に暮らした夫と離婚した時ですら、帰郷することなど思いもしなかったのに。

椎茸の笊のまわりに懐かしい故郷の山里の匂いが漂って消えない。

「男の人にしては植物の名前や、植相に詳しいのね」

二度目のデートは近郊の植物園だった。

「あんたが菜っ葉に詳しいのと同じだよ。以前植木屋まがいの仕事をしてた時期がある」

出自はおろか、仕事の話なども店では一切したことのない深水が珍しくそんな打ち明け話をした。

「花屋と植木屋と。今でいうガーデンプランナーみたいなこともやってたな。病院の植栽を手がけていた時、女房と会った」

いつ頃のことなのか、何年前なのかは言わなかったが、口ぶりから察するとまだ若い時だったのだろう。だとすると、妻になった人はその当時から病弱だったのかもしれない。

「あの頃は今みたいに、外国製のカタカナの花なんかそれほどなかった。松や楓や、菊や牡丹や菖蒲、秋の七草とか。和名の花が多かったから、漢字を覚えるのに一苦労した」

二人で見た花や木を思い出すだけで、右半身に消えかかった痛みが蘇る。

思い出を一つ一つを裏返すように、干した椎茸に触れて乾き具合をみた。初秋の陽射しは豊かで、もう笠の薄いものは襞の外側が乾いて軽い。その温かさと軽さに励まされたように、私は初めてこの椎茸を持って明日は店へ行ってみようと決心した。

「都合により休ませていただきます」という何十回と思い描いた白い紙は剥がれかかって、間口の狭い簡素な玄関は盛大な晩夏光に包まれていた。

痛む身体をどうにか宥《なだ》めて簡単な掃除をして、窓を開け換気を済ませた。何度か水江が来て厨房や二階の掃除をしていてくれたので、思ったより荒れてはいなかった。本人は日数を数えるのもためらうほど長い留守をしていたつもりでも、店を閉めてからまだ四十日足らずなのだ。

世界一周をしてきたほどの長い長い、遠い旅のような日々だった。使い込んだ道具や、見慣れた店内を見回すと、オーバーではなく、よくも帰ってこられたものだと言う感慨が湧く。

菜飯屋のカウンターからぼんやり店を見回していると、性懲りもなくまた深水を待っていた日々が帰ってくるようで慌てて視線を逸らした時、思いがけなく玄関を叩くノックの音がした。

菜飯屋の客がノックなんて。怪訝に思って「はい」と少し高い声で返事をした。

「よかった。諦めずに戻ってきて」

一昨日句会で会った元教師だという女性が遠慮がちに店の中に入ってきた。ああ、そうか。ずっと先生をしてきたから、戸があればノックなのかと合点がいってつい口元が緩んだ。

「電話しても誰も出ないし、やっぱり閉店のままなんだと思ったけど、本屋でちょっと時間を潰してもう一度来てよかった。私って、飽きっぽい生徒ばかり相手にしてたから、結構しつこいんです」

「店はまだ開店できないままだけど、ちょうど寄ったところなの。今お茶をいれますね」

久しぶりに店に来たものの、このまま長居をすればつい感傷的になってしまうのはわかっていたので、突然の客はむしろ有難かった。

「私っていい齢をして、せっかちなの。それに暇なもんだから。失礼かと思ったんですけど、こんなものをお持ちしてみました。同じ物を持っていらしたら、遠慮なく言って下さい」

もの珍しそうに厨房を覗き込みながら、カウンターの上にどっしりと重たそうな包みを置いた。

「何かしら」

お茶の支度を中断して包みを開けると、春夏秋冬に分かれた四冊の歳時記が出てきた。買ったばかりで使った様子もない新品に見えた。

「歳時記が必要だと思いながら、どんなものを買えばいいかわからないから、水江さんに頼んであったたんです。私はとても有難いけれど」

店で人と話をするだけで、客に対するのと同じように曖昧に語尾が流れる話し方になっている。

「実は持て余してたの。ほとんど同じものが三セットもあって。でも売ったり、捨てたりするのはいやだから、貰っていただけると嬉しい」

ハンドバッグの中に入れてきた新しいお茶を取り出して、久しぶりに自分のためにではなく丁寧にお茶を煎れた。

「美味しい。こんな美味しいお茶、母が元気だった時以来かもしれない。私ってずっと仕事一筋で。子どもが相手だから元気だけが取り柄で。すべてにおいてがさつなの」

実を言えば私自身もずいぶん久しぶりのお茶なのだ、とつい打ち明けてしまいそうなほど、相手の様子は打ち解けて優しかった。

「夏子さんってお名前を聞いた時から親しくなれるような気がしてたの。私の名前、秋子って言うんです。生前母がよく言ってました。秋子なんて、命名を間違えた。どう見ても真夏だって」

湯呑を持ったまま私は笑った。笑ってもどこも痛くなかった。

「私も夏子なんて名前、ちょっと恥ずかしい。でも実は私の夏は春夏秋冬の夏じゃなくて、夏蜜柑の夏なの。母親が酸っぱい夏蜜柑が大好きだったから。でも期待に添えなくて、私は大甘」

秋子は遠慮のない笑い声をあげた。

「子どもって、親が望んでいるようには決してならないもんですよ。何百人もの子どもの名前を呼びながら、いつもそう思っていたんです。ああ、ほんとに美味しい。お茶がこんなに美味しいなら、きっとここの料理もみんな美味しいんでしょうね」

「ううん。ほんとはお客さんに威張って出せるようなもの作れないの。一人になってから急にこういう店を出したくなって、学校に行ったり、水江さんに習ったりしただけだもの」

後ろめたいような面映ゆいような気持ちは、開店して三年経ってもちっとも薄れない。季節ごとに出る野菜や魚などにいちいち相談し、苦心しながらどうにか献立を考え、しつらいに工夫をして一心に作っている。本当にただそれだけだと改めて思うだけで、熱いものが込み上げてきてしまう。

「でも羨ましい。私なんか仕事をやめて一人になったら、なんにもない。身すぎ世すぎもなくて、ただ退職金に養われてる」

私は少し声の低くなった彼女に濃い目の二番茶を差し出すことしか出来なかった。

「お礼の代わりに小鉢の一つ、惣菜の一品くらいお出ししたいけど、実はまだ以前のように包丁を握る自信もないの」

言い訳を言ったものの、気がつくと店に来てから右半身も左半身も痛まない。もう言い訳も、言い逃れも出来ないと、店に言われている気がした。

「私、料理はなんにも出来ないけど、包丁を研ぐのだけは上手なんです。ついでだからやっていきます」

秋子はすぐに厨房へ入り、素早く腕まくりをした。

「えっ、だって。家庭用より少し手ごわいですよ。私は研ぎが下手で、実は知り合いの方に時々頼んでいたくらいですもの」
二、三度は深水も見兼ねて研いでくれた。
「とっても見ちゃあいられない」

私に見られると気が散るからと、側に寄せてもくれなかったけれど、カウンター越しに眺めて見事な研ぎ方にうっとりした覚えがある。もしかしたら以前は日常的に包丁を研がなければならない仕事でもしていたのではないかと思ったくらいだ。

秋子の好意に甘えることにして、遠慮がちに使い慣れていた菜切りと、出刃と柳刃の包丁を並べて、研ぎ石や水を用意した。

「ああ、腕がなるなあ。母が元気だった頃、包丁を研ぐのだけが私の得意の家事だったんです」

まっすぐ向き合った秋子の目が刃に吸われるように光り、眦の線がすっと細くなった。顎を引いて俯いた時、化粧気のない六十を過ぎた彼女が急に美しく思えた。

包丁にしろナイフにしろ、人には刃を前にすると、きれいになる人とならない人があるのかもしれない。翻って私自身は、四十七年間危険なものや、鋭いもの、凶器となりえるものを前にした時、いつも震え恐れて、我が身を庇うことばかりにじたばたしてきたような気がする。

「できました。ああ、いい気持ち。久しぶりの達成感」

二階へ上がり、明日からでも使えるように片付けを済ませて降りてくると、秋子が汗の光る顔を向けて嬉しそうに笑った。

「すごい汗。けっこう力仕事だから、疲れたでしょう。お茶をいれかえましょうか」

「お茶もいいけど。もしさしつかえなかったら、ビールを一杯」

冷蔵庫の隅に残っていたビールを出すと、喉をならして飲み干し、秋子は学校の先生らしい大きな深呼吸をした。

「びっくりしたでしょ。初めてやってきて、歳時記は押しつけるわ、包丁を研ぐわ、ビールを一気飲みするわ、で」

「いいえ。どれもこれもみんなとても有難かった」

思わず知らず本音を漏らした。

「包丁もぴかぴかになったし、やっと明日から店を開くことが出来そう」

「じゃあ菜飯屋の再開と、私のお節介に、もう一度乾杯」

秋子を送って、歳時記をぱらぱらめくった後、水江に電話をかけた。

「やっぱり秋ちゃん、行ったんだ。あの人なんでも即実行って主義だから。大丈夫、疲れなかった？」

私は歳時記、包丁研ぎ、ビール、店の再開、という順序で話した。

「全快ってわけじゃないけど。最初の頃はお客さんもすぐには来ないだろうし」

「私、手伝いに行ってあげようか」

水江の申し出は有難かったが辞退することにした。あの店で一人で待ちたかった。来るか来ないかわからない客ではなく、もう一度菜飯屋を始める私という実体が帰ってくるのを待ちたかった。出汁をひいて、菜を茹でて、刻んだり和えたり、焼いたり、蒸したりしながら。ゆっくりと深水と出会う前の自分に戻っていくのを待ってみたかった。

「そうね。でも無理はしないでね。何かあったら携帯に電話して」

相手の気持ちを察して話題を変える妙に、水江ほど長けた人を知らない。声も調子も不自然ではなく変えて、彼女は秋子の話を始めた。

「お父さんが早くに亡くなって、一人娘だった彼女がずっとお母さんの面倒を見てきたの。一昨年お母さんがなくなって、去年退職して、まあ言ってみれば俳句三昧の生活なんだけど。学校っていうのは閉塞的なところもあるし、長い間母子家庭だったこともあって。彼女はあまり人づきあいが上手じゃないのよ」

水江の声の低めようが少し気になった。豪放磊落を絵に描いたような初老の女がいるはずがないのはわかっていたが、それ以上水江は語らず、私も訊かなかった。

「深水さん、店にまた来るかしら」

まったく私の心がテレビ電話になって映ってでもいるように、水江は再び話題を変えた。

「来ないわ。私もきちんと断ったし。もともと深追いするほど好きな相手じゃなかったんだと思うの」

たった百日足らずで深水の胸の奥がわかるはずもない。もともと韜晦癖《とうかいへき》があったのに加えて、私生活に対しては見事なほど秘密主義を貫いていた。

なぜだろう、と常々思っていた。陰湿で策略的な性質ではない。むしろ明快で潔癖さの目立つ人柄だと知っていた。心の奥をこじ開けてみることは出来なかったけれど、数ヶ月の交際でわかったことがあった。

あの人が守ろうとしているのは自分ではなく奥さんなのだ。かたくなに、一途に守ろうとする余り、彼の警戒心は領域が広く、壁は高くなってしまっている。往来も風穴も、一時の換気ですら、用心して身を硬くする。私の木の実を投げるほどのノックで開くはずもない。動くはずもない。

泣きじゃくって胸に飛び込んできた女を笑いながら受け止めて、一時だけ胸を貸し、髪を撫で、一夏を付き添ってくれただけだ。時折りは眩しそうに、戸惑ったように見つめながら。

「それでいいの。ほんとにこのまま終わってもいいの」

水江は私が離婚する時には決して言わなかった問いを繰り返した。

「長く長くすれ違ったままでいて、ゆくりなく出会って、また始められる。それほどの時間はもう私たちには残されていないのよ」

このまま深水と会っていれば、思慕は取り返しがつかないほど深くなる。憧れが欲望に変われば、私はきっと彼の妻の死を望むだろう。望まないにしても夢想するだろう。今水江が言った言葉をそのまま深水にぶつけて、答えを迫る日がこないとも限らない。彼が半生を賭けて守ろうとしていたものの滅亡と死を私は願うだろう。

嫉妬も恋着も恨みも、緑色の菜を茹でていれば、自身が晒されていくようにさっと流れて、心も身体も凪いで鎮まる。三年の間修練を積んできた意味がそんなことになったら、すべて無になってしまう。

私は怖かった。切れの鈍くなった刃がどす黒い光を放って目の前にあった。私は怯み怖れて逃げ出したのだ。愛も恋も憎しみも砥ぐ勇気はなかった。

「いいのよ、水江さん。離婚した時みたいに私は今、途方に暮れてはいないの。菜飯屋があるもの」

水江の溜息に似た吐息が聞こえた。

打ち水をして、盛り塩をして、やつれた顔をごまかすためにいつもより入念に化粧をした。まだ献立は漠然としたままで、量も種類も曖昧な仕入れ方しか出来なかった。四十日も無断で休んで、再開を告げる挨拶もなく、客に知らせる工夫もしなかった。看板も暖簾もない店に一見の客が立ち寄るとも思えないし、馴染みの客が偶然に通りかかることも期待出来なかった。

出汁をひき、御飯と汁の用意をし、下準備をあらかた終えても、心は開店当時より不安に波立って落ち着かない。

篭に盛ってあった半干しの椎茸を遠火の網で焼き始めると、店には木の葉を燻すようないい匂いが広がった。

八枚ほど焼き終わった頃だろうか。店の前に立ち止まった影がある。

「どうぞ」

声をかけても入ってこないので、手を休めて出ていった。

「よかった。また店、始めるんだ」

五ヶ月前に突然姿を消した竹沢サヤが、飛びつかんばかりの大声で言った。

「どうしたの。開店早々驚くじゃあないの」

驚愕と困惑と共に、左腕の付け根が不気味に痛んだ。初めて深水の胸に飛び込んで泣いた、そもそもの原因となった娘の出現は恢復したばかりの私にとって、不吉な予兆以外の何物でもなかった。

「まあ、入って」

半年ほど見ないうちに肉づきのよくなった彼女の背中を、軽く押しながら店に入れた。

「誰から聞いたの。店を閉めていたって」

サヤの同棲相手が菜飯屋に来店してわかったとは考えにくかった。

「誰にも聞かない。電話できなかったし。でも、店の前を通ったんだ。何度も。何度も」

当時は化粧もしていなかったのに、眉を細く描き、唇には似合わない濃い色の紅をひいている。出て行った後、慣れない化粧をして、居酒屋のような所で働いているという彼女の消息を最初にもたらしたのも深水であった。

「はじめは彼氏の帰りが遅いと、疑ってこっそり様子を見にきてたけど。それからすぐに店が閉まって。二階も暗いままだから、なんか気になって。夜来たり、昼間見に来たりした」

髪だけはまともに束ねているが、ちぐはぐな服といい粗末な靴といい、最初のかたくなな田舎の娘から、一挙に十歳も老けて、所帯やつれした中年の容貌に出来上がっている。

「ちょっと身体を壊したのよ。あなたこそ、あれからどうしてたの。お母さんが来て、大体のことはわかったけど」

あの男とはまだ続いているの、とは訊けなかった。左半身だけでなく、痛みはあちこちに飛び火する勢いで広がった。

「もう、やんなっちゃう。昨日も携帯を見たら、ハートマークのついたメールが二つもあった。

塾の生徒だっていうけど、まさか生徒が先生にハートマークのメール、送るかって。人を馬鹿にして」

以前の数倍の速度と量で喋り始めた様子を見ていると、同じような猛スピードで彼女がその母親のようになっていくのがわかる。

「私、なんでもするから、またここに置いて下さい」

そっくり同じセリフを言って、数ヶ月二階で暮らした顚末はもう思い出したくもなかった。

「無理よ。半年前とは事情が違うの。ねっ、お客さんだって、一人もこないでしょ。またやっていけるかどうかもわからないんだから」

「そりゃあ、そうだ。あたしだって、帰るとこだったんだから」

頷くといきなり二階に駆け上り、駆け下りてきた。以前の反応の鈍さと比べると別の生き物が乗り移ったような勢いである。

「この紙にまたお店始めましたって書いて下さい。あたし、あちこちに貼ってくるから」

サインペンを無理やり握らされて戸惑っていると、盛大に戸が開いて、馴染みだった客が二人入ってきた。

「よかったあ、店が開いてて。もうお腹ぺこぺこ。なんでもいいから食べさせて」

二篭あった椎茸が一晩で全部なくなった。結局サヤはほとんどつきっきりで椎茸を焼き、客が帰ると洗い物を一手に引き受け、八面六臂の活躍をすると、「また明日」と元気に手を振って帰っていった。

「なんていう一日だったろう」

三度目に飲んだ鎮痛剤は疲れきった身体に睡眠薬と同等に作用して、私は泥のように眠った。

翌朝、別れた夫の夢を見た。白髪頭で後ろ向きのまま車椅子を押していた。ぬいぐるみのように座っているのは離婚のきっかけとなった愛人だろうか。夫より十五歳も若かったはずなのに。

いや、違う。夫の後ろ姿ではなさそうだ。もしかしたら車椅子にいるのはほとんど寝たきりだという深水の妻かもしれない。妻というのはあんなふうにつくねんと、方向も意志もなく座って、男に優しく運ばれるままになっているものなのか。

夢だと半分わかっていながら、私はそんなことをぼんやりと考えていた。帯状疱疹になってからの習慣で身体をゆっくり試すように動かしていると、待ちかねたように、電話が鳴った。

「あっ、おかみさん、あたし。店に行く前におつかいしてこうと思って。ややこしい物はわからないけど、言ってくれれば野菜くらい買っていける。だって、まだ腕が痛くて、重い買い出しは無理だろうから」

いちいち見ていなければ、野菜の皮むき一つ満足に出来なかった、ほんとうにこれが竹沢サヤだろうかと思うほど、はきはきと彼女は喋った。男との半年足らずの同棲で、彼女は長い長い蛹の時期を抜けて、一足飛びに立派なおばさんに変貌していた。

泥のように眠りはしたけれど、今日の献立は昨日のうちから出来上がっていたから、野菜の種類と量は伝えることが出来る。

「任せてよ。あの八百屋にうんとおまけさせるから」

驚きが去ると、おかしさが湧いてきて、私は一人笑いをした。彼女の言う通り白菜や牛蒡や里芋、葱や大根を持つのはどう考えても無理なのだった。

食事の後、一応水江に昨日のことを報告すると、彼女はいつまでも笑いやまなかった。

「人生っておかしなものねえ。捨てる神あれば、拾う神ありって、よく言ったものだわ。あら、捨てる神だなんて、ごめんね」

拾った神がサヤならば、捨てた神は当然深水ということになる。私は彼が好きだったコーヒーをたてながら、また静かに笑った。

深水との思い出はむろん苦いものばかりではない。着替えをしようとしてクローゼットを開けて、私は一夏でずいぶん洋服が増えていることに改めて驚いた。夏物だけではない。初秋に着る服まで何着も並んでいる。

何年ぶりだったろう。逢うたびに何を着ようか、どんな装いがよいかと心を砕いたのは。それは菜飯屋で不特定多数の客を待つ日常では、考えられないような胸の弾むことだった。服に合わせて、店員に勧められるまま装飾品もいくつか買った。流行のターコイズのネックレス。血赤の珊瑚。茨布《ばらふ》と呼ばれる鼈甲のブローチまで買った。

新しい洋服に合わせ、気に入りのアクセサリーをつけて、鏡の中で笑ったり歩いたりする。そんな若い娘のようなことをして時間を潰すのは本当に久しぶりだった。出来れば夫に買ってもらった物や、店で着ている服で間に合わせたくなかった。菜飯屋の店主ではなく、新しい女として深水と逢いたかった。もう若くもない女のそんな愚かな見栄や虚栄心をいじらしいとでもいうように、深水は決まって私の装いに目を細めた。

「きれいな石だねえ。へええ、ターコイズって言うのか。昔はトルコ石って言ってたけど」

ネックレスが揺れるのは、まだ染みのない白い胸である。イヤリングに触れれば、耳の形に目が留まる。微妙に透けるシフォンの襟ならば、露わな首筋に視線が逸れる。少女じみた秘密と、遊び心に胸を弾ませて、暇を見つけてはデパートへ通った。

だからほぼ全部、深水と逢った時の装いは覚えている。その時の褒め言葉も空で言える。決して写真を撮ろうとはしなかった深水だけれど、私の心の中には逢瀬の数とほぼ同数の異なった服を着たネガが残っている。

その晴れやかな装いの中に、自分の暗い策略が秘められていることに、いつ気づいたのだろうか。

あの時。私たちは近郊の寺院に蓮を見に行った。蓮見舟と言えるほどのものではないが、四、五人が詰めて座れば精一杯の細い舟に乗り込んだ時のことだ。私の買ったばかりのウォーキングシューズの紐が解けかかっていたのに深水が目を留めて、すっと舟底に膝をついて靴紐を結び直してくれた。

「さあ、これでいい。きつくないだろう」

紐を結び終えた靴をそっと包むように彼が触った時、私は気づいたのだ。自分がことさら深水と逢うたびに装いを凝らすのは、見たことのない彼の妻に対する対抗心の一種であることに。彼女に対して、浅はかな当てつけと優越感を味わうのが目的なのだと。

化粧もせず、寝癖のついた髪で、寝間着にスリッパを履いているだけの彼の妻に対して、まだ少しは若く、健康で晴れやかな装いをした自分と知らず知らずに深水が比べることを望んでいたのだと。彼が逢った途端に私の容貌を眩しそうに見る時、深水の大切にしている妻に対して私は意地悪な勝利感を味わっていたのだ。

靴紐を結び直した靴ごと大切そうに包んで、「さあ、これでいい」と言った深水の声。それはそのまま車椅子に座っている妻の足元を気遣う夫のものだった。

憑き物が落ちたように私はおしゃれをすることをやめた。それから何度彼と逢っただろう。どこへ行っただろう。それ以来私は自分が何を着、どんな装いで出かけたのか覚えていない。敗北感に打ちのめされて、目的も意図も失った洋服。文字通り形骸だけになってうなだれている服の中から、明るい色だけを選び、私は無造作に袋に詰め込んだ。

「店で着てね。エプロンはこれをつけて」と差し出した服を、サヤは慌てて仕舞い込むとさっさと二階に運んでしまった。

「こんな上等な服を着て、掃除をしたり、魚を焼いたりしたらもったいない」と昨日と同じ服にエプロンだけ新しくした彼女が、鼻歌を歌いながら、手際よく牛蒡を洗い始めた。

「サヤちゃん、牛蒡を洗い過ぎないでね。香りも歯ざわりもなくなるから。灰汁を抜くためにいつまでも水に晒すなんて、もってのほかよ」

いぶかしげな表情で私を見たものの、サヤは素直に牛蒡の始末を終えた。

「おかみさんも、牛蒡や人参なんか切ってあるのを買えばいいんだ。煮たり炒めたりしちゃえば、みんな同じだと思うけど」

以前ならばいちいち面倒臭い指図をすると無言の反抗をしたのに、サヤは意外なほど私を気遣って骨惜しみせず動いた。

「おかみさんは野菜の達人だって、彼氏が言ってたから」

悶着や喧嘩は絶えないらしいが、塾の教師をしている男とまだ続いていることは言葉の端々ですぐにわかった。

「あったま、きた」

万年高校生のような言葉でなじるけれど、初めての男と暮らすために仕事も変え、結婚まで決めていたのだから、半年足らずで切れてしまうことは到底出来ないのだろう。十五年連れ添った夫に何度裏切られても、帰ってくれば許して迎えた。私もサヤくらいの年代の時は同じように信じやすく、相手の思惑にすぐ翻弄されてしまったのだ。

「サヤちゃん、早くから八百屋に買い出しに行ったから、お昼御飯食べていないんじゃないの」

炊き上がった御飯のいい匂いがする。休業中は一日二食が習慣になっていたから、自分はまだ食欲もないが、重い野菜を選んだり運んだりしてきたサヤは、多分空腹に違いない。

「さっきからお腹がぐーぐー鳴ってる」

「でも、今あるのは御飯と野菜だけ。おかずらしいものはまだ何もないのよ」

毎日店を開けていた頃は、常備菜の三品や四品は必ずあったし、自身の賄いくらいたやすく見繕うことが出来たけれど、開店二日目では何の準備も出来ていない。

「炊き立てのご飯に卵をかけて食べるから、平気」

「でもそれじゃあ、働けないでしょ」

「あっ、そうだ。昨日あんまり椎茸が売れたから、調子にのって茸をいっぱい買ってきたんだ。あれでいい、あたし、茸山作るから」

「茸山？」

まあ見ててと言うように、夕べさんざん使った焼き網に椎茸やエリンギを乗せると、サヤは得意そうに準備を始めた。

「茸山はお母さんに教えてもらった。今頃になるとこれでご飯を何杯も食べた」

それは数日前、句会で松茸の話に出てきたのとほぼ同じ要領で作られた。ただ松茸が椎茸とエリンギに代わっただけで、かりかりに焼いた茸を御飯茶碗に乗せるという到ってシンプルな料理だった。料理と言えるほどのものでもない。手間はただ茸を上手に焼くだけである。焼き過ぎると苦く、半生だと触感も香りも損なわれる。

あまりサヤが美味しそうに食べるので、つられて私も茶碗に半分炊き立ての御飯をよそった。句会の話を思い出しながら生醤油の中に酢橘をしぼり、彩りにほんの少し捻りゴマをかけた。

「茸山って美味しいのね。私の家ではこんなふうに椎茸を食べたことがなかったからサヤちゃんに教えてもらった」

自慢そうに鼻を鳴らしながら、サヤは二杯目の御飯をあっという間に平らげてしまった。

「ああ、お腹いっぱい。あたしでもおかみさんに教える料理があるなんて、ホント、いい気持ち」

当初はサヤが店に来た事情が事情だったから、ずいぶん気もつかって腫れ物に触るように扱った時もある。無関心と無言の反発に対抗して、私自身も警戒と嫌悪を募らせずにはいられなかった。傷ついていた世間知らずな娘が、必死に守ろうとしたものの正体に思いを巡らす余裕もなかった。生まれてこなかった子が生きていれば同じ年頃だと引き受けたものの、こっちの勝手な感傷と思い込みをことごとく無視されて、私は無力な娘をひそかに恨んだりもしたのだ。

末子で育ったから自分自身もわがままで、母親になったことがないから慈しむということを知らない。相手が胸襟を開いてくれるまで、心を尽くすという面倒見のよさも度量の深さもなかった。あの時サヤに必要だったのは、住む家でも職でもなく、自分だけを必要としてくれる相手だったということに、出奔されても気づかずにいたのだ。

サヤだけのことに限らない。無視されたり、逆らわれたり、生理的におじけづくようなものから私はいつも逃げてきた。災厄に結びつきそうなことや、得体の知れない人、暗い情熱を秘めていたり、危険なエネルギーを湛えたものに出会うと、私はわけもなく怯んで脅え、目をそむけて遠ざかってきた。

自分の未熟さと、幼い自己保存の本能を最優先して、生かせなかった機会や、逸してしまった貴重な体験がどれほどあったことだろう。

「さあ、お腹もいっぱいになったし、次は何をすればいいの」

結局サヤの勧めてくれた張り紙もしなかったけれど、馴染み客はぽつぽつと戻ってきた。

「よかったよ。菜飯屋で今年も菊膾が食べられて」

「美味いコロッケだった。鱈とジャガイモのコロッケなんて他じゃあ売ってない。家内は揚げ物は一切しなくなったし。これから里芋のコロッケを食うのが楽しみだ」

勝手な休業を詫びるたびに、口々にそんな励ましが返ってくる。物見高い詮索や、意地悪な憶測など仄めかしもしない客の心根が有難かった。

「あんたが商売っ気のない文学少女崩れだから、客もおのずから似たようなのが集まってくる」

そんなふうに菜飯屋を評していた深水の言葉も、あながち当たっていないわけではないのかもしれない。

「田舎じゃあ、栗林がうんざりするほどあったけど、あたし、本物の栗ご飯って初めて食べた。甘くて気持ち悪いかと思ったけど、栗は芋よりよっぽど上等だ」

秋になって、新米が出始めるとどうしても色ものの御飯を作りたくなる。銀杏を炒ればついでに銀杏御飯を。零余子《むかご》が入れば零余子飯を。カマスが余ると焼いてむしって針生姜と合わせた丼を作る。サヤが八百屋で欲張って他の客の分まで貰ってくる大根や蕪の葉をふんだんに散らす。柚子や、分葱などの香りを放って、釜やお櫃や丼の中は薄紅葉の山であったり、里の祭りの彩りだったりする。

日脚は心細くなるほど詰まって、店は意外なほど早く客足が途絶えた。夕方から隠れて飲んだ鎮痛剤が遅くになって効いて、私は疲れて眠かった。

「サヤちゃん、今夜はもう店、閉めようか」

後片付けをしているサヤに声をかけた時、入ってきた客を見てはっとした。

サヤの同棲相手の塾の教師だった。彼女同様半年でずいぶん肉づきがよくなって、その代わりにめっきり髪が薄くなっている。サヤが急に中年になったとしたら、男は初老と言っても通りそうな老けようだった。

「なによ。店には来ないでって、言ったじゃない。やきもちで言ったんじゃないよ。ここに来られるのは、いやなの」

「時間潰そうって思ってたんだけど、早くパチンコすっちゃってさあ」

男はばつの悪そうな顔で私の方をちらちら見た。

「ばっかみたい。先生の癖にパチンコなんかしてるから、生徒になめられるんじゃない」

猛烈な勢いで水を飛び散らして洗い物をしながら、鋭い声でサヤが怒鳴る。

「サヤちゃん、お酒でも出してあげたら。それともこっちはもういいから、一緒に帰る？」

たった半年でこんなふうに長年連れ添った夫婦のように応酬しあえる。これも相性とか縁とかのなせることだろうか。離婚して五年の歳月が流れた今、私はまるで自分には未知のことのように男と女の生活に疎くなっていた。

「まったく、やんなっちゃう」と言いながら、手早く洗い物を済ませて、サヤは仕事用のエプロンをむしりとった。

「そうだ、もしイヤじゃなかったら、栗御飯、持って帰って」

げんきんなほどサヤが嬉しそうに頷く。今夜は酒好きの客が多く、栗御飯が残っている。他に詰めてあげられるものを見繕って、お持ち帰り用の折り詰めを二つ作った。

「あっ、まだあったかい」

機嫌を直したサヤは男の腕に折り詰めを押しつけて、いそいそとした足取りで帰っていった。

以前からお持ち帰りを誂えるのが好きだった。菜飯屋は反家庭的な飲み屋や料理屋ではない。半分は惣菜屋のつもりでいるから、「みやげに持って帰りたい」と言われれば、むしろ嬉しかった。

そんな習い性が災いして、深水と二人で逢うようになってから、ひどく悲しい思いをしたことがある。珍しく彼が何度も鰤大根を褒めたのが嬉しくて、つい「持って帰るなら、詰めますけど」と言った時のことだ。

「いらない」

氷の礫を投げつけるような冷たい即答に、一瞬にして顔が青ざめるのがわかった。

「どこへ持って帰るんだ」

忌々しそうに言い放った深水の声には怒りが漲っていた。すぐに立ち上がって、帰り支度を始めた勢いに私は驚き、詫びを言うことも出来なかった。べつに入院している妻と二人で食べたらいいと気を回したわけではない。自分の存在を相手に気づかせたいという企みがあったのでもない。

別れの挨拶もせずぴしりと戸をたてて深水が帰った後、悔いと情けなさで私は涙ぐんだ。細やかな心づかいや繊細さを持っている深水は時として、容赦なく人を傷つけて省みないところがあった。少年のような潔癖さと冷酷さ。私に対してだけではない。ずっとそうして生きてきたのだとわかっていても、自分は他の人とは違う。もう少し遠慮なく親しく、叱るなりなじるなりしてくれればいいのに、と寂しく虚しい思いをする時は多々あった。

あの時も計算や企みで言ったのではない。それくらいの理解や信頼は育くんでいるつもりだった。しかし、どれもこれもがみんなお前の一人よがりだと、こっぴどく思い知らされた気がした。

二人でどんなに逢瀬を重ねようと、それはその時だけのこと。他人であることに変わりはない。お前にこれ以上の介入も干渉もされてたまるかという本音が剥き出しになっている深水の態度だった。

もともとは客と店主という関係であるし、何も知らない若い娘というわけでもない。夫の裏切りにあって離婚して手傷を負っている私にとって、そんな仕打ちが心底悲しく骨身にこたえた。優しく狡く立ち回られれば悔しいけれど、正直に真っ向から切りつけられれば立ち直れないほどの深手を負う。

別れて一人になれば、悔しさも恨みも時を経ずして、薄氷《うすらい》のような悲しみに変わって胸をおおう。その悲しみの裏側、メダルのもう反面にはシルエットだけの、深水の妻の確かな安寧が彫られているはずであった。

サヤが帰った後、帯状疱疹を患ってからずっと口にしたことのなかった酒を久しぶりに少し飲んだ。

十月の定例句会は二ヶ月ぶりに菜飯屋で開かれた。歳時記と包丁を研いでもらったお礼を用意していたけれど、その日秋子は出席しなかった。

「夏子さんの快復と菜飯屋定例会の復活を祝って」と関口は美味しい地酒を提げ、水江は山帰来《さんきらい》や、梅もどきなどの実のついた枝に竜胆と秋明菊をあしらった美しい花束を抱えてきてくれた。

零余子飯一日分の空元気

思いがけず高点句になった私の句を、披講してくれた木村さんが、「記念に」と見事な字で色紙に書いて贈ってくれた。

「秋子さんが欠席だったけど、お身体の具合でも悪いの」

会の後、水江に訊ねると「あの人はこの句会の常連ってわけじゃないから。来ないこともあるのよ」と面倒見のいい彼女にしては、そっけない返事が返ってきた。

「人の心配をするより、寒くなると帯状疱疹後の神経痛がぶり返すことがあるそうよ。元の木阿弥にならないように、当分はサヤちゃんに手伝ってもらってね」

水江に忠告されるまでもなく、ごく自然に私はサヤのことを頼みにするようになっていた。最初は「おかみさん、おかみさん」と場所柄も、人目も気にせず大声で呼ばれることに違和感もあったけれど、慣れてしまえば、以前ほどいやな気持ちがしないのが不思議だった。

サヤがくるまで、店の常連客は私のことを「なっちゃん」と呼んだり、「夏子さん」と呼んだりしていた。一見の客は最初「おかみさん」とか「ママ」などと呼ぶことがあったけれど、すぐに居心地悪そうに、呼称を変えた。

サヤに倣って「おかみさん」と呼ぶ客が増えてくると、どんなふうに呼ばれても、それは店と客を結ぶ大切な呼称であると思うようになった。客の方が癖や習慣で好きなように呼んでくれればいい。それが慣れや親愛の度合いでどんなふうに変わっていっても、応えていこう。四十日にも及ぶ勝手な休業を咎めもせず見守ってくれた客に対して、それがせめてもの礼儀であり、感謝の気持ちであると考えるようになっていた。

「おかみさん」とサヤが、他の誰とも違ったニュアンスで呼ぶ時、声が遠かったり、客の話声に紛れたりすると、私の耳に「おかあさん」と間違って聞こえてくる時もあった。


街路樹の花水木が、日当たりのよい梢から少しずつ色を変え、店の前に落葉が溜まっていたりする十月の末、客足の絶えた時刻にふらりと秋子が店に現れた。教師に戻ったようなきっちりした黒色のスーツを着ている。

「すいません、夏子さん。塩を少し下さい」

もう店内に半身を入れてから言われ、慌ててサヤに塩をひとつまみふらせた。

「客商売の家にこんな格好でごめんなさい。でもなんだかまっすぐ帰る気がしなくって」

裸木の影のように骨ばった身体をがくんと折って、カウンターに腰をおろした。

「どうぞ、どうぞ。ゆっくりしていって」

熱いほうじ茶を差し出すと、手をぬくめるようにして持ったまま、力のない視線を向けた。

「見ての通り告別式の帰り。生徒が死んだの。まだ二十八歳だっていうのに」

自分も湯呑を持ったまま隣に座って、彼女が再び話し出すのをしばらく待っていた。

「ここは家ねえ。店じゃあない。入ると湯気が漂っていて、いい匂いがする。初めての店へ行っても、いらっしゃいませ、お待ちしてました、なんて張りきった声で言われるとげんなりするけど。ここは当たり前のように静か」

サヤは厨房の奥の椅子で携帯メールを打つのに忙しい。私は休むと途端に気になる左腕の痛みを右手で庇いながら、秋子の言葉を聞いていた。

「病気だっていう噂はなかったから、訃報を聞いてすぐにわかったの。すぐにわかるのよ。いやんなっちゃうくらい。ピンとくる。だってもう自殺した子を四人も見送ってるんだから」

湯呑を置いた手は微かに震えていたけれど、姿勢は崩さない。肩や背中に漲っているのは、嘆きではなく、怒りだ。

「なんでみんなすぐに諦めちゃうんだろう。一回か二回、失敗したり、挫けたりするだけで。どうしてもうちょっと、頑張れないんだろ」

面と向かって責めるように、秋子はきつい口調で言った。黙って見守っていても、嗚咽や慟哭は漏れてこない。ほんの少し唇を湿らせるだけで、それが彼女の三つ目の拳でもあるようにお茶の入った湯呑茶碗をごつんごつんと乱暴に置く。

「お酒でも飲む？　それとも何か召し上がる」

荒々しく置かれるたびに飛び散るお茶がカウンターにかかるのを見て、しばらくしてから訊いた。

「じゃあ、お酒を貰おうかな。あっ、冷やでいいから」

治部煮に柿膾を添え、冷酒を出した。

添えた芥子をべったりとつけて丸ごと鴨肉を食べ、口の中にあるうちに冷酒を一気に飲んだ。芥子より辛く、冷酒より心を麻痺させるものに飢えていたかのような動作を繰り返し、皿も酒もすぐに空になった。お代わりを運ぶと、やっと私の顔を正面から見た。

「夏子さんの旦那さん、死んだの？」

あまり唐突で直接的な質問だったので、たじろいだ。厨房の奥でサヤが携帯を持ったまま腰を上げた。

「いいえ。水江さんに聞かなかった。ずいぶん前に離婚したのよ」

「どうして」

答えるのは簡単だったけれど、ここでは言いたくなかった。

「じゃあ、まだ生きているんだ。どっかで」

芭蕉庵に吟行に行った帰り、水江が偶然出会ったという夫の見たことのない白髪頭が目に浮かんだ。十五年も連れ添った男の顔も容貌も淡くなっているのに、人づてに聞いた白髪頭だけを繰り返し思い出す。人の記憶や、心奥は窺い知れない。その窺い知れなさを今の秋子と分かちあえるとは思えなかった。

「もう一杯」

カウンターに近づいてきたサヤに、酔いの回った声で秋子が怒鳴った。

二合入る徳利に七分くらい入れて、サヤが憮然とした態度で秋子を見た。

「サヤちゃん、何かお腹の足しになるもの、残っていないかしら」

声をかけても返事をしない。サヤは酒を飲む客が嫌いだった。特に女の客が酔うことにあからさまな嫌悪を示した。サヤは酔っ払って騒ぐ客を「赤鬼」と言い、酔いが回るにつれて陰気に黙り込んでいく客を「青鬼」と陰で呼んでいる。赤鬼は迷惑だけれど、一番嫌いなのは「青鬼」だと日頃から言っていた。

秋子はさしづめ「青鬼」に違いない。

「あたしって、まわりの人間によく死なれるたちなの。ほんとに、ばたばた死ぬのよ。私から逃げ出したいみたいに」

悲しみも寂しさもないとても乾いた声だった。

「秋子さん、たいしたものは残っていないけど、お茶漬けでも食べる?」

返事の代わりに秋子はここがどこだったのか確かめるように、ぐるりと店を見回した。微かに充血している目が、鮮度の落ちた魚のように濁ってみえた。

「サヤちゃん、私、秋子さんを送ってくるわ」

「だけど。それほど酔っ払ってるように見えないけど」

不満そうなサヤを目で制して、先日の句会の際にお返しのつもりで買った袋を出してきた。

「この前いただいた歳時記、大事に使わせてもらってます。これ、つまらないものですけど、お礼に」

「歳時記？　ああ、あれね。いいのよ。あなたのために買ったわけじゃない。厄介払いに持ってきただけだから。母のものと、私のと。母が入院先で買ったのと。あんなもの、いくつもあったってしょうがない」

一人娘の秋子が長く患った母親を二年前に亡くしていることは、水江からも聞いていた。

「よかったら、もうワンセットあげたいくらい。私、つくづく俳句はいやになった。花鳥諷詠も、俳味も座の文学も、どうだっていい。春夏秋冬をイヤになるほど繰り返し、季語を暗記するほど生きる人もいれば、満開の桜も紅葉の山も何度か見ただけであっさり死んでしまう人もいる」

ここは居酒屋ではないし、スナックでもない。カラオケもなければ、若い女の子が愛想を振りまくわけでもない。確かにアルコールはあるけれど、それは単に食事を摂る時に多少の酒やビールを飲む習慣のある客に対しての便宜のために過ぎない。最初からアルコールの類で儲ける気はまったくなかった。馴染みの客にせがまれれば、コーヒーや紅茶を出すこともあるけれど、それらの設備はむしろ自分のためだといっていい。そんな私の思惑は以心伝心で伝わるらしく、居酒屋やスナックで供されるサービスが目的の客はおのずと足が遠のく。ここ一、二年はそんな店の方針が行き渡ったせいか、酒が目当ての客は滅多に来ない。

赤鬼や青鬼の面倒を見ることに慣れていないから、秋子の酩酊に私もサヤも上手に対処出来ないのだった。

「秋子さん。あまり飲むと身体によくないし、疲れているみたいだからお送りするわ」

秋子の自宅が店から遠くないことは、以前に来た時聞いていた。わかりやすい幹線道路沿いで、目印になりそうな大きな会社があることも知っている。

タクシーの中で秋子は賛美歌らしいメロディーを口ずさみ続けていた。今日の告別式で歌われた歌なのかもしれない。酒の効用なのか、悲しみや感傷の微塵もないのんびりとした唄い方である。

会社の名が浮き出たビルとマンションの林立する狭間に、小さな家を見つけ出すことはむしろ簡単だった。その一角だけが、町の喧騒とも眩さともまったく孤立して、取り残された社のように青黒く鎮まっている。

「秋子さん、ここでしょ。御自宅は」

一向に降りる様子のない彼女を促すと、少し酔いの醒めた白い顔が当たり前のように頷いた。

「着いたの？　ねえ、今何時？　なあんだ、まだ九時前なのか。よかった」

独り言のようにぽつりぽつり呟きながらバックを抱え直すと、ドアを開けた。

「じゃあね」

すたすたと歩き出した後ろ姿で、もうそれほど酔っていないのはわかったが、心配なので少しの間、タクシーの中から見ていた。

「ここに家なんかあったんだねえ。何度も通っているのに初めて気づいた。黒っぽい隙間が見えるだけで、家が建ってるなんて思わなかった。まして、まだ人が住んでいるなんて」

間をもたせるために、中年の運転手はそんなお喋りをした。彼がつい「まして人が住んでいるなんて」と言う通り、それは本当に大都会の中にあって、闇のブーケほどのささやかさで存在していた。ライトに照らされて、玄関までに三、四段の階段があるのがわかる。門はなく、パセリ一株ほどの暗緑が蹲《うずくま》っているのが見える。

「ただいまあ。おかあさん、帰りました」

大きな声を張り上げながら、暗い玄関よりもっと濃い闇の隙間に秋子が入っていくのが見えた。


寒くなると、治ったはずの帯状疱疹が神経痛としてぶり返すことがあると、水江に忠告された通り、あちこちに残る欅の葉が残照のように照り映える頃になると、着替えの時や、鍋を持ち上げる一瞬、膳を運ぶ際などに、忘れかけていた痛みがふいに襲ってくることがあった。以前のように身を絞って蹲るほどの容赦のない痛みではなかったが、普段はすっかり忘れていた分、新たな痛みには身に沁むような疼きが長く残った。

遠くから冷たい火に炙られているような。それは結局会うことも、名を知ることもなかった深水の妻の、消えない恨みと嫉妬の悲しい業火であるような気がした。

歳時記では小春日和と言われる日が長く続いて、しばらく痛みの襲撃がなかったりすると、私はなんとはなく常連客の来店を待つくらいの意識で、あの懐かしいような痛みを待っていることに気づく時があった。

空気が冷え、空が透き通って、痛みが鮮やかに、冴え冴えと帰ってくる。そんな折に私はもう深水との恋を惜しまず、その妻の悲しみを迎えるように左半身の疼きを味わった。どんなに猛々しく執拗であっても、静かに深くあっても、どこかで誰かかが受け止めてさえいれば、憎しみも嘆きも少しは慰められたり、浄化されたりするのではないか、そんなふうに思いたかった。


提出しなければならない五句がやっと出来上がった当日、予定通り十一月の定例句会が菜飯屋で開かれた。

秋子は早々に現れて、元教師らしい律儀さで礼と詫びを言った。水江は相変わらず腕を振って吹き寄せやら、蕪蒸しを作ってくれたけれど、いつもより元気がないように見えた。毎回真っ先に来て、水江の料理に見惚れる関口は定刻になっても現れず、少し遅れてから「行くつもりでいたけれど、体調がすぐれないので」という連絡が入った。

「そういえば、先週の関東大会にも珍しく欠席されましたね」

「お若く見えても、もう七十を過ぎていらっしゃるし、寒くなると手術の痕がよくないのかもしれない」

「大丈夫。あの方は百戦錬磨のつわものですから、癌なんかに負けませんよ」

七十過ぎと聞くと驚くけれど、物腰も声もまったく壮健そうな関口が癌を患ったことがあるというのは初耳だった。

句会は関口を除く全員が揃って、いつものように和気あいあいと進んでいた。披講も済んで、選句も終わり、後半の席題も出揃った頃、何がきっかけでそんな状態になったのか定かではないが、論議はふいに沸騰して座は一遍に不穏な雰囲気に包まれた。

論争の口火を切ったのは秋子であったらしい。出席していながら発端はもとより、論点も曖昧なのは情けないけれど、店にはちょうど客からの長い電話があって、私は二、三十分中座していた。定休日とわかっていても、気の早い忘年会の予約やら、紅葉狩りの弁当の相談で電話が長引き、戻った時には秋子の興奮した声が座を仕切っていた。

「そんなことだから、俳句は文学じゃあないなんて言われるんです。確かに俳句は座が大切だけれど、それは茶飲み話の延長でも、台所俳句のお披露目でもない。主催者の点欲しさだけで来るわけでもないでしょ」

困惑した声で宥めたり、不愉快そうに顔をしかめる人もいた。和やかで纏まりやすい人数と日頃は思っていたけれど、八人というのは論を収拾するには難しい数なのかもしれない。穏やかだけれど、説得力のある口調で座を仕切る関口が不在だったということも、紛糾をとめどなくさせる大きな要因だったのだろう。

「私が言っているのはそういうことじゃあないんです」

「私の目指している俳句と、今の意見はまったく意味が違います」

「だから、最前から私が言っているじゃあないですか」

私、私と連呼するのは秋子に限られていた。そのたびに収拾に向かっていた論議は元に戻ったり、ややこしく錯綜する。体制を整えたり、論を纏めたりする者に対して秋子の舌峰は鋭く容赦がなかった。やがて発言者はことごとく口を閉ざし、しらけたままの座に秋子の「ワタシ、ワタシ」という言葉が解読不可能な記号のように響き続けた。

もともと俳句に対する見識も経験もなく、出句だけで精一杯の私には問題そのものが漠然としていて、意見らしいことも言えず反論も出来ない。それでも秋子の非難が核心に近づくと、攻撃の的が概ね水江と水江の作品を対象としているのだということが、おぼろげにわかってきた。

経験もなく、状況を把握するのに鈍な私でも気づくくらいだから、矢面に立っている本人が気づかないはずはない。

「作品というのは、どんな文学でも孤独の所産です。教養の一端であったり、社交の道具であってていいはずがない。散文でも定型でも同じじゃないですか。それを私的な告白や自己宣伝みたいな句ばかり披露されたら、ぎりぎりのところで俳句と向きあっている者には、たまりませんよ。せめて切磋琢磨しあう場所でなかったら、句会なんて単なるお遊びじゃあないですか。いい機会だから、水江さんの意見を是非お聞かせいただきたいですね」

はっきりと水江を名指して、秋子は挑戦的なまなざしで話を結んだ。

いい機会というのはどういう意味なのだろう、と一瞬不審に思ったものの、すぐにそれが関口の不在を指しているのだと気づいた。

先刻からずっと、なぜこう紛糾する前に水江が収拾に乗り出さないのか、秋子の勝手な暴走を軌道修正しないのか気になっていた。関口のように先生格でないにしても、彼の代行なら水江が適任だとみんなが認めているのではないだろうか。

「別に私だって、あなたの作品を全否定してるわけじゃあない。私風情がそんなおこがましいこと出来るはずがない。ただ、あなたにとって俳句はどんな自己表現の意味を持つのか。はっきり聞いておきたいと思って」

これではあからさまに喧嘩を売るようなものだ。語気の勢いが増すにつれ、まるで尖っていくような秋子の白い歯並みを、私は珍しいものを見るように凝視した。

みんなの促すような、頼むような視線を受けて、反撃に出る水江の澄んだ声を聞いたように思った。怒った時こそ冷ややかに冴える彼女の横顔を私は幾度も見ている。意志も決断力も、好悪の判断も彼女はいつだって的確に表す。そんな彼女を信頼し慕って、友達というより、師弟関係と肉親のような関係で長い間ずっと側にいたのだから。

「秋子さんの意見を余さず聞かせてもらいましたけど、私にはあなたの批評や意見の核心がちっとも摑めない。答えろと言われても、問題はおろか、質問の意味もわからないのだから、答えようがない」

思いがけないほど力のない声でそれだけ言うと、水江は表情と言う表情を内側からスイッチをひねるように消したまま、うなだれてしまった。

長いつきあいの中で、そんなふうに萎れた草木のように俯いた彼女を私は初めて見た。一瞬自分の目が信じられないほど動顚しつつ、同時に私は気づいたのだ。水江は老いたのだと。その発見は当の本人より、むしろ私自身に重く深く突き刺さった。水江でさえ、老いるのかと。

是非を正すことも、審判を下す人もなく、求心力を失った句会にはただざらりとした雰囲気が澱むばかりだった。誰の胸にも後味の悪い疲労が広がっていくのがわかった。

水江はどんな闘争心も意欲も失せたように、力なく顔を伏せたままでいる。私は留めようもない憤りが競り上がってくるまま秋子を見つめた。

孤独というのは諸刃の剣だ。包丁を一心に砥いでいた秋子の横顔を美しいと思ったけれど、完璧に砥いでも孤独という刃は流れる血や生臭い臓物の痕跡にうっすらと曇り、丹念にぬぐったつもりでも、いつか目を背けたくなるような錆びが浮く。無惨な刃毀れが点々とする。秋子がどれほど声高に「ワタシ、ワタシ」と繰り返し叫んだところで、どうすることも出来ないのかもしれない。

「おかあさん、ただいまかえりました」

二年前に死んだ母を大声で呼びながら、ビルの間の闇のブーケのような家に吸い込まれていった秋子の姿が、長い歯を見せて言い募る彼女の横顔と重なっていく。

翌日も、その次の日も水江と連絡を取ろうとしたのに自宅は不在で、携帯電話は電源が切られたままだった。

繋がらない受話器を握りしめていると、しばらく行っていない水江の家が何度も思い出された。私がよくお茶に呼ばれたり、夕食を御馳走になったりしたのはもう十年以上も前のことになる。夫の浮気問題も浮上していなくて、私は子どものいない専業主婦の長い時間を持て余していた。

反対に水江は当時から多忙だった。働き盛りの夫と気難しい舅と息子の世話に追われながら、懐石料理やお茶の稽古、俳句の世界へますます傾倒していた頃でもあった。

「毎日が知力、体力、時の運」と言って笑っていたけれど、そう言わなければ乗りきれないような苦労も鬱屈もあったのだろう。それでも絶望し、疲れきった彼女の姿を私は一度も見たことがない。老いていく舅や、子どもの教育といった問題にもいつも果敢に向きあって、挫けることがなかった。

センスのよさと生来のユーモアの感覚を味方につけて、常に生き生きと振る舞う水江を一緒に懐石料理を習っていた若い女性が「水江さんって、ほんとにハンサムな女ね」と評したことがある。

ハンサムでタフなだけではない。長いつきあいの私には、華やかに見える表面を支えているのは、真面目な努力と少女のようなひたむきさであることがわかっていた。

私が離婚したときも、菜飯屋を開いた際も、それ以後もずっと彼女は実の姉でも出来ないような気遣いと、助力を惜しみなく与え続けてくれた。オーバーではなく、私も菜飯屋も彼女がいなかったら到底存在し続けることが出来なかっただろう。「同志とか親友ではなく、妹分みたいなもの」いつか私の中に虫のいい甘えと依存が習慣になっていた。

そんな私を戒めるように、警鐘を鳴らすように、留守電の呼び出し音は鋭く響く。その音を聞いていると、句会の時のとても今までの水江とは思えない様子が繰り返し蘇って、矢も楯もたまらない気持ちに駆られた。

三日目には我慢しきれず、サヤに留守を頼んで水江の家へ行ってみることにした。

晩秋の住宅街の片隅に、彼女の家は古い白木蓮の木もそのまま、懐かしい佇まいで建っていた。予想通り、インターフォンを何度鳴らしても応答はなかったが、昔彼女がしていた通り外扉の錠をはずし、庭内に入ってみた。

椿も山茶花もまだ咲いていないけれど、日当たりのいい場所に秋薔薇がいくつかすがれた色を留めている。

犬を飼っていた頃の犬小屋のあったあたり。舅が出入りしていた裏門。シャッターの降りたガレージの周りもきちんと掃除がされている。出窓から覗ける吹き抜けの天井。息子さんが独立した後、茶室に改造した和室。丹念に見て歩いても、長い不在や、人気のない家の醸し出す荒廃の兆しはどこにもない。

家の佇まいも、窓から覗く室内の様子も何一つ変わってはいない。しかしどこもみな屹然と整っているからこそ、胸に兆していた不安が的中したことを私ははっきりと感じていた。ここにはもう水江が育んできたものや、守ってきたものが何一つ残されていない。この家はとっくに形だけの空っぽになっている。

誕生や成長。老いと死。人間の生活が日々生み出し、消費したり、発展したり、衰退したりするもの。形や匂いや音の混ざりあった歳月の層のようなものが、この家には一切感じられない。

形骸だけのこの家に水江の魂が棲んでいるはずもない。一体彼女はどこに行ってしまったのだろう。彼女が育み、支えてきたものはいつ頃から、どんな形で霧散してしまったのだろう。

小六月とも言われる晩秋の午後の冷たさが、水と切岸の気配を伴って流れ込んでくる。呆然と立ち尽くしていたら、合図をするように左の背中が疼いた。思いがけないほどの時間が経過していることに気づき、急いで門の前に引き返すと、最前にはなかったはずの場所に大きな朴の葉が落ちていた。乾いた葉脈の浮く枯葉を拾うと、内側が微かに暖かった。まるで出奔したばかりの女主のスリッパの片方のように。

夢を見た。橋の上で男と女が笑っていた。川の水は冬の色を浮かべて墨色や藍の紐を縒ったようにうねっている。いつか別れた夫と水江が偶然出会った墨田川だろうか。白髪の男と女。夢はカメラレンズのようにクローズアップしてたやすくモデルを明かしてはくれない。女は秋子かもしれない。水江かもしれない。男は別れた夫かもしれないし、深水かもしれない。

誰だろう、と透かして見るたびに水は黒く、白くうねる。

どちらにしても、誰であっても不思議ではないが、川の夢を見るたびに誰かと別れる。簡単過ぎる夢解きに似て、水の夢は決まって別れの予感となり、醒めてからも長く胸を冷やす。

店を開ける時刻になってもサヤが来ないので、半年前の出奔を思い出し、まさかとは思ったが休憩室兼サヤの荷物置き場になっている二階に上がってみた。久しぶりに来てみて驚いた。いつの間にかずいぶん物が増えている。もしかたら彼女は週に何度かはここで寝起きをしているのではないか、そんな疑問が湧くほど、日常的な着替えや洗面具まであちこちに隠すように置かれている。

「おはようございます」

見てはいけないものを覗き見たようで、あたふたと店に下りていくと、すぐに彼女の大きな声がした。

「お母さんたら、ちっとも電話切らないから、遅刻しちゃった」

息を弾ませて、ぐるぐる巻きにしていたスカーフをむしりとった。

「買い出しのメモ出して。おかみさん。すぐ行ってくるから」

「そんなに急がなくてもいいのよ。ちょうど珈琲が飲みたかったから、一緒に飲まない」

「あっ、じゃあ、あたし、アメリカン。うんと薄くして下さい」

サヤは以前には紅茶以外飲もうとしなかったのだが、同棲相手の男に珈琲を飲めない女はダサイと言われてから、意地になって飲み始めた。嫌いではなくなったが、まだ濃い珈琲は苦手らしく、私のお相伴をする時には、お湯で薄めて飲んでいる。

「サヤちゃん。何か私に話すことがあるんじゃないの」

今朝方の夢といい、二階の変化といい、うっすらとした予感は「お母さんの長電話云々」というサヤの話で一挙に具体化したような気がした。はっきり知るのは怖いけれど、黙って出て行かれるのよりはいい、そんなふうに覚悟が出来た。

「えっ、まさか、だれか、ちくったの」

東京に出てからのサヤの変化には目を見張るものがあるが、それはとてもちぐはぐで、行き当たりばったりで、一貫性がまったくない。同棲相手や客に言われたり、居酒屋で働いていた時に身につけた言葉が、世代も流行も、私の真似もみんなめちゃくちゃに混ざりあっている。言葉だけではない。何年も閉じこもっていた彼女のエネルギーは時として予想もしない方向に暴走したり、反動で以前のように自分の殻に意味もなく閉じこもってしまったりする。加えて三十歳になってからの遅い恋愛が、かたくなで用心深い生来の生地に、思いがけない亀裂や歪みを残している。

「あたし、時々自分がぜんぜんわからなくなる」

菜箸を持ったまま、湯のたぎる鍋にそんな呟きを漏らすことも再三だった。

「妹に赤んぼが出来るんだって。新婚夫婦の邪魔だからって追い出しておきながら、今更手伝ってもらいたいなんて。虫のいい話」

親と妹夫妻のために建てた二世帯住宅には長女のサヤの部屋も勿論あったけれど、「子どもが出来たらそこは子ども部屋にするって、言われた時はかあーっとした」といつか打ち明け話をされたことがある。

「でも、ご両親と同居なんでしょ。だったら新しいお祖父ちゃん、お祖母ちゃんが喜んで手助けするんじゃないの」

「お母さんは孫の世話はいいけど、妹の分まで掃除したり、ご飯作ったりしたくないんじゃないの。まったく、自分勝手なんだから」

ふんとにゃんなっちゃう、と足元を見ながら呟く様子が一度会ったことのある当の母親にあまり似ていたのでおかしかった。

「彼はなんて言ってるの」

離婚歴のある四十過ぎの相手が、年の差や仕事の不安定を理由に結婚を渋っているらしいのは、店の常連で知らぬ者はないほど周知のことだった。

「べつに話してない。話したってしょうがないから」

サヤはかたくなに口を引き結んで、顔を上げなかった。

「案外、帰ってくれれば別れる手間がはぶけるって思ってるのかも」

早口に呟いたまま、ほうじ茶ほど薄い珈琲を飲み続けているサヤを見ると、今度こそひそかに出ていくような寂しいことはさせたくないという思いが、夢の水が押し寄せるように胸に迫った。

「私の身体のことだったら、もう大丈夫。サヤちゃんが手伝ってくれたおかげよ」

「あたしこそ、行くとこがなくて、押し売りだったから」

左半身の痛みが冬の寒さでどんな再発の仕方をするのか不安はあったけれど、ここ百日の間で深水を恋うもう半身の痛みはかすれて消滅した。ぶり返すことは多分ないだろう。

「あたし、ずっと居場所がないって気がしてた。ここに来る前から。来てからも。彼氏と暮らし始めてからも。あっちへ行ったり、ここでこっそり泊まったり。居酒屋で一緒に働いてた友達のとこにいさせてもらったり。ずーっと。だから、帰ってきてくれって頼まれると、断りきれなかった」

以前深水に教わった珈琲の飲み方。濃い目の珈琲に砂糖を大目に入れて、余りかき混ぜない。砂糖の甘い澱が少しぬるくなった苦い液体に微妙に混じる。甘く、苦い。まるで遠くでサヤが「おかみさん」と呼ぶ時、ややもするとおかあさん、と聞こえたりする時のように。

「ふんとは、ここでずっと働きたい。でも、東京にいれば、ずるずるしちゃって、なんも変わらない」

男のことで具体的に助言したり、意見を言ったりしたくなかった。何も決められないうちは何も決めたくないのだと、私も夫との長引く離婚騒動の中で思い知っている。相手のあることは、相手の出方次第で、どっちにも流れる。どんなふうにも傾く。どっちに流れても迷い続ける。傾けば傾くほど、自分がわからなくなる。覚悟も決心も新しい歯の準備が出来た時に、自然に乳歯が抜けるように時期を待つしかない。

料理の献立や、味つけ、客への対応のように「おかみさん、どうしよう」とサヤも気安く訊ねてこない。彼女なりにまだ私の健康を気遣って、遠慮しているのかもしれない。

「勿論サヤちゃんには、ずっといて欲しいけど。いなけりゃいないでどうにかなるものよ。もともと一人でやってきたのだから」

ずっと一人でと言葉にすると、途端に水江のことを思い出す。今朝方の不思議な夢を思い出す。

「ふんとは彼氏だって、私がいなけりゃあいないで、やっていけるんだよね」

口惜しさに顔を歪めて呟くと、あどけなさの残る思い詰めた横顔が初めて会った時のことを思い出させる。突然、寂しさが込み上げてきて、私はいたたまれずに立ち上がった。

「サヤちゃん次第よ。帰ってみて、やっぱりいづらかったら、戻ってくればいいんだから」

買い出しのメモを渡すと、サヤは一瞬助かったような表情をして、黙って出て行った。

その日は甘みや滋味の増してきた根菜でけんちん汁を作った。私とサヤの故郷の北関東では醤油仕立てのけんちん汁は御馳走で、大鍋で作って団子を入れたり、うどんを入れたりして、二、三日は食べ続ける。出初めの地の茸や、蕎麦の実を入れたりもする。

「うちのけんちんはここみたいに丁寧に野菜の下茹でしたり、灰汁をとったりしないから煮崩れて、濁ってどろどろになってくる。おかみさんのけんちんは、どうしていつまでもこんなに澄んでて、きれえなんだろう。胡麻油が鍋ん中できらきらしてる」

味見とは言いがたいほどたっぷりよそって、サヤが椀の中をかき回す。かき回しながら、帰ろうかどうしようか、答えを探している。ちぎった蒟蒻の隙間、椎茸や人参を分け、箸で持ち上げる里芋の底に決心が隠れてでもいるように。

サヤが郷里に帰って二週間ほどしたころ、マンションの郵便受けに二枚の葉書が届いていた。

「やっぱり家にいると、ただでこきつかわれるだけだから、パートで働くことにしました。このあたりで採れる野菜や、近所のおばさんが作る漬物や、うどんなんかを売っている特産品センターです。おかみさんの好きそうな物がいっぱいあるから、一度遊びに来て下さい」

子どもっぽい猫の絵の耳の先に小さな字でびっしり書いてある。

もう一通は見慣れた達筆で水江からのものだった。

「ご無沙汰しています。帯状疱疹はその後、痛まないですか。心配しています。こちらは思いがけないことが次々起こって、どうにも身動きができません。一週間ほど夫の赴任先の仙台にいます。帰ったら、積もる話を聞いて下さい」

空っぽの家が目に浮かんだ。秋子が死んだ母と暮らし続ける闇のブーケのような家ではない。明るく屹然と、家庭という形骸を保ってひっそりと鎮まっている家。

安堵したような、新しい心配の種を蒔かれたような。でも「子分」を自認している年下の女友達としては「聞いて下さい」と言われれば、その時をじっと待っているしかない。

去られてみると、サヤのいなくなった店は想像以上に多忙で、今更ながら彼女の働きぶりを見直したり、感謝したりせずにはいられない。野菜の買い出しは最も負担が重く、根菜の類は選んだものを二、三度に分けて運ばなければならない不便さだった。

「句会のみなさんで関口さんのお見舞いに行くことになりましたけど、ご一緒にどうですか」

いつも披講をしてくれる木村さんから誘いの電話をもらったものの、休日には積もった疲労と寝不足で外出の出来る状態ではない。店を閉めて出るわけにはいかないと、丁寧に断りを言うしかなかった。

「そうですか。水江さんも旦那さんの仕事の都合で東京にいないし、秋子さんとは連絡がつかないので、ひとまず私たちだけで、手術の日取りや入院の予定を伺ってきます」

やはり秋子は例の論争を一区切りにして、句会から遠ざかったのだろう。あの時の唐突に思えた弾劾も、去っていく彼女なりのけじめだったのだと考えると合点もいく。水江との確執の芯ははっきりしないけれど、俳句を自己表現の唯一の手段としている秋子にはどうしても譲れぬものも、曖昧にしたままではすまない思いもあったに違いない。このままつきあいが途絶えるのは寂しいし、釈然としないものもあるけれど、水江と親しい私にはもう会いたくないというのも自然の感情だと思える。

こだわりが消えたら俳句仲間としてではなく、菜飯屋の客としてたまには酔うためだけに訪れてもらいたい、そんな気持ちで待っていようと思った。

「ねえ、おかみさん、いつ来る?」

サヤからの再三の催促で、故郷に帰った彼女と再会を果たしたのは十二月に入ってからのことだった。

私鉄の急行は乗ってから四十分が過ぎると、各駅停車に変わる。もう一つ駅を過ぎたら単線になるという指定された駅に着いた時は、午後になっていた。

「おかみさあん」

人影のない寂しいホームに降り立つと、改札口から身を乗り出すようにしてサヤが手を振っている。

「車を置いてきたから。こっちこっち」

化粧もせず、東京の名残は細い眉だけの、地味な普段着を着たサヤがすたすたと駅舎の横にあるがら空きの駐車場に向かう。

「あら、サヤちゃんの車なの。かっこいい」

濃いブルーの小さな車に乗り込むと、サヤがいかにも不満そうに鼻を鳴らした。

「中古よ、中古。家を出ないように、こんなオンボロ車を押しつけて、恩売ったつもりなんだから。まったくケチな母親の考えそうなことだよ」

文句を言いながらも、なかなか上手なハンドル捌きでサヤはぐいぐいスピードを上げる。

「そんなことないわよ。家に縛りつけておきたかったら、車なんか買ってくれないはずよ。逆にすぐ逃げられちゃうじゃないの」

「なーに言ってるの。おかみさん、わかってないなあ。こんなちゃっちい車じゃあ高速にも乗れない。パート先と家を往復して、たまに母親をスーパーに乗せていくのが関の山だよ」

以前の同僚と話すように、気安くサヤと軽口を叩きあうのは、店で一緒に働くのとはまた違った楽しさがある。

「サヤちゃんのパート先は遠いの」

「うん。インターの近く。客はだいたい車で来て、買い出ししていくかんね」

店では気になったサヤの田舎弁も故里の長閑な景色を見ながら聞いていると、ひどく懐かしく親しく感じられる。

それにしても、二十分以上走っているのに、人っこ一人いない。犬や猫も見ない。瘤だらけになった桑畑と、葉を落とした欅の間に人家が低く佇んでいる。そうだ、こんな景色のことを「冬構え」とか「冬隣」とか言うのだと、歳時記を繰るようにつらつらと思い出していた。

「ついたよ。ここ」

一面の稲田だったとおぼしき殺風景な敷地に、駐車場の広大なスペースと、三棟のプレハブの平屋が点在している。

「広いのねえ。もっとこじんまりした直売所みたいな所かと思ってた」

「だだっぴろいだけ。勤めてるのはおばさんとおじさんばっか。みんなパートだから、気楽でいいけんど」

テントの前に立っている「朝採り野菜」という幟がはためくと、敷地の周囲に群れている枯れ芒が骨のように鳴る。蒲の穂と泡立ち草も風に鳴る。盆地を囲む山々は鋭い稜線を際立たせて、すべての風の首長のように揺るぎない。

「おかあさん、こっちこっち」

風に横切られた声がぶれると、聞きたいと思った通りの言葉が耳に届く。

サヤはこれからどのくらいの間、この場所で働き、この盆地の里で生きていくことになるのか。サヤだけのことではない。私もまた同じような土地に生まれ育って、これから一体どこで生きていくことになるのだろう。都会のはじっこの、一度戸を開けた人しか気づきもしないような小さな店で、野菜を茹でたり、惣菜を盛ったり、皿小鉢を洗ったりして、やがて老いていくことになるのだろうか。

普段よりずっと見晴らしのいい広々とした平地と、遮るものとてない澄んだ空の下に来ただけで、人は日常からほんの少し放たれて、今の自分を見る。今、この時を見る。過ぎ去ったものと、これから近づいてくるものを見る。

「おかみさん、これなんちゅう菜っぱか知ってる？　杓子菜っていうんだよ。油で炒めると高菜よりうまい。これゃあ、コロ柿。昨日まで軒にぶら下がってたやつ。あっ、だめだめ。ジャガイモは最低。ぐじゃぐじゃしてて。北海道の買ったほうがいい」

私が手に取るたびに、同僚としているお喋りを中断して、サヤが注釈を言いに飛んでくる。ダンボールを運んでいる壮年の男が好奇心をあらわにして振り返る。レジのおばさんが笑いながら見ている。短い間に、サヤはすっかり新しい職場に溶け込んでいるらしい。

「生鮮食品の売り場の隣で、いろんなもんを加工して売ってるんだけど、みんなしょっからい。

あんなもん買ってったら、おかみさん、すぐ高血圧になっちゃうよ」

褒めたりけなしたり、選んだり、放したりしながら、サヤの見立てた食材が大きなダンボール一箱になった。

「今日の夕方に送るから、明日の午前中に着く。料理して出す時、あたしのこと、お客さんに話して。忘れられちゃうとヤダだから」

駅まで送ってくれる途中で、最近出来たというイタリア料理店に寄ることにした。

「ズッキーニとか、ブロッコリーとか、人参なんか卸してるんだ」

野菜の味を確かめるように、大皿のサラダを平らげたサヤに彼との経緯を訊いた。

「自惚れ屋の癖に愚痴ばっかり言う駄目な男なんだけんど。この間は友達の借り物のでっかい4WDの車で来て、茹で方も知らないのに、あたしが新鮮だっていうと、小松菜とか白菜とか、いっぱい買っちゃう。バッカみたい。だけど、会っちゃうとね。あーあ、自分でもどうしていいかわかんなくなる」

「帰ってきてくれって言うの？」

「そういうわけじゃないけど。こっちがちょこっと、いい顔すると、すぐ調子に乗って、この車に一緒に乗ってくか、なんて。狡いんだか、甘ったれなんだか。油断もすきもありゃあしない」

怒ったような拗ねたような表情をしてスパゲッティをすくっている顔を見ると、まだまだあどけない。つい正直に自分を曝け出してしまう娘なのだ。

「あたし、いつかおかみさんや水江さんみたいに、自分のことをちゃんと考えられて、なんでも一人で決められるようになれるかなあ」

急に真剣な目の色になって、サヤが私の顔を見た。

「彼氏のことだけじゃなく、あたし、自分のことが自分でちっともわかんないっていうのが、一番イラつく」

私だって、多分水江だって、自分のことなんか、ちっともわかってない。わかってないから、どうにか続けられるのだと、サヤに言うことは出来なかった。

「そうだ。あたし、サヤちゃんにおみやげ持ってきたの」

返事の代わりにハンドバックから、小さな箱を取り出してテーブルに置いた。

「開けてみて。車と同じで、新品じゃないの。でも一度しかつけたことがないし、もうつけることもないから、サヤちゃんに貰ってもらおうと思って」

トマトソースのついた手をクロスで拭いて、サヤはまるで生き物が出てくるかのようにそっと蓋を開けた。

「これ、トルコ石？　本物の？　鎖は十八金だし。えーっ、だって、こんなの」

興奮すると言葉がきれぎれになるのはサヤの癖だった。

「いいの。あんまりきれいな色過ぎて。帯状疱疹でイタタタって言ってるおばさんには似合わないから」

箱をサヤの前に置き直すと、改めて手に取ってしげしげと見ている。

「でも、これ。高くない？　ほんとに、あたしに。だって」

冴え冴えと明るいブルーの色にサヤがいつまでも見惚れていると、涙がこぼれそうになる。きれいなものにこんなふうに見惚れるには若さと、そして情熱が必要なのだ。青い石は一度だけ私の胸で揺れたことがある。男はそれを見て、「きれいだ」と言ってから慌てて目を逸らした。海でも空でもない、男が育ったという北の町の運河の色。

懐かしむということは、情熱と反対のことだ。私はもう二度とこの青に見惚れることはないだろう。

「ネックレスとは比べもんにならないほど、安いもんだけど。あたしからのみやげ」

ホームまで送ってきたサヤは恥ずかしそうに、小さな紙袋を私に押しつけた。

「暮れにはうまい餅、うんと送るから」

ネックレスの箱を入れたバッグを抱えているサヤの姿が、突堤のようなホームの先で一度大きく伸び上がって、すぐに黄昏の色に没した。

暮色の濃い懐かしい田野を、がら空きの上り電車が走る。輪郭だけになる山々を背景にした窓硝子に、嫁いだ娘に会いに行った母親のような顔をして、四十七歳の女が映っている。

秋の日は釣瓶落としという言葉はこんな盆地の里から生まれたのかもしれない。早々に車窓の景色を諦めて、私はサヤのくれた袋を開けてみた。みかんの蜂蜜。干し柿。橡餅。他にもセンターには売っていなかった色とりどりの木の実をあしらったサルトリイバラの小さなリースが二つ入っていた。

店とマンションに一つずつというつもりなのだろう。秋の輪を閉じたようなリースをつくづく眺めているうちに、娘自慢をする母親のような気持ちのまま、ふと誰かにそれを見せたくなった。

都会に近づくたびに乗客が増えていく。もし水江が東京にいれば迷うこともなく、すぐに会いに行くのにと思った時、なぜか唐突に行けなかった関口の見舞いのことが頭に浮かんだ。

入院先の病院は終点の二つ手前の駅からバスに乗り換えなくてはならない。少し迷ったけれど、日の落ちた田舎で感じていたより、都会の夜は遅い。午後七時までの面会時間に間に合うように急いでバスに乗り継いだ。

大学の付属病院として近在ではもっとも規模の大きい病院は、まだ繁華街のテナントビルのような賑やかさと明るさである。

案内で聞いた通り六階で降りると、「関口徹」というネームプレートはすぐに見つかった。

部屋は二人部屋だが、関口の他に患者はいないらしく、カーテンはすっかり開け放たれていて、蛍光灯が広い室内を煌々と照らしている。

「こんばんは。関口さん、いらっしゃいますか」

少し髭の伸びた関口がベッドの上で驚くふうもなく、穏やかに会釈を返した。

「みなさんと一緒にお見舞いに伺えなかったので。急に、御迷惑かもしれないと思ったのですけれど」

サヤのブッブッ切れる言葉を笑えないほど、しどろもどろの言葉で私はベッドからずいぶん離れた所から挨拶をした。

「わざわざありがとう。こんなところですけれど、まあ、どうぞ」

パジャマの上にガウンを手早く羽織ると、関口はまるでこれから披講でもするようにしゃっきりとした姿勢で私に椅子を勧めた。

「ちょっと手術が延期になりましてね。検査漬けで参ってはいるけれど、まだどこも切ってない。そんなに気をつかわないで下さい」

勧められた椅子に浅く腰かけたものの、どんなふうに見舞いを述べていいかわからず、何気なくベッドの周囲に目をやった。

奥さんを十年以上前に亡くしたというのは聞いていたが、子どもや縁者が近くにいるのだろう。長くなりそうな入院生活を出来るだけ快適に不便のないように、細やかに心づかいがされている。必要な日用品は一纏めにされ、洗面具も茶碗の類もきちんと片付いている。ベッドサイドには筆記用具と歳時記、電子辞書まで置いてあった。品のよいベージュのガウンのポケットから眼鏡を取り出すと、落ち着いた物腰の関口はまるで書斎にでもいるように居心地よく寛いで見えた。

「今日は田舎に行ってきました」

そんな前置きをして、私は蜂蜜と橡餅、干し柿をテーブルに並べた。

「橡餅とは珍しい。田舎はどちらですか」

町の名と場所を言うと、関口は興味深そうに身を乗り出した。

「私はあのあたりに学童疎開で行きました。のんびりしたいいところだったけれど、毎日うどんのこま切れを食べさせられるのには参った。日本中が飢えている時代に罰当たりな話だけど」

「今でも在は週に四日はうどんです。冠婚葬祭の膳の最後も。みんなうどんは別腹って言います」

「確かに別腹だ。食っても、食っても、腹の足しにならなかった」

私たちは病室には似つかわしくない声で笑いあった。

「蜜柑の蜂蜜ですか。ええ、いただきます。冬眠前の熊みたいなものですからね。栄養になるものをどんどん摂って、皮下脂肪をうんと蓄えないと。懐かしいなあ。吊橋を渡ると、一面の蜜柑山。黄昏れには寒夕焼けに映えて山が黄金色に輝く。あんなに豪勢で暖かい風景はありませんよ。六十年経っても、まだ夢に見る」

唇を湿らせながら、淀みなく喋る関口のために、お茶を煎れる準備をした。

「夏子さん。この山は風の布と書いて、確かふうぷと読ませるんでしたね」

「多分。でも子どもの頃はふっぷ、ふっぷって言ってました」

ああ、ふっぷねえ、と呟きながら関口は蜂蜜の瓶を少し傾けて見入っている。薄い琥珀色のとろりとした液体の中に黄金色の山が眠ってでもいるように。

病院用にしては上等ないい香りのお茶を飲みながら、長話は身体に障るだろうと腰を浮かせかけると、カーテンを引き残した出窓の隅に山茶花の盆栽があるのが目に入った。

「あの鉢、重そうですね。お水をさしてきましょうか。夕方にはあげないほうがいいのかしら」

関口は首を回して、山茶花の花を愛おしそうに眺めた。

「きれいでしょう。あんなに小さいのに、まるで大木のような枝ぶりで、花も次々に咲きます。斑の入った花弁もあるんですよ」

あまり自慢そうに言うので、近くに運んで二人で眺めた。

「山茶花は咲き初めが散り始め。でも椿みたいに首がもげないから、病院に置いても大丈夫だと無理を言って、家から持ってきてもらいました」

「ほんとにきれい。自分の方が縮小サイズになって、根元に座ってみたい気がする」

そう言うと、関口はいっそう目を細めて、感心したような、驚いたような表情をした。

「さすが親友。水江さんと同じことを言う。感性まで似ているんですね」

「ええ。水江さんほど、上等じゃないですけど、一応妹分を自認してますから」

「私は昔から山茶花が好きでしてね。山茶花の俳句をたくさん作った。だから水江さんからこれを貰った時はほんとに嬉しかった」

「これは水江さんからのお見舞いでしたか」

「いやいや、お見舞いじゃあない。もう三年も前に貰ったものです。少しずつ成長してくれて、枝ぶりの剪定にはずいぶん気をつかい、やっとこんなにたくさん花をつけるようになった」

三年前と聞いて何となく思い当たる節があった。私にも草花盆栽の鉢を次々と持ってきてくれた秋があった。

「根のある花を見舞いに持ってくると、根を張るっていって、入院が長引くからと、水江さんはここへ持ってくるのに反対しました。いいじゃないか、どこに根を張ろうと、それは生きていけるってことだからと言ったら、彼女も折れました」

煌々とした蛍光灯の下では、微妙な明暗や陰影がすべてとんでしまう。そうでなかったら、関口がどれほど山茶花に見入っていても、私の驚きに気がついてしまっただろう。

私は思い出していたのだ。関口の欠席した前回の句会で水江の出した俳句を。

山茶花やひたりひたりと寝ずの番
そうだったのか、と気がつくと色々と合点することがあった。普段の水江だったら、夫の急な転勤だけで、ふっつり連絡がつかなくなるようなことはない。忙しい合間を縫って店に来てくれたり、携帯に電話を入れたりと、どんな工夫でもして細かい気配りが出来る人なのだ。

病院に付き添うことの多かった水江は、携帯のスイッチを切っていたのだろう。手術の予定が二転三転する日々に、夫の転勤の雑事が重なって、さすがの彼女も心身共に余裕がなくなっていたに違いない。

「帰ったら、積もる話を聞いて下さい」

葉書に書かれてあった言葉は再会の約束や挨拶だけではない、彼女の様々な思いが込められていたのだ。

「お話が楽しくて、つい長居をしてしまいました。食べたいものがあったらリクエストして下さい。店は意外とここから近いので、またお見舞いに伺います」

挨拶をすると、関口は思いがけなくスリッパを履き直し、送りたいと申し出た。

「手術の後はわからないので、今のうちに少しは足ならしもしないと」

点滴台の影が長く延びている廊下を肩を並べてゆっくり歩いた。一度気がついてしまうと、彼のガウンもパジャマもスリッパも水江の見立てらしいことが、長いつきあいの私にはすぐにわかるのだった。

「寒くないですか。もうここで結構ですから」

辞去の挨拶をしても、関口は何か言い残していることがある様子で、手すりに捕まったまま闇の濃くなった外をじっと見つめている。

「さしつかえなかったら、もう少しお話がしたいんですが。この先に面会室のような場所があります。あそこだったら、暖かい」

関口の言う通り病室が途絶え、ナースセンターも過ぎたあたりに中庭を見下ろす談話室のようなコーナーがあった。

「シーツ交換の日や、病室から出ていたい時にはここで日向ぼっこをしたり、自動販売機のお茶を飲んだりします」

そこが気に入りの位置らしく、関口は大きな木のシルエットを真後ろに負うようにソファに座った。

「先日、句会のメンバーが見舞いに来てくれた際、秋子さんとの論争の話を聞きました。彼女も以前はあれほどかたくなじゃあなかった。仕事も一生懸命していたし、お母様も健在だったから、そんなに一人よがりなところはなかった」

「秋子さんとは長いおつきあいなのですか」

嵌め殺しの大きな窓にはカーテンがないので、夏の匂いや秋の暮色とは違った、硬質で無臭の闇がびっしりと塗り込められている気配が伝わってくる。

「教師仲間で始めた俳句教室に講師として招かれました。それ以来ですから、もう十年にはなりますね。当時は私も元気だったから、新学期前と夏休み、ゴールデンウィーク、冬休みと、よく泊まりがけの吟行にご一緒しました」

秋子特有の一途さと熱心さで、俳句にも句会にも全力投球していく様子が目に見えるようだった。

「ちょうど教育の現場は変動期でした。荒れる生徒、家庭環境の崩壊、教育者に対する社会の無理解。先生も悩み、子どもも苦しんだ。俳句仲間の教師の一人は辞職して帰郷し、一人は神経を病み、一人は死んだ」

酒を飲んで「なんでみんな次々死んじゃうのだろう」と呟いていた秋子の姿が蘇った。あるいはその仲間の中には、彼女がひそかに思っていた大切な人がいたのかもしれない。

「でも決定的に彼女が変わったのは、やはり御母堂の逝去でしょうね。孤独というのと、一人というのは違う。一人というのは苛酷なものです」

病院の明かりが少しずつ減っているせいか周囲は徐々に翳りを増し、あたかも視界が閉ざされていくような錯覚に捕らわれる。闇のブーケのような家に吸い込まれていった秋子。静かに整然と、形骸となっていた水江の家。闇は内にも外にも一人の人間の周りで増殖していく。

「秋子さんの言動よりみんなを一様に驚かせたのは、その際の水江さんの対応だったらしい。果敢で舌鋒鋭い彼女が反論らしい反論もせず、引き下がった。あんな弱気な彼女を見たことがない。水江さんもずいぶん丸くなったものだと口々に言っていた」

言葉以上のものが漏れるのを用心するように、関口は老人とは思えないほどきれいな手を口元に当てて、言い澱んだ。

私は関口もまたみなと同様の寂しさを感じているのだろうと思った。まだ若くて女盛りの頃から水江を知っている彼にとって、自身の老いにも増して、大切な水江の変化は痛切に感じられたのだと。

「違いますよ」

しかし突然顔を上げた関口の顔に嘆きや悲しみはなかった。怒りと高揚の入り混じった表情には、むしろ青年のような熱意が漲っていた。

「彼女は諦めたわけでも、達観して角がとれたわけでもない。世間では苦労をし、我慢を重ねてきた人をそんなふうに言うけれど、彼女は戦うのが怖くなったわけじゃあない。あの人は自分からわざと角を折っているんです。内側にきれいに折り畳んで。それはあの人特有の美学であり、優しさだ。傍から見たら、小さくなった、角も鋭くなくなったと見えるかもしれない。むしろ逆です。折り畳んだところに影は溜まり、次第に深い闇になる。あの人はその闇を内包して生きている。強い意志と自恃を保って。自分を小さく、きれいに折り畳み続けて。夏子さん、あの人に言ってやって下さい。そんな棺桶の覗き窓のように小さくなってはいけない。折り畳んではいけない。角も筋もぴっしりと立たせて生きていけばいいのだと」

さすがに疲れたのだろう。関口は腕をだらりと下げると興奮も意思も蓋をするように、黙り込んだ。沈黙は一挙に彼を老いた病人の姿に戻した。

「関口さん。大丈夫ですよ。今は少し疲れているかもしれませんが、水江さんは水江さんをやめることはありません。そういう人なんです」

闇に蹲る小さな老人を根元から引き上げるつもりで、そんなふうに言うしかなかった。

もしいつか、棺桶の覗き窓のようになっても、水江はきっとそこから変わらない視線で世界を見る。私たちを見る。愛したもののすべてを見続ける。

「年寄りがつい興奮して、つまらない長演説をしてしまいました。まことにお恥ずかしい」

関口はいつもの穏やかな表情に戻って、ゆっくりと椅子から立ち上がった。

「そろそろ就寝前の薬の時間だ。夏子さん、今日は本当に有難う。お会い出来て嬉しかった」

関口の言葉を待っていたように、面会時間の終了を知らせるアナウンスが流れ、同時に廊下の明かりがいくつか減った。

「じきに冬至だけれど、今日は暖かくて、いい日でしたねえ」

「ええ。田舎の空も澄み切ってきれいでした。俳句では今頃の空のことを冬麗と言うそうですね」

「そうそう。冬麗の微塵となりて去らんとす。いい俳句でしょう。誰の句だったか忘れたけれど忘れるはずもないのだが、それは関口特有の含羞に違いない。長い長い病院の夜を抜け新しい朝となる。傷ひとつない酷いほどの冬晴れ。居ずまいを正して相馬遷子の句を呟く関口の姿を想像すると、私にも水江が彼に惹かれた理由がおぼろげにわかるような気がした。

「お大事になさって下さい。手術が終わったら、今度は水江さんとお見舞いに伺います」

再び病室の前まで送り届けて挨拶をすると、関口は少しはにかんだような笑顔を向けた。

エレベーターを探すつもりが廊下の薄暗さで迷ったらしく、気がつくとさっきまで関口と一緒にいた談話室の前に来ていた。

すでに中庭にはどんな光の余映もなく、窓は暗い夜の箱になっている。ひときわ濃い闇の川と化している樹木の輪郭の中にどんな光のいたずらなのか、そこだけが微かに明るんだ洞のような箇所があつた。

山茶花やひたりひたりと寝ずの番

今夜もまた山茶花の盆栽の根元に小さな小さな人となって、水江が夜通しの番をしている。

＊

一人暮らしの女の正月というのはどうにも居心地の悪いものである。若い頃のように単なる休暇として楽しむことも出来ないし、一家の主婦のように家庭行事に忙しいわけでもない。一週間の休みを持て余して、明日からの開業に備え、古い献立日記などめくっていたら電話が鳴った。

「あっ、おかみさん、あたし。明日店にちょこっと行きたいんだけど」

あけましておめでとうでもなければ、今年もよろしくでもない。サヤの緊迫した声を聞いた途端、わずかに残っていた正月気分も吹き飛んでしまった。

「いいけど。店は夕方からだから、三時か、四時に」

「わかった。じゃあ」

年末にたくさん送ってもらった餅の礼を言うつもりが、電話はすでに切れてしまっていた。

郷里に帰ったサヤと再会を果たしてから、一ヶ月が過ぎている。トルコ石の礼のつもりなのだろう、暮れには女一人で持ち上げるのも苦心するほどたくさんの餅が届けられた。三日過ぎに着いた年賀状にも、大きな字で「今年もよろしくお願いします」と書かれてあった。経緯はいろいろあったものの、三十歳にしては幼いところのあるサヤにとっては、実家での暮らしが一番快適なのだろうと思い始めていた。パート勤務といっても、存外生き生きと働いていた様子など思い出し、少し暖かくなったら山菜でも仕入れに行こうと楽しみにしていた。

翌日、サヤにあげるつもりでポチ袋にお年玉を入れて、正月の賑わいからほど遠い閑散とした商店街を抜けて店に向かった。暖冬という予想は大きく外れて、新年になってから豪雪のニュースが続いていた。一日に何度もテレビで北国の雪の映像が流される。去年の今頃は雪と聞くだけで、小樽で生まれた深水のことを思わずにいられなかった。今年は雪景色を見ると豪雪による野菜の高騰にばかり関心がいく。

案の定八百屋の店先には外国産の野菜ばかりが積まれていて、奥にこっそり置かれている国産の野菜はどれも小ぶりで古く、目をむくような値がついている。

「献立は決まっていても、食材が買えなければ、なんにも作れない。いつまでもこんなに野菜が高かったら、開店休業するしかなくなっちゃう」

「滅多に愚痴を言わないなっちゃんの泣きが入るくらいだもの。まったくどうかしてるよ、法外な値段で。売るほうだって、せつないよう」

レジにいた八百春の若旦那がおかしな品を作って答えたので、二、三人いた客が顔を見合わせて笑った。

「女三人の初笑いとは開店早々縁起がいいねえ。うんとまけてよ」

「女三人っていうのはどこにいるんだい。かろうじて一人はいるけど」

「よく言うよ。枯れ木も山の賑わいって言うだろう」

白菜の四分の一と大根の半分を抱えていた電気屋のお婆さんがよく通る声で逆襲する。

「はっ、はっはっ。しょうがないねえ、うちなんか正月はみんな外国産の野菜でごまかしたよ。どうせ鍋だからいっしょに煮ちゃえばわかりゃあしない。野菜は中国、肉はオーストラリア、鮭はチリだし、とんだ舶来鍋だよ」

もう八十を過ぎているはずの薬屋の隠居が、翡翠の指輪をした手で蜜柑を選り分けながら言った。

それでも八百屋の店先で野菜を選びながら献立を次々と考えていると、また菜飯屋の日常が戻ってくるという実感が湧いて、次第に心が弾んでくる。根菜はどれも雪や氷をくぐってきたように冷たく鮮やかだ。水菜の緑も、京人参の赤さも、白い百合根も、泥のついた里芋も。野菜の御機嫌を伺うように、形や重さで心根を確かめるように選り分けていると、仕入れ用の籠があっという間に重くなる。

「あれっ、なっちゃん。仕事始めだからって、気張るねえ」

レジで会計をし終わった後、若旦那が背中で籠を隠すようにして、苺のパックを二箱入れてくれた。

「ほんの、年賀代わり」

口には出さずに目だけで礼を言うと、照れたように笑って店の奥へ品出しに戻っていった。

新年に初めてサヤに会うのだからと、お茶受けを買うつもりだった和菓子屋はまだ店を開けていなかったので、真っ赤な苺はちょうどよかった。

商店街は和菓子屋だけではなく、まだ肉屋も魚屋も、三件ある洋品店も閉まったままだ。菜飯屋を始めた頃は七草を過ぎるまでは正月気分の残る賑わいで、あちこちにお年玉セールの幟がはためき、どの店先にも紅白の福袋が並んでいた。こんなふうにあちこちでシャッターを下ろしたまま正月休みが長引くようになったのはいつ頃からだったろう。

以前深水と会ったことのある喫茶店の前を通り過ぎたところで、店から出てきた老人に声をかけられた。

「あのさあ、店、今夜から開けるだろ」

見知らぬ顔である。深い皺の寄った顔は細くて鋭いというほどではないが、落ち窪んだ目には油断のならない険があった。

「あっ、俺のことなんて、知らないか。この先のカバン屋のおやじだよ。正月休みで寿司屋も中華屋もまだ開いてなくてさ。店開けるんだったら、飯でも食いに行こうと思って」

「すいません。今夜はまだ予約のお客様だけで」

丁寧に詫びたつもりなのだが、明らかに気分を損ねた様子で返事もせずに向かいのパチンコ屋の中に消えた。

岡田カバン店もやはりシャッターを下ろしたままである。去年の秋に買い物に行ったら、無口な中年の男と、大人しそうな母親が恐縮するほど親切に、帯状疱疹であちこち痛い私のために、軽くて使いやすいリュックをあれこれと見立ててくれた。小さな店だから住居用の居間も垣間見えたけれど、あんな風体の男は見かけなかった。旦那は早くに亡くなって、寡婦になった母親と息子だけで商いをしているのだとばかり思い込んでいた。

存在を想像すらしていなかったカバン屋の店主の顔に驚くほど、私は近所の商店街の様子に疎かった。小さな店だから料理の仕入れといっても、大家族の二件分くらいしか準備しない。野菜料理が多いのでさすがに八百屋とは懇意だけれど、商店街に二軒ずつある肉屋や魚屋にとって特別上客というわけではない。

そうは言っても週に五日、三年間も通い続ければ、だいたいどの店にどんな物があって、どのような商いの仕方をしているのかは自然にわかってくる。挨拶程度の軽い会話でも塵が積もって、店の家族構成もそれぞれの気質にもおのずから通じてしまう。塵が積もるのはお互い様で、打ち明け話をする間柄にならなくても、馴染みの客でなくても、菜飯屋の店主としての自分もいろいろ取り沙汰されているのだろう。

あまり野菜が重いので、それ以上商店街で仕入れをせずに、一旦店に戻ってサヤの来るのを待つことにした。

結び柳を垂らしただけの簡素な正月のしつらえの下に、七草の小さな寄せ鉢を置いていたら、戸が勢いよく開けられた。

「いらっしゃい。あけましておめでとう」

サヤの顔を見た途端に、何ということもない違和を覚えた。別に化粧を変えたわけでも、体形が変化したというわけではない。若い人がよく着ているダウンのジャケットに、いつもと同じマフラーをぐるぐる巻きつけて、近所におつかいに行くような普段の格好をしている。

「ああ、寒い。東京も寒いね」

確かに暖房をつけたばかりで店は十分に暖まってはいないけれど、サヤはコートを脱ぐ様子もなく、カウンターの椅子に背中を丸めて座った。

「田舎はもっと寒いでしょ。売っている野菜も冷たいし。仕事、大変じゃないの」

お茶を出しながらサヤの顔をちらちら観察するのだけれど、どうにも違和の正体が摑めない。

「あーっ、今はパート、休んでる。寒いし。野菜少ないから、ひまだし」

サヤは目を上げない。古い型の不格好なブーツの踵を鳴らして、ますます寒そうにコートの襟に顔を埋めていく。

じゃあ今は何をしてるのとすぐに問い返すのも憚られて、丁寧に苺を洗い、器に盛った。

「お茶菓子が何もないから。これ、八百春で貰った苺」

厳冬の鮮やかな赤を見咎めるように、薄く目を開けて苺を見ただけで、サヤはポケットに入れたままの両手を出そうともしない。

「あそこの息子、おかみさんに気があるから。あたしが行くと、おまけ一つしないくせに」

サヤが苛立った声で棘のある言葉を口にする時は、怒っているのではなくて、どうしていいかわからない時なのだ。

「サヤちゃん、今、どこにいるの」

案の定彼女は口をつぐんで背中をこわばらせる。

「いつから、東京にいるの」

「彼氏が暮れに風邪ひいちゃって。電話かかってきたから。熱は下がったけど。あたしがいないといろいろ困るって言うし」

厨房に張られた小さなカレンダーに自然に目がいく。今日は八日、昨日は七日。暮れからだとしたら、すでに十日間男の所にいることになる。

病気を理由に呼び寄せられ、帰るに帰れなくなっていくうちに、元の木阿弥の深みにはまっていく。一途で世慣れていないサヤに、男はどんな手をつかって引き止めているのだろう。

「おかみさん、今日、ここに来たのは。今、あたし、お金持ってないの。彼氏は仕事が休みだし、借金もあって。それに田舎からカードや判子、持ってこなかったから」

サヤは私からじりじり遠ざかるように椅子の隅に寄って、半分の嘘と半分の本当を言う。嘘にも本当にも同じくらい追い詰められながら。

私は持ってきたポチ袋に一万円札を四枚足して、苺の側に置いた。

「一応、これだけ。私からお年玉。足りないのはわかってるけど。困ったら、また来て」

男も自分自身も、二人を取り巻くものすべてを、嫌悪し用心している娘にさりげなく近づいて触れ、抱きしめてやることが私には出来ない。問い詰めることも、叱ることも、励まして、甘えさせてやることも出来ない。

サヤと自分の間に彼女の母親がいるくらいの距離を置いて、私は立っている。

私のことも差し出された物も見ようとはせず、サヤは荒々しく立ち上がり、手を突き出して金の入った袋を掴み取った。同時に盲滅法に伸ばした手がぶつかって、苺を盛った器が倒れ、冬苺は鮮やかな色のまま床に散乱した。

こんな鋭く赤いものを差し出すべきではなかったという悔いが、すぐに胸の激しい痛みに直結する。サヤは新たな罠に捕らわれたような混乱した様子で、束の間私を振り返って見た。

その顔を見た途端、あっと叫んで息を呑んだ私の無言に追われるように、彼女は素早く店を出て行った。

サヤの目の周りにはあって当たり前の眉も睫毛もなかった。覚えたばかりのアイメイクはもとより、額にもどこにも産毛のまったくない顔は不自然なほどつるりとしていた。

能面に施す朱泥のような羞恥と興奮にだけ彩られていた目が、彼女が立ち去った後も、凝然と私に向かって見開かれ続ける。

今年初めて大鍋に湯を沸かして、野菜を茹で始めた。たぎり渦巻く湯の中にも、サヤのあの無防備なむき出しの目が浮かぶ。真裸になった視線の中にあった混乱と畏怖。

冴え冴えと茹で上がった野菜の面倒を見て少し気持ちが落ち着いたところで、サヤの実家に電話をかけた。

「もしもし、だれだい」

性別不明のような太い声にはわずかなかすれがある。

「御無沙汰しています。菜飯屋の夏子ですが」

名乗った途端に受話器を覆ったらしく、声が聞き取りにくいほど低くなった。

「こっちから、電話します。もうちょっとしてから」

さやの母親の「もうちょっと」というのは料理の準備が半分以上済む、一時間以上後のことだった。

私は日頃から普通の店のように、作り置きをしておいて、客が来た時点ですぐ仕上げられるという下準備をあまりしていない。

「おかみさんって、プロなのに合理的じゃないことばっかりしてる。あらかじめ作っておけば、楽なのに」

手伝ってくれていた頃、サヤが不服とも愚痴ともつかない調子でいつも言っていた。

和え物は客に出す寸前、保温や温め直しは最小限。佃煮の類や常備菜の他は作り溜めもほとんどしない。なくなれば終わりだし、余ったものを使い回すこともない。それに余るほど仕入れないし、作らない。特にこだわってきたわけではないが、店を出してからずっと同じように合理的でも経済的でもない方法を続けてきた。

サヤに指摘されるまでもなく、もともと不便な一人商いだから、おのずから生ものや、揚げ物は出番が少なくなる。おろし炊きや、南蛮漬けのようなものはよく作るが、いつまでも漬けっぱなしにしておくほど多量に準備したりしない。長い時間浸しておくものはごく薄い出汁、出来るだけ早く味を染み込ませたいものは心持ち濃い味つけにする。そんな初歩的な下処理も、料理を商いにしている店としては最小限の工夫に過ぎない。

明日のために、あさってのために数日分。客の出入りは予測出来ないので、日持ちのするものを常にストックしておく。そうしたことを禁忌のように開店以来ずっと避けてきた。

結婚していた頃は逆に、買い溜めにも作り置きにもせっせと励んだものだ。時間もお金も節約出来るし、夫婦二人の食生活ではそうしたやりくりや工夫は日常的に必要だった。

十五年間の結婚生活で裏切りも短い浮気もたびたびあったけれど、夫は出来る限り食事は家でするという不文律を崩さなかった。深夜でも未明でも、私が起きて待っている限り「何か食べたいな」と台所を覗く。

変わったのは離婚する二年前くらいからだ。今夜の夕食も、翌日の朝食も、次の日の夕食もと不在や外泊が重なると、当然のこととして主婦はいつ帰って来ても食べられるもの、すぐ食べなくても日持ちがするもの。冷凍してもあまり味が変わらず、作り置きに適した献立を工夫するようになる。

夜な夜な夫に対する不信を何度も温め直し、煮詰め続ける。愛憎は解凍しやすいように小分けにされ、忘れないように日付を書いたメモを貼る。一人の朝も、黄昏も夜も。春も夏も秋も。待っている時間は几帳面に煮沸した瓶や密封容器に整然と納められて溜まっていった。

離婚を決めた日、様々なものを処分しようとして、私は冷蔵庫や冷凍室は勿論、床下や流しの奥にまでひしめいていた保存食や冷凍食品の多さに改めて驚いた。

色とりどりのジャムの瓶。梅酒。出汁やスープストック。佃煮やソースの類。蕗味噌や甘酢生姜。味噌床に眠ったままの魚の切り身。

私は香りや色や、手触りを確かめ、一つずつ作った時のことを思い出しながらすべてを処分した。一人の長い夜。予定のない休日。待ってばかりいた春夏秋冬。食されることなく溜め込まれた食べ物のすべてを整理して気づいたことは、今自分が処分し尽くしたのは一人の男を待ち続けた膨大な時間だということだった。

菜飯屋を始めてから、同じことは繰り返すまいと決めた。一見の客であっても、馴染み客であっても、待ってはいけない。当てにして期待すれば、心は募る。失望や恨みを形に残せば、それは決まって自身を呪縛することになる。未練として、執着として、封印された怨嗟として。満たされず、叶えられなかった感情がどれほど始末に悪く根を張るものか。腐食したものが毒となって、どのように日常を浸食するか。それらから自由になることがどれほどのエネルギーを必要とするか、骨身に沁みてしまったのかもしれない。

「もしもし、すいませんねえ。電話するのに、えらい手間どっちゃって」

最初に挨拶に現れた時にもサヤの母親は名乗らなかったので、私は彼女の名前を未だに知らない。

「あの子、そこにいるんですか」

聞き苦しいかすれ声で重ねて訊いてくる。

「いいえ。ちょっと寄ってくれましたけど、急いでいるみたいで。詳しい事情を聞けなかったから少し心配になって、電話をさせていただきました」

「娘がまたおかみさんに、迷惑でもかけましたか」

ポチ袋の中身を少し増やしたからと言って、迷惑というほどのことではない。

「いいえ。ただ、あまり突然だったので驚きました。仕事も休んでいるようですし」

探りを入れていると勘繰られても、やむを得ないような曖昧なことしか言えないのが、我ながら歯痒かった。

「まったく、気儘な娘で。あのう、もしまた来たら、一旦帰るように言って下さい。せめて電話くらい寄こせって。どうせ男のとこだろうけど、電話にはちっとも出ないし、携帯は切ってるし。どうしようもない。あたしもたちの悪い風邪ひいて、動けないもんで」

これみよがしの咳をするので、「お大事に」と言って早々に話を打ち切った。訊ねたいことは山ほどあるが、安心出来る答えを母親から聞くのは無理のようだった。

「ああ、それはね、トリコチロマニアって言うのよ」

最近店によく来るようになった、心理学を勉強しているという女性が舌を二、三度嚙みそうな名前をすらすらと口にした。

「えっ、桂さん、今なんて言ったの。それ、どういう意味」

私は粕汁の入った大きな椀を置いてから、ボールペンと紙を用意して改めて聞き直した。

「ごめんなさい。今言ったトリコなんとかって、どんな病気なの」

「日本語で簡単に言えば、抜毛癖ってこと」

細い鼻梁に微かな汗を滲ませて粕汁を食べ終わると、桂さんは特有のゆっくりした口調で続けた。

「睫とか、眉毛とか、ひどい人は顔中の産毛まで抜く人もいるの。以前は女児に現れる癖みたいなもので、自然に治ったそうよ。でも今は成人した女性にも多いの。病的なほど潔癖だったり、きれいになりたいって思い詰めていたり。大体はストレスね。カウンセリングを受けたほうがいい人もいる。精神科医に診てもらうことも出来るし。ある種の薬物が効果があるって聞いたこともあるけど」

桂さんは私の顔を一瞥しただけで、それ以上訊ねてくることはない。粕汁を食べ、かさごを上手に骨だけにして、とっておいたらしい金柑膾を大事そうに食べ終わると、静かにきれいに箸を置いた。

「海のもの、大地のもの、人の心。それが人間の本来の糧というものだって、よく母が言っていたの。だから毎日でなくてもいいから、本当の食事をしなさいって」

私は母親のことを話す時の桂さんが好きだ。彼女は一ヶ月に三、四回来て、細い身体に似合わないほどの健啖ぶりを発揮し、三十分くらいかけて食事をする。お茶を飲みながら五分ほどお喋りをして、「美味しかった。おやすみなさい」と満足そうに席を立つ。いつも一人で来て、一人で帰っていく。

肩まで揃えたまっすぐな髪、まっすぐな背中、姿勢も歩き方もしなやかで毅然としている。桂さんを見ていると、女性の姿を借りた一本の美しい木が、時々歩いてやってくるような気がする。

「トリコチロマニア」

後片付けの終わった店で熱いほうじ茶を飲みながら、何度も呪文のように反芻する。サヤはなぜそんな病みに取り憑かれてしまったのだろう。

海のもの、大地のもの、人の心。あの娘は今頃誰とどんな食事をしているのだろう。どんな糧が彼女を養い、どんな飢えが彼女を蝕み続けているのだろう。

「そうなの。サヤちゃんはまだあの男と別れられないのね」

水江に会うのは久しぶりだった。正月休みに仙台から帰ってきていた彼女と慌しく会って以来だから、いろいろ訊きたいこともあったけれど、急いで関口の見舞いに行く彼女を長く引き止めておくことも出来ない。

「心配しなくても大丈夫。この店であなたの作った料理をずっと食べた娘だもの。時間がかかっても、ちゃんと自分で答えを出すから」

先日の桂さんと同じようなことを言って、水江は気がかりそうに厨房を見た。

「もうそろそろ蒸し上がる頃ね」

水江が蒸し器の蓋を取ったらしい湯気が、カウンターにいる私の所まで漂ってくる。同時に蒸し寿司特有の少し甘い酢の香りもする。

「でも関口さんの手術、成功してほんとによかった。もう四人部屋に戻れたなんて、経過も順調なのね、きっと」

「ええ。あったかい寿司が食べたいなんてわがままを言うくらいだから、じきに退院出来るかもしれない」

「そうね。関東の人はあったかい寿司なんて言ったら、ぎょっとするもの。ずっと以前に京都で食べたことがあるだけ。ねえ、あたしの分もある」

「勿論よ。ほら」

水江はカウンター越しに蒸し椀の蓋を取って見せた。

「きれい。穴子の散らし寿司を錦糸玉子で覆ってあるみたい。ちょっと甘いんでしょ」

「まあね。何が食べたいって訊いたら、甘くてあったかい寿司、なんて言うから味覚がおかしくなったのかと思った。わけを聞いたら、奥さんが残った散らし寿司を翌日、蒸して食べていたんだって。京都の人って、始末屋だから」

相変わらず辛辣な口調だけれど、水江がどれほど関口の快癒に安堵しているかは、長いつきあいの私にはよくわかるのだった。

「私は後でゆっくりいただくから、水江さん、お寿司があったかいうちに早く病院に行ってあげて。このあたりは最近タクシーも少ないから」

「じゃあ、またゆっくり来るわね」

昔から松の内は必ず和服を着ていた水江が、今日は襟に毛皮をあしらったコートに、細身のパンツ姿である。

「関口さんによろしく。私もまたお見舞いに伺いますって、伝えてね」

わかった、わかったというふうに手を振って、水江を乗せたタクシーは閑散とした商店街をあっという間に走り去っていった。

あれ以来電話のないサヤのことは気がかりだけれど、関口の快癒の知らせは新春の吉兆のようで私も嬉しかった。

厨房には水江の使った蒸し寿司用の食材がたくさん残っている。椎茸や蓮根や人参を見ていたら、ふと母親が今頃になると、残った正月用の具材で炒め膾を多量に作っていたことを思い出した。

おせち料理を作らない代わりに、松の内は料理の中に一品、なるべく縁起のいいものや、新春らしいメニューを工夫している。一、二、三、と具材を数え、七福膾にしようと決めたものの、油揚げが足りないことを思い出して、坂下の豆腐屋に出かけることにした。

三日前までまだシャッターが下りていたから心配だったけれど、豆腐屋の店先には昨日までなかった福寿草の鉢が二つ出ていた。

油揚げと焼き豆腐と絹と木綿の豆腐、糸蒟蒻を買うと、豆腐屋の主は「今作ったばっかりだから」と大きながんもどきを十個もサービスしてくれた。

「お母さん、今日はいらっしゃらないのね」

坂下の豆腐屋は味はいいが商店街と少し離れているし、いつも店番をしている老婆がひどく耳が遠い。味噌汁の具だけならスーパーのもので間に合わせ、湯豆腐にする時だけ買いに行くというのがこのあたりでは大半であるらしい。

「年末に風邪こじらせて肺炎になっちゃって。今入院してるんですよ。まあ、齢だからね。今年の冬は特別寒いし」

主の息子が心なしか元気のない声で言う。

「お母さん、おいくつ」

「今年で八十」

短いやり取りをしていたら奥で電話が鳴り出した。

「よかったら、たまには店に御飯でも食べに来て下さい」

急いで奥の間に向かう主の背中に声をかけてから店を出た。

年が改まったからといって、ちっとも新春らしい気がしない。寒さも夜の暗さも去年のままである。野菜の高騰が続くので料理の量も少なめだから、客足の途絶えるのが早いのはかまわないが、誰も来ないからと勝手に早仕舞い出来ないのが、一人商売の不便さである。

「遅すぎたかな。もう店仕舞い?」

長身を折るようにして入ってきた男がかぶっていた帽子を脱ぐまで、客が豆腐屋の主だと気づかなかった。

「いらっしゃいませ。どうぞ」

菜飯屋を始めて以来、坂下の豆腐屋の主が客として来るのは今夜が初めてである。

「ずっとうちの豆腐を贔屓にしてもらってるのに、ちっとも来れなくて。すいませんねえ」

「とんでもない。こちらこそ、坂下豆腐店にはお世話になってて。うちは野菜の次に豆腐料理が多いくらいだから、助かります。今日いただいたがんもどき、とっても美味しかった。具がたっぷりで」

　客と余り長話をしない私が、つい多弁になってしまうのは、日頃から彼がひどく寡黙なのを知っているせいだった。

　豆腐屋の主は今日の献立の出ているメニューを熱心に覗き込んでいる。

「定食があるのかと思った。俺、好き嫌いって特別ないから、残ってるものでいいんだけど。あっ、お燗を一本つけてもらえると有難い」

　無口と決めつけていた客が、案外すらすらと喋るので少し安心した。

「こんな膾も、こんな切干も初めて食べた。へええ、うまいもんだなあ」

　高くて古い大根の代わりに切干を少し歯ごたえを残すほどに戻して、白滝と油揚げを足してやっと七福にした炒め膾の鉢を引き寄せて、客は嬉しそうに酒を飲んでいる。

「油揚げも白滝も自分ちで売ってるくせに、こういう料理があるのも知らなかった。お袋は齢だし、店も忙しいから油揚げは焼くか、味噌汁の具くらい。白滝はすき焼きの時だけ。まったく紺屋の白袴で」

　酔いが喋らせると言うより、酒を飲んでいるという雰囲気だけで舌が滑らかになる性質らしい。私は残っている食材で、炒め膾の次に出す料理を考えながら、聞こえても、聞こえなくてもいいほどの相槌を打っている。

「あったかい膾って美味いもんですね。自営業は家族揃って熱々の料理なんて滅多に食えない。

俺は猫舌だから、いいけど。でもこのくらいの温度のおかずって、酒が引き立つもんだなあ」

陶板の一人鍋が温まって、昆布と鱈の匂いが立ってくる。小松菜を添えて蓋をかぶせ、四、五分蒸し煮にする。醤油にカボスを絞り、大根おろしを添えれば、熱々の魚も青菜も口に運ぶ時には猫舌の客でも食べられるほどになっているだろう。

熱燗をもう一本添えて出すと、酒も七福膾も空になっていた。

「ああ、美味い。鱈なんて久しぶり。お袋は臭いからって鱈ちりにも鱈を入れない。魚の皮がひっついた豆腐なんか、気味が悪いって言うんですよ。はっはっは。春菊と豆腐だけの鍋の方がよっぽどきれいだって」

箸を上手に使う男である。話し方も手元もちっとも酔っていない。

「お母さんの具合、いかがですか。病院の帰りでしょ」

深水の妻や関口が入院していることもあり、私は最近病院の様子や時間割りに対して察しがよくなっている。また病んだ人の家族や病人を抱えて生活している人の、影の淡い悲しみや、祈りに似た優しい雰囲気にも少し敏感になっているらしい。

「おかげさまで、じきに退院出来ると思います。熱も下がったし。ただ齢だから、めっきり体力がなくなっちゃって」

鱈も青菜も後一口残すだけなので、厨房へ戻って残りの里芋を温める。

「お酒の後なのに、こんなものしかなくてごめんなさい」

アトなどと勝手に言ってしまったけれど、別段気にするふうもなく、客は嬉しそうに小鉢を覗き込んだ。

「嬉しいなあ。初めて来たのに、好物ばかり出る。俺、男のくせに芋には目がなくって」

さっそくつまんで食べ、よほど気に入ったのか初めて私の顔をまっすぐ見て笑みを浮かべた。

「あっ、珍しい味。この里芋、油で揚げて味つけにちょっと甘い味噌が入ってる」

なんでもよく食べ、こだわらずに見えて味覚は敏感なのだろう。

「こっくりしてるのに、里芋が白くて。この店の野菜はみんな別嬪揃いだね」

豆腐屋の主はいくつくらいなのだろう。母親の年齢から察すると、四十前後だろうか。髪は少し薄くなっているが、母親譲りのでっぱった額にまだ少年の面影が残っている。

「よかった、思いきって来て。お袋が入院してから、ろくなもの食ってなかったから、心まで荒んで酒もまずかった。ここで美味い野菜をいっぱい食べて、酒がやっと身体に沁みた」

気持ちよく酒も食事も行き渡った様子で、来た時よりゆったりと立ち上がった。

「また寄らせてもらいます。御馳走様でした」

戸を開けた途端、容赦のない刃物のような風が客の身体をすり抜けて入ってきた。母親のいない店に帰っていく客を見送りながら、私はついサヤのことを思った。

豆腐屋の主は名前を槙夫といった。

「親父もお袋も晩婚で、諦めかけていた頃に高野山に行って願をかけたら俺が生まれたから、高野槙の名をとって槙夫なんだってさ」

槙夫が名前と由来の話をした時、私は同じように木の名前を持つ桂を思い出した。いつか店で二人が出会うこともあるような気がしていたが、トリコチロマニアの病名を聞いて以来彼女は姿を見せなかった。

その代わりというのもおかしいが、槙夫は母親が退院してからも週に二日の割合で、店に来るようになった。

私のほうも、相変わらず豪雪と野菜の高騰は続いていたから、少なめの野菜を補うこともあって、恢復した母親が店番をする坂下豆腐店にほぼ毎日買い物に行く。

老婆の快癒を馴染みの誰彼が喜んだり、励ましたりしても親子の対応の寡黙さは変わらない。店で働いている槙夫に、一、二度挨拶をしたら明らかに困惑した様子が見えたので、母親には菜飯屋に通っていることを内緒にしているのだとわかった。

「はっ。がんも、飛竜頭だろ。二つ、四つかい」

母親の耳の遠さは肺炎の後に悪化したらしく、無作法なほど何度も注文を聞き返す。買い物の途中で無駄話をすると、油揚げや豆腐の数がどんどん増えていく。「いいお天気ですね」と言っても、「おひさしぶり」と一声かけても、老婆には「おから一つ」とか「絹ごし豆腐」とかに聞こえてしまうらしい。そんな母親を気遣ってか、客が来るたびに槙夫はさりげない様子で背後から母親の間違いを侘びたり、訂正したりする。

「本人は自分の耳が悪くなっていく一方だということに気づいていないんだ。補聴器はどんな音でも拾うからうるさいし、客の注文なら口の動きでみんなわかるって、言い張るんでね」

二本目の燗酒を飲む頃になると口がいっそう滑らかになる槇夫は、他に客がいない時は必ず母親の話をする。

「洋服屋の客が世間話をすれば、絹ごしや、木綿豆腐の話だと思うし、魚屋がいい白魚が入ったって言えば、白滝二つって思い込むしさ」

落語のような軽口を叩いても、母親のことをそれほど苦にしても恥じてもいないのが、わかって微笑ましかった。気がつくと私は桂の場合のように、彼が「お袋がさあ」と話し出すのを何となく楽しみに待っているのだった。

「夏子さん、俳句をするんだって」

芋松葉をつまみながら、残りの酒を飲んでいた槇夫に言われて驚いた。

「いやだわ。誰に聞いたの。するなんてもんじゃないの。友達に誘われて、ちょっと真似事」

「商店街の地獄耳を甘くみちゃあいけないよ。夏祭りのお神輿同様、噂を担いじゃあぐるぐる回ってる奴も多いから」

彼の案じることもよくわかる。菜飯屋のように近所の旦那の「溜まり場」でもなく、女主が「商店街のマドンナ」でなくても、女が一人で客商売をしているだけで、あれこれと憶測を生むことは世間知らずの私にも容易に想像がつく。

「湯豆腐やいのちのはてのうすあかりって俳句があるよね。昔、父親が死ぬ時、言ってた」

槙夫は小銭入れから千円札をひっぱり出しながら、初めて父親の話をした。

「俺、朝寝坊だったから、朝が早い豆腐屋だけにはなりたくなかったのに、急に親父が死んで継ぐはめになっちゃった。人生はさまよう湯葉か、空飛ぶがんもってところかな。あっ、これは俳句じゃなくて、川柳か」

酔った様子もない槙夫が、寒風の中を出ていく姿を見送っていると、やはり同じようにまっすぐ迷いなく歩く桂のことを思い出す。槙と桂と、同じように木の名前を持つ男と女がここで出会うことはないのかもしれない。


節分が済むとさしもの寒さも緩む日があって、豪雪のために高騰を続けていた野菜も少しずつ値が安定し始めた。温室育ちの春野菜や、室咲きの花が商店街に出回り始めた頃、思いがけなくサヤから小包が届いた。

八百屋でもまだ見かけない走りの蕗の薹と菜花の束がダンボール箱にぎっしりと詰められている。湿った新聞紙にくるまれた野菜の隙間に、隠すように薄い手紙が挟んであった。

『お金、助かりました。おかげで貰ったトルコ石のネックレスを売らずに済みました。いろいろ迷って、彼氏ともいっぱい喧嘩して、何度も店に行こうと思ったけど。以前と同じとこでまた働かせてくれるというから、家に帰ってきました。お金は少しずつ返すつもりです。おかみさんも春になったら遊びにきて下さい』

そっけないほど省略の多い文章の余白に、サヤの生々しい傷痕が透けて見える気がした。花の蕾というには痛ましいほど固い蕗の薹。菜花の茎の冷たさ。萌え出たばかりの命の息吹に、私はむしろ新たな不安を感じとった。

定休日だったけれど不吉な予感や胸騒ぎを宥めるために、私は蕗味噌を作る準備に早速とりかかった。生魚をさばくような、香味野菜を引きちぎるような惨たらしい気持ちになって、ありったけの葉も茎も蕾もいっしょくたに切り刻んでいると、ますます不安は募っていく。青菜を茹でる際に、たぎる湯の中で一瞬、水も自分も青く染まって、さあーっと心が凪いでいくのとは反対に、早春の痛ましい贄《にえ》をつくっているような無惨な思いが胸を塞ぐ。

「あら、もう蕗味噌を作っているの。早いわねえ」

浅葱色のニット姿の水江が怪訝な表情で厨房を覗き込んだ。

「水江さんだって、早いじゃない。約束した時間まで一時間はある」

「たまには二人で早お昼食べようと思っていそいそ来たら、店の中は不思議な匂いでいっぱいで、あなたはまるで魔女が秘薬を煮込んでいるみたいな怖い顔をしてるんだもの、びっくりしちゃった」

「水江さんと二人でお昼を済ませたりしたら、関口さんががっかりするでしょ」

「いいのよ。まるで私のこと仕出屋みたいに、あれが食べたい。今度来る時はこれを作ってきてって、わがままばっかり言ってるんだから」

「でも食欲があるって、恢復してる証拠よ。海のもの、大地のもの、人の心。それが本当の糧というものだとお客さんも言ってたわ」

「へええ。じゃあ、今日は私が海のもの、あなたが蕗味噌で山のもの。二人の女の心。ずいぶん豪勢な糧じゃあないの」

水江は蕗味噌を入れる保存容器を手際よく煮沸消毒しながら、楽しそうに憎まれ口を叩く。

「水江さんの海のものって、何。まだ鰹には早いし」

彼女は気をもたせるように笑って答えない。一ヶ月の半分は夫の転勤先の仙台で過ごし、後の半分は東京の一人暮らし。句会や、お茶の代稽古、留守宅の掃除や、溜まっている用事を片付ける閑暇を縫って、関口の見舞いに通う日々。忙しさと半分の自由が、むしろ水江を生き生きとさせているのかもしれない。半白の髪は艶やかに光り、浅葱色のニットに包まれた首筋は不思議な鳥のように見える。

「ちょっと待ってね。菜花の白和えも作るから」

「私なんか蕗味噌だけで、御飯が一杯食べられそう」

他愛ない料理の話や、俳句の話をしていると、眉も睫もなかったサヤの不吉な顔を少しは忘れられる。

「ほんとに豪勢なお昼ね。菜花の白和えに、蕗味噌。鰈とお茶受けに小女子と胡桃の飴煮まで揃ってるんだもの」

「お粥のおかずが欲しいっていうかと思うと、少しは歯ごたえのあるものも食べたいなんて、口煩いとはよく言ったものだわ。味気ない病院食を三度三度食べてるから、あれも、これもって想像をたくましくして。冷たいものや、熱いもの。塩辛いものと甘いもの。柔らかいものと歯ごたえのあるもの。正反対のものが次々と食べたくなるのよ、きっと」

「でもそんなわがままや要望をいつも叶えてあげるんだから、水江さんは偉いわ。私なんて、商売でもそうはいかない。献立を組み合わせたり、旬を生かしたり出来なくて、厨房で途方に暮れることがしょっちゅうだもの」

「私だって、毎日じゃあないから出来るのよ。それに、女房じゃないから」

二人の関係を微塵も匂わせたことのない水江の口調に感傷的な甘さが滲むのは、関口の快癒で気が緩んでいるせいに違いない。


関口は水江の言葉通りの健啖ぶりを示し、私たちはひそかに顔を見合わせて笑った。

女二人の観察に気づくふうもなく、関口は食事の途中で休憩室に飾ってある豪華な花篭を悪戯好きな子どものような顔で振り返った。

「せんだって、俳友が何人か見舞いに来てくれた時にこの部屋で句会をしてたら、看護師さんに発見されて、ずいぶん怒られた」

「呆れた。叱られるはずよ。いくら体調がいいからって、ここは病院で、あなたは病人じゃないの」

「そうは言うけど、病人と俳句の関係は昔から切っても切れないものなんだ。あちこちの病院やサナトリウムから俳誌が出たし、医者も俳句を作る人が多かった」

水江にぽんぽんきついことを言われても関口は上機嫌で、いそいそ口と箸を動かす。

「ああ、美味かった。蕗味噌なんて久しぶり。これ、夏子さんの郷里のでしょ」

去年の暮れ、手術前の関口を見舞った際に疎開先の秩父の話をした。サヤがくれた蜂蜜を傾けて、蜜柑山の夕日の話をした。あの時、私は娘の嫁ぎ先から帰ってきた母親のように嬉しく誇らしい気持ちだった。

トリコチロマニア。桂さんの教えてくれた病名が不吉な響きで蘇る。

「でも、あなたってほんとに上手に魚を食べるわね。まあ、これほどきれいに食べるのはよほど食い意地が張ってるってことかな」

私の心の陰りを見透かしたように、水江が巧みに話題を変える。

「こんなにきれいに鰈を食べてしまったら、骨酒も骨湯も作れないね」

郷里に帰ったサヤは少なくとも男と離れ、仕事に戻った。側には家族がいて、本物の母親がいる。今は冬枯れの凍土でも、もう蕗の薹も菜花も出始めた。春になれば職場の直売所は春野菜の出荷で活気づくだろう。やがてあちこちから山菜が集まってきて、休日には近郊の客で溢れ返る。忙しく働いているうちに、サヤの睫も眉もまた新しい芽のように生え揃ってくるに違いない。

「へええ。鰈でも骨酒って作るの。それに、何、骨湯って」

「料理のことは何でもよく知っているあなたが、骨湯を知らないとは、意外だねえ」

関口の食事を手際よく片付けながら、楽しそうな会話が続いている。

「なっちゃんは知ってる。骨湯って」

郷里の遅い春を探るように空を見ていた私に、水江が声をかけた。

「まさか。水江さんが知らないことを、私が知ってるはずがないでしょ」

関口は穏やかな、満ち足りた表情で水江の煎れたお茶を飲んでいる。その寛いだ様子を見ると、ここは病院の休憩室ではなく、二人で初めてもった茶の間のようにも思える。

「もうじき雛祭り。お雛様に差し上げるのは白酒に菱餅と雛あられ。女の子のいるうちでは大体蛤のお吸い物に、鰈って決まってる。お母さんから真っ白な身をせせり出してもらって、柔らかいいい匂いのする鰈を食べる。その後に、父親が残った骨に酒を浸して飲んで。またその後に母親が湯を注いで一晩おく。そうすると骨と骨の間に残ったエキスが、冬の冷気と共に凝結する。翌朝学校に行く時、玄関と台所をつなぐ廊下の一番寒い場所に、動物の血が固まったような不気味なものを発見して驚いたものだ。二日酔いの父親がぼんやり朝餉を食べ終わる頃、祖母と母がその気持ちの悪いぷるぷると溶けかかったものを御飯の上に乗せて食べている。晴れ着を着て、白酒に頬を染めていた可愛い妹も祖母や母のように、いつかあんな気持ちの悪いものを美味そうに食べるようになるのかと思うと、女っていうのは実に奇妙な生き物だって、子ども心に思ったよ」

長いお喋りに疲れたらしい関口が、お茶をゆっくり含むのを水江が微笑を浮かべて見ている。

「あなたの言う骨湯って、翌日の煮凝りのことね。なあんだ。だけど煮凝りって、ほんとは男の好物なんじゃないの」

ずいぶんと日は伸びたものの、日暮れには冷たい北風が吹き始める。私は水江より一足先に辞去することにして、病室に戻る関口に挨拶をした。

休憩室から出て、エレベーターホールまで送ってきた時「今度は私たちも句会をしましょう」と関口は若やいだ声で言った。

「じゃあ、今から兼題を出して下さい。私はお二人みたいにすぐには俳句を作れないんですから」

エレベーターを待ちながら答えると、関口は水江に内緒のふりで声をひそめ「ひひな」と言った。

「雛」

雛祭りの来る前に関口は逝ってしまった。

告別式は団地の集会所で簡素に行われた。外国に赴任中だという息子さんが喪主を務め、「雛祭り」の主人公の実妹とおぼしき女性が裏方を取りしきっていた。

寒い日で俳句の関係者が次々と弔問に訪れ、三々五々連れ立って帰った後は、水江も私ももう手伝えることは何もなかった。

帰り支度をしていると水江の薄い肩を滑ってショールが何度も落ちる。濡れたような漆黒のショールを素早く屈んで拾ってくれたのは秋子だった。

「お久しぶり。まさかこんな場所でお目にかかるなんて」

声が詰まりがちになる私に、彼女は懐かしそうに頷いて見せた。

「ほんとうに急なことで。先だってお見舞いに伺った時はとてもお元気そうだったから。私の句集についてもいろいろ助言をいただいて。まさかあれが最後になってしまうなんて思ってもみなかった」

秋子は再び落ちかけたショールごと優しく包むように、水江の肩をそっと抱いた。

「水江さん、そんなに悲しまないで。関口さんは死の前に素晴らしい猶予を得たのだと思うの。それは神様でさえ滅多に授けることの出来ない僥倖だわ。それもこれも、みんなあなたがいてくれたおかげよ」

水江の削がれたような頬をまた新しい涙が伝い、やつれた横顔を銀色の髪が覆う。関口の生前、あんなに艶やかだった髪も肌もみんな深い嘆きの中に凍りついてしまったかのようだった。

それに比べて、普段は無骨にさえ見えた痩身の秋子は、いつもより優しくたおやかに見えた。

「私のまわりで人がどんどん死ぬの」

いつか酔って呟いた秋子の声にならない慟哭が蘇る。愛した人は自分を残して次々と逝ってしまう。あるいは彼女もまた水江とは異なった形で関口を愛していたのかもしれない。句会での唐突な反発と離反は秋子の孤独と嫉妬のぎりぎりの叫びだったと言えはしないだろうか。

「ひひな」

関口と最後に会った時、次の句会の兼題として口にされた言葉が唐突に思い出された。雛祭りにはほど遠い雪催《ゆきもよ》いの空の下に、憔悴した水江を守るように、秋子が寄り添っている。永訣の立ち雛に見守られながら関口は旅立っていった。

夢のあとさき立ち雛の通せんぼ
関口の初七日も兼ねた句会で、私の句を拾ってくれたのは秋子だった。
春泥や轍に沿って別れたる
水江の句はほぼ満点といえる票を集めた。春泥にも雛にも遠い、余寒とも言えない寒さが続いて、咳音の目立つ句会は早々に終わった。
「これ、あなたにって、預かっていたの。こんなものが形見になっちゃって」

店に残った水江が二人だけになると、細長い包みを取り出した。

「開けてみるまでもなくわかるでしょうけど。見舞いのお礼に箸なんて、あの人らしいでしょ。食い意地が張ってて」

泣き笑いのような表情をして、水江が自ら包装を解いた。

「盛り箸なの。京都の山城の竹で作るんですって。使いやすい道具はちゃんと用の美を備えているとか、いろいろ蘊蓄を傾けていたわよ」

関口が死んでから、水江の笑顔は変わった。やつれた左頬の下のうっすらとした影はまるでその名の通りに、水の笑窪のように儚い。

どんな儚い微笑とも言えない頬の緩みでも、私には嬉しかった。

「あらほんと、とっても握りやすい。細さも形も長さもちょうどいい。竹の皮がきれいに巻かれてあって。私の料理を盛るには勿体ないくらい。有難う」

水の笑窪はたゆたい動いて、水江の唇はほぼ笑顔と同じ形になる。

「秋子さんが告別式で言ってくれた、僥倖のような猶予って言葉をよく思い出すの」

走りの筍と絹莢と浅蜊とで私はグラタンを作り始めていた。精進料理を作る余裕がなかったから、句会はお茶と草餅だけだった。朝食もとっていないらしい水江に「何か食べられる」と聞くと「和食でないもの」という答えが返ってきた。店は休みで食材もほとんどなかったから、まだかろうじて残っていた蕗味噌を混ぜて和風グラタンを作ることにしたのだ。

「いい匂い。蕗と味噌とマヨネーズも入っているのね。おいしい」

耐熱の薄いコキール皿からゆっくりとソースをすくって、水江はまた遠い目をする。逝ってしまった人、残された自分。やってくる一人の春。味見を繰り返すように、皿についた蕗味噌をなめると、私はまた性懲りもなくサヤのことを思い出す。

人は生きている限り永遠の別れや、完全な忘却を経験することはない。別れた後に思い出し、ゆくりなく出会うこともある。うつしみがまみえなくても、記憶は何度も蘇り、思いは新たになり、再び違う形で共に生きるということもある。別れにさまざまな出会いが準備されているように、死にも始まりがある。水江の中で関口の死は始まったばかりなのだ。

「秋子さんは私を慰めてくれたけれど、違うのよ。私があの人に寄り添えたのも、少しは支えることが出来たのも、ほんとにごく最近、あの人が死ぬ前、たった二ヶ月くらいのものなの」

私はコーヒーを入れる手を休めずに、黙って頷く。

「歳をとると穏やかになったり、成熟したりするなんて、半分嘘ね。なっちゃんはまだ若いから想像出来ないでしょうけど、歳をとるって、気力が萎えたり、感性が鈍くなったりするだけじゃなくて、とっても不自由で苛立つものなの。息子が中学生の頃、愚かなくせに傲慢で手に負えない時期があった。心だけじゃなく、容貌も少年の頃に比べるとひどく見苦しくて。老人にも思春期に似た時期があるのよ。自意識過剰なくせに不安で、それを絶対人に知られたくない」

父母の老年も見届けず、十五年連れ添った夫と別れた時は、まだ中年の入口だった。深水とは老いの支度を手伝えるほど親しくなることが出来なかった。私は水江の言う、思春期と同様の苛立たしく見苦しい老年を、自分でも他人でもまだ実感したことはない。

商店街では老いた母親と若くない息子という組み合わせを日常的に見ているけれど、そこには肉親の労りと、微かな諦観のまわりにうっすらとした無関心のヴェールがかかっているように見える。耳の遠い母親をさりげなく庇う槙夫にも、親切なカバン屋の親子にも同様の空気がいつも漂っている。

「出会った頃のあの人もそうだった。端正な作品の影に、執拗な自意識と、粗暴なほどの欲望を隠していた。恐れをなして遠ざかったり、嫌悪して、距離を置いたりした時期もあったの。何年も何年も惹かれながら、すれ違って。彼は死に近く、私は老いの入口をくぐってから、やっと親しい穏やかな時が持てた。ほんの束の間のことだったわ」

普段より多めに砂糖を入れたことに気づくふうもなく水江はコーヒーを飲んでいる。カップの底の甘さと苦さ。深水と私はそれほどの軋轢も、長いすれ違いもなく別れてしまった。別離の形見とも言うべき帯状疱疹の痕は、痣にも染みにもならず私の左半身に微かな茶色の点々として残っている。

「ずっと誰にも言わず、お墓の中にひっそりと持って行くしかないと決めていたことを、みんな口にすることが出来る。死や不在の効用って、ちょっとはあるのね」

水江は薄墨色のコートに袖を通しながら、初めて本物の微笑らしい微笑を浮かべた。

「蕗味噌のグラタンも、コーヒーも美味しかった。有難う。いつか言ってたわね。海のものと、大地のもの。人の心。それが本物の糧っていうものだって。あなたはとっても聞き上手で、さりげなく受け止めて、優しく解き放してくれる。菜飯屋の夏子はこうして、客でも親しい人でもほんものの糧で養い続けていくのね、きっと」

来た時よりも、ずっとしっかりした足取りで水江は店を出ていった。一度振り返った顔には私を励ます時のいつもの笑顔が戻っていた。


菜飯屋は酒目当ての客がいないから、料理屋にしては夜が早い。それでも会社勤めをしているよりは帰宅が遅くなるので、やはり眠るのは深夜を過ぎてからになる。五時間ほど眠ると、必ず早朝に目が醒める。日の出の前後であることが多い。晴れていても、まだ暗くても、窓を開けて天候を確かめ、前日に決めていた献立の確認をする。温度や湿度だけではなく、漠然としたその日の空気や、自分の体調なども考慮に入れる。ある朝気づくと季節が新しくなっていて、去年作った料理をふいに思い出したり、野菜の名前が閃いたりすることもある。

忘れそうなことをメモしたり、冷たい水を一杯飲んだりした後は追寝をすることが多い。だから正確には夢と言わないのかもしれない。限りなくうつつに近く、あるかなしかのヴェール一枚隔てて覚醒とも違う。眠りの浅瀬にうっすらと浸っている時に浮かんでくる映像や、記憶の断片を、私はいつの頃からか「夢の瘤」と呼んでいる。

今朝の夢の瘤。

関口の形見になった盛り箸を握って、男が広い背中を見せて料理をしている。火は見えないが、フライパンか浅鍋らしいものをせわしなく揺すっている。鍋を揺するのを止めると、片手に持った箸で気遣わしそうに中の具をかき回す。

「あーあ。また固まっちゃった。だめだなあ」

声だけで振り向く様子がないから、男が誰なのかわからない。眠りの浅瀬で、私はたゆたいながら、誰だろう、一体なぜここにいるのだろうと思っている。どこかで聞いた声、必ず知っているはずの背中なのだから、思い切って呼んでみようか。振り向いた人が誰でもかまわない。父親でも、別れた夫でも。久しく会わない兄であっても。

いや、あんなに慣れた仕草で箸を操っているのだから、もしかしたら関口かもしれない。料理の仕事をしたこともあったらしい深水だったら私は喜ぶだろうか。困惑するだろうか。豆腐屋の槙夫が油揚げを揚げている後ろ姿に似ていなくもない。

夢の瘤は膨張したり、半ばかすんで透き通ったりする。遠ざかったり、近づいたりするたびに眠りの密度が微妙に変化する。

「また失敗。卵っていうのはどうしてすぐ固まっちまうんだろう。これじゃあ、まるで菜の花入りのボールだ。卵料理っていうのは、もっと柔らかくて、とろとろしてないと美味くないのに」

男の背中が邪魔をして、フライパンの中を覗いて見ることがどうしても出来ない。調理台には盛り箸の他にも手塩皿や、豆皿とおぼしきものが散らかっていて、醤油や酒か味醂のような液体がわずかに残っている。目を凝らすと、硝子粒のような細かい塩や、挽く前の胡椒の粒などもこぼれている。

「お兄さん」と呼べば八歳違いの壮年の兄が。「お父さん」と近づけば、二十年前に死んだ輪郭だけの父が当たり前のように振り向いてくれそうな気がする。「あなた」と呼び慣れたふうに声をかければ、「なっちゃん」と親しげに名を呼び返してくれはすまいか。

料理の腕前はともかく、箸を上手に使う男である。京都の山城の竹は生き物のように見事に操られて、嬉々として動く。美しい箸に似合う美しい手である。それなのに、卵の殻が傍らで小山になっているのに、男はまだぼやき続ける。

「だめだなあ。目鼻や手足があるわけじゃないのに、生まれかかっているものはまったく始末が悪い」

聞こえよがしの辛辣な言葉である。冬の季語に寒卵というのがあるけれど、早春の卵には微かな命のぬくみと胎動があるのだろうか。

「あたし、卵料理ならできる」

一年前恥ずかしそうに言ったサヤの言葉をこんなに鮮明に思い出すのだから、私はやはり眠っているわけではないのだろう。

夢のもたらした不安を紛らわすように早めにマンションを出た。冬将軍が衰えを見せ始めると野菜は一足飛びに春に近づく。年々季節は前倒しになっていく。一ヶ月も二ヶ月も早く旬が先取りされると、「なぜ今の時期にこんなものが出荷出来るのだろう。一体この野菜や果物はどんな方法で栽培され、収穫されているのだろう」といぶかしさを通り過ぎて不安になることがある。

「バイオだよ。バイオ」

八百春の若旦那は詳しく話すのを避けるように大雑把な説明をする。

「バイオって、薬かい。そんなもの、うちじゃあ売ってないけどね」

買い物の時間帯が同じらしく八百春でたびたび顔を合わす薬屋の隠居が、気味悪そうに新玉葱の入ったネットを戻した。

「あっ、そりゃあ違うよ。新玉はタイ産」

八百春の若旦那は今日は機嫌が悪いらしく、ぶっきらぼうに言い放つ。

「またお袋さんと喧嘩したんだよ、きっと」

宝石好きの薬屋の隠居は、新しいおまじないでもあるかのようにセーターの襟についた大きなガーネットのブローチを撫でた。

まだ細い新牛蒡や春の蕪、蓮根や名残の百合根、色の薄い葉のついた蕗の大きな束。値段と睨めっこをしながら、心積もりだった献立を組み替えたり直したりしていると、奥で八百春の親子が言い争う声が聞こえてきた。

春泥というのは、春の初めに凍土が溶けたり、雪解水でぬかったりすることを言うのだろうか。それとも芽吹きの草木に降った慈雨がしとどに土を柔らかくさせることを言うのだろうか。

春泥の轍に沿って別れたる
水江の句など思い出しながら、店の前まで来ると内で執拗に電話が鳴っている。野菜をカウンターに置きっぱなしにして慌てて受話器を取った。

「あのう。夏子さんですか」

店の名を言う前に、男の声で名前を呼ばれたので驚いた。

「ええ、はい。あのう、失礼ですが」

夢の中で背中を見せたままだった男が急に振り返ったようで、せわしなく記憶を手繰ったが、名前どころか知人なのか客なのかも見当がつかない。曖昧で鈍い応対をしている間、相手も無言を続けている。

「あっ、俺。以前よく店に行ってたんだけど。自己紹介しようにも、名前は名乗っていないし。わかんないですよね、俺のこと」

困り果てたような声で言われても、どんな像も浮かばない。

「そうだ。一年前、店に鯖寿司を持ってったことがある」

戸惑いと遠慮の霧が晴れて、酢飯と魚の匂いが流れ込んだかと思うと、ずっしりと重い京都の鯖寿司が浮かび上がった。

「はい、よく覚えています。大変失礼いたしました」

詫びと挨拶を慌てて言うと、レントゲン技師の客の顔が自然に思い出された。

「ああ、よかった。鯖寿司買って行って。危うくセーフ」

相手は若い男らしい闊達さで笑った。鯖寿司を手みやげに恋人との京都旅行の顚末を話してから、客はふっつりと姿を現さなくなった。あれからもう一年も経ってしまったのだ。

「こんなこと突然頼むのは御迷惑だってわかってるんですけど。明日、弁当を作って欲しいんです、一人前。菜飯屋の弁当をどうしても食べさせたい病人がいて。ほんとにずうずうしいお願いで、申し訳ないんですけど。病院まで持ってきてもらえないでしょうか」

病人とは誰なのか。なぜ菜飯屋の弁当でなくてはならないのか。訊ねれば答えてくれるだろうに、私はとっさに何の疑問も不信も感じずに、あっさりと承諾してしまった。客の声には否と言えない緊迫感が感じられたこともあるけれど、一人前のお弁当を作って届けることをたいした労とは感じなかった。

「わかりました。ご病人に特別好き嫌いはありませんか。食べられないものとか、禁じられているものとか、あったら教えて下さい」

客は少しの間思案しているらしかった。思い切って電話をしたものの、断られると決めていたのかもしれない。それとも注文をしても詮無いような、込み入った事情のある病人なのだろうか。

「よくわからないんです。ただ、量はほんとに少なくていい。海のものと大地のもの。菜飯屋のいつも通りのおかずにして下さい」

病院の名前も場所も知っていたから、受け取り方法だけ決めると、客は安堵の滲む声で、「俺、箱崎っていいます」と最後に名前を名乗った。

急な電話の頼みごとに私も慌てていたのだろう。「海のものと大地のもの」という箱崎の言葉が桂の姿と結びついたのは、しばらく経ってからのことだった。

私は子どもがいなかったし、夫は仕事でビジネスランチが多かったので、家族のためにお弁当を作ったことがない。花見弁当や、少人数の松花堂などは頼まれれば引き受けるけれど、仕出し弁当の類を作ろうと思ったこともない。

客の顔を見てから料理を出したい。相手が食べる現場にいたい。温め直しも、おかわりも、客の様子を見ていればこそ伝わるものであり、作る甲斐もある。商いとも言えないようなわがままな店を続けてきたから、たとえ一人前でも、誰がどうして菜飯屋の弁当を食べたいのか、わからないまま作るのは思ったより難しかった。

勿論、一人前の弁当のためだけに特別な献立を立てるわけにもいかない。迷ったけれど、「菜飯屋のいつものおかず」という依頼の言葉通りに作るしかないという結論を出した。

なまりぶしと蕗の炊き合わせ。蓮根のつくね。春菊としめじの白和え。その日の店の献立をそのまま。唯一病人のために誂えたのは鯛のそぼろだけだった。なまりぶしは栄養があるし、食べにくい骨もない。けれど特有の臭さを気にするかもしれないし、蕗の香りには好き嫌いがある。鶏肉と蓮根のつくねは練り物のようにあっさりしているが、油物は時間が経つとどうしても味が落ちる。白和えは病院食じみて飽きているかもしれない。たとえ歯が悪かったり、点滴で片手が不自由だったりしても、そぼろならスプーンですくって食べられる。箱崎の様子で相手は女性らしいから、色どりの桜色を喜んでもらえるような気もした。

病院は一応救急指定の総合病院ではあったが、それほど大きくはなく、平日の受付には若い女性が三人いるだけでひっそりとしていた。

電話で言われた通りに用件を告げると、医師が着るような白い上着を羽織った箱崎が地下の検査室からすぐに階段を上ってきた。

「ありがとうございます。厄介な頼みごとを引き受けていただいて、助かります」

差し出した弁当の包みを受付嬢達に憚るような様子で受け取ると、「ちょっと待っていて下さい」と小声でささやき、あっという間にエレベーターの中に消えてしまった。

受付ロビーにいると、病人や医療関係者に混じって、明らかに見舞客や、入退院の付き添いらしい人が行き来する。老婆を抱きかかえる娘や、妊婦を労る若い夫、家族連れで賑やかに退院して行く人に混じって、老夫人の車椅子を押す初老の男を見たりすると、つい深水の妻や、関口のことを思い浮かべてしまう。

「お待たせしました。少し話があるんですが、時間、大丈夫ですか」

「ええ。店は夕方からですから」

大股で先を歩く箱崎の後について、病院の後ろにある公園まで来た。

「すいません。こんなところで。喫茶店もあるんですけど、お昼時はあちこちに院内の人間がいますから」

冬枯れの公園には子どもを遊ばせる母親と、サラリーマンらしい姿がちらほらあるだけで、閑散としている。

「もうお気づきだと思いますが、病人は桂さんです」

「やっぱり」、という思いと「どうして」という驚きが同時に表れていたのだろう、私から顔をさりげなく逸らし、箱崎は誰かが降りた直後らしいまだ少し揺れているブランコを見た。

「以前に俺、鯖寿司持ってってたでしょ。あの時の京都旅行の相手が彼女です。もう二年近くつきあっていて、結婚を考えてました。旅行の夜、プロポーズするつもりだった」

思い出した。あの時「ふられちゃったみたい」と彼は大分参っていて、「人間の心もレントゲンみたいに内が見えればいいのに」と言っていた。

「旅行に同意してくれたから、承諾してくれると思ってた。そしたら、夜になって急に彼女が、帰るって言い出して。ショックだった。わけもちゃんと言ってくれないから、もうダメだと諦めてました」

　どうして子どもというのはあんなに棒の類が好きなのだろう。手足と一緒に振り回しては、時々自身がバランスを失ってよろけたり、膝をついたりする。あんな細い、三十センチほどの棒で、世界を指揮しているような気になっているのかもしれない。空に振り回しては、満足そうに笑っている。

「彼女、同じ病院で働く透析の技師でした。でも旅行の件があってから、お互い気まずくて避けていました。今年になって、ある勉強会で会ったら、すごく痩せてるんで、びっくりしました」

　失恋したと思い込んだのは、彼女も同様だったのかもしれない。桂さんのさっぱりしていて潔い様子が目に浮かんで、話はすらすらと飲み込めたものの、あんなに健康そうだった彼女がどんな病に犯されたのか心配で、早く肝心の病名が知りたかった。

「ご病気、お悪いんですか」

　病人の名を明かしたのだから、すぐに病名を告げそうなものなのに、箱崎は何をためらっているのか、決心をつきかねた面持ちで公園の欅をぼんやり見つめている。

「思っていたより、重症でした。ほんとに、俺、なんで今まで気がつかなかったんだろう。もっと早くわかっていたら。ほんとに自分が情けない。いい歳をして。仮にも医療に携わっている人間が」

箱崎は思い詰めた様子で、気の毒なくらいに自分を責める。恋人が自責の念に駆られるほど、彼女の病状は重いのだろうか。相手は女の人だからと暢気に鯛そぼろなど入れた弁当の中身がしきりに気になって、私はそれ以上詳しく訊ねることが出来なくなってしまった。

「でもよかった。夏子さんのお弁当、持ってきてもらって。食べ物をちゃんと見る彼女を久しぶりに見ました。女の人ってすごいなあ。何も注文しなかったのに、俺の思ってた通りの弁当だった。ほんと、感動しました」

箱崎は私の当惑を察したように、少し明るい声になってねぎらってくれた。

「悪いと思ったけど、彼女に持っていく前に弁当の中身、見せてもらいました。ほんとはちょっと心配してたんです。でも、頼む前からあれも食べない、これは困るっていちいち言ったら、引き受けてもらえないと思って。事情を詳しく伝えられなかったから」

箱崎は病名を口にするのを憚るように、核心を避けた褒め言葉を繰り返す。

「よかった。私も実は自信がなかったの。お弁当って慣れてないから。桂さんは店に来てくれた時も、あまり好き嫌いなく何でも食べてくれてたから、安心しました」

静かに、美しく、整然と食べて、満足そうに帰っていく。きれいな木の化身のような後ろ姿を見送ると、話に出てくる彼女の母親のような気持ちに少しだけなれる。そんな話はしなかったけれど、私は心の中で胸を撫で下ろした。

「一番心配だったのは卵焼きでした。ほら、弁当って言えば、卵焼き、蛸足ウインナ、兎のリンゴ、って三種の神器でしょ。まさか夏子さんが、兎のリンゴや蛸足ウインナを入れるとは思ってなかったけど。でも卵焼きは必ずあると思ってたから」

「そう言えば店では卵焼きを出さないし。桂さんに卵料理をお出しした覚えもないけど。卵焼きが苦手だったなんて知らなかった」

公園の時計は一時半を回っている。箱崎もそろそろ休憩時間が終わる頃だろう。

「ほんとにわがままを言って、申し訳ないんですけど。来週もお弁当、作ってもらえないでしょうか。今度は二つ」

一緒に食べるつもりなのだろう、と私はつい微笑ましくなった。どんな病気にしろ、恋人と一緒に差し入れの弁当を食べられるならば、重症というわけではない。院内の休憩室で、茶の間のように寛いでいた関口と水江の姿が思い出されて、私はためらうことなく頷いていた。

「ええ。でも、断ったりしないから、今度は注文があったら言って。いつも勘が当たるわけじゃないもの。黙ってると、蛸足ウインナや、リンゴの兎を入れちゃうかもしれない」

白衣のポケットに突っ込んでいた箱崎の手に力が込められて、拳が握られるのがわかった。

「注文なんて、出来ない。俺、ほんとにダメなんです。彼女のこと、ちっともわかってやれない」

突然の語気の激しさに息を呑んだ。ダメなのは私だ。勝手な連想で相手が病人なのだということをつい忘れてしまったのだから。

「ごめんなさい。軽口なんか言って」

私は桂や箱崎の母親でも姉でもなく、菜飯屋の店主に過ぎない。個人的な頼まれごとを引き受けたからといって、すぐに親しさが増すというわけでもない。

箱崎は子どものように乱暴に首を振って、目をしばたたかせた。自分の無力に苛立つ子どものように。

「彼女、言うんです。私にはもう糧はいらないって」

本人が要らないという糧を私は次の週も、その次の週も作った。箱崎は仕事が忙しく、弁当を渡すだけで、はっきりした病名も経過も、弁当の反応も聞けないまま、三月も最後の週になった。

詳細は明らかではないが、弁当を受け渡す時の五分ほどの会話で少しわかってきたこともある。桂がいる棟は神経内科であるということ。手術や外科治療の必要はないらしいということ。入院はむしろ病人を保護管理する目的が主であること。かろうじてわかったことを繋ぎ合わせて、弁当を作る参考にした。

どんな状態であるにしろ、私は早く彼女に会いたかった。弁当を直接渡すだけでいい。眠っていても、口をきくことが出来なくてもいい。ただ会って、客としてカウンターに座っているかのように「桂さん」と呼びかけたいと思った。

一目でいいから会いたい。そう願いながら弁当を作った。彼女が楽しそうに箸を動かし、満足気に箸を置く。その様子を思い浮かべながら、弁当の中身を工夫したり、作ったりしていると病気の心配を一時忘れた。

豚肉の鍬焼き。筍の木の芽和え。菜の花の芥子醤油。貝と分葱のぬた。ふと思いついて弁当を作る前夜に客から貰った干菓子の小箱を添えた。桜と渦潮と貝の形をした干菓子。これをみやげに持ってきてくれた客は、子どもを交通事故で亡くしてから毎年遍路旅をする。四十八箇所の小さな町に和三盆で有名な店があるのだという。

初めて菓子箱を添えたのは「せめてこれくらいは手渡しをしたい。一つつまんで、小さな渦巻き模様の砂糖が口の中で溶けるくらいの束の間でもいいから会いたい」という思いを伝えたかったからだ。

「よかったら、彼女に会ってやって下さい。何も言わないけど、きっと会いたがってると思います」

私の願いが通じたように、箱崎は珍しく柔和な顔で言った。

病室というのはどこも大体似ている。病院という施設の作り方には何か一定の法則があるのかと思えるほど、室内の区切り方やベッドの位置、カーテンの色や素材もみなそっくりになっている。関口が病室によく徘徊癖のある老人が入ってきたり、勝手に他人のベッドに潜り込んできたりして困るという話をしていたが、認知症を患っていなくても、半睡状態だったり方向感覚が狂ったりすれば、部屋を間違うのも頷ける気がする。

まだ寒気が残るのに、ドアを開け放したままのそっくり同じ病室をいくつか通り過ぎた奥まった所に桂の部屋はあった。

「俺だけど、入るよ」

箱崎が短く声をかけると、ベージュのカーテンがそっと引かれた。

「菜飯屋の夏子さんがお見舞いに来てくれたけど。会えるよね」

返事を待たずに促されるまま、私はカーテンの隙間に立った。

「お久しぶりです。いつもお弁当、ありがとうございます」

本当に桂かと耳を疑うほど幼い声だった。少女が教わった挨拶を復誦するようなたどたどしさは外部の人間との会話はおろか、わずかな接触さえ久しぶりなのだということを示していた。

「桂さん」

私はカーテン越しのシルエットに向かって名前だけを呼んだ。

「桂さん」

パジャマの上から水色のカーディガンを羽織っている肩が見えた時、私は見舞いの言葉も言えずに、もう一度ただ名前だけを呼んだ。鳥のように痩せている肩と腕。背中に畳んでいる羽根を広げれば、羽織ったカーディガンと同じ色の空に、すぐにでも溶け込んでしまいそうな儚さだった。

長かった髪は無造作に耳のあたりで切り揃えられている。震える手が動くと、待っていたように箱崎がサイドテーブルに慣れた様子で弁当を広げた。

「きれい。食べ物じゃないみたい」

泣くまいとして、私は目を見張った。眦のまわりに滲んだ金の輪が出来て、それがとても熱かった。

「お菓子なの」

添えてきた紙箱を彼が開けて見せたのだろう。針の痕で青黒く腫れた腕がそおっと伸びるのが金の輪の隅に見えた。

「あっ、もうない。食べなかったみたい。ねっ、不思議」

堪え切れなくなって涙がコートを持った手にぽろぽろ落ちた。渦巻き模様を食べたのだろうか。やがて咲くはずの桜の形を選んだのだろうか。あんなに美しく、端然と食事をした若々しい手。咀嚼するごとに小さな生き物のように動いた白い喉。唄うようにきちんとした形に開かれていた唇。カーテン越しに私が見守っていたのは、小さな干菓子を舌の上でやっと溶かす拒食症の病人ではなく、菜飯屋のカウンターで若い命を養う糧を果敢に食べる彼女の姿だった。

「ほら、少し水も飲んで」

箱崎が壊れ物を扱うように抱いて、水を飲ませようとすると、彼女は激しくむせて、息は途端に苦しそうになった。

「ごめんなさい。私、ごめんなさい」

桂は幼女のように詫びながら、取り乱した様子で枕元に置かれてあった小さなバッグを取り上げると、パジャマの上からひしと抱きしめた。

「桂さん、私、また会いに来るわね」

それだけ言うのが精一杯だった。彼女から礼や、習ったばかりのような挨拶の言葉を引き出すのが、あまり痛ましくて、私は呟くように言っただけで病室を出た。

俯いて足早に歩くと、涙がますます溢れた。悲しくて、せつなくて、悔しかった。病院の長い廊下の先は吹雪く崖である気がした。そのまま助走して、飛び込んでしまいたいと思いながらずんずん歩いた。長い間いい気になって、客や誰彼の命を養う糧を差し出しているつもりだった、自分の驕りと愚かさがただ無念で恥ずかしかった。

ずいぶん迷ったけれど、やはり私は次の週も弁当を作った。食べられないことはわかっていた。桂の命を養う糧とならなくても、せめて淡い郷愁でも、感傷でも、ひとかけらの季節感でもいい。愛しさや、感動や、ほんの少しの気力をかき立てることが出来れば、と祈りに似た思いだった。

考えれば考えるほど、望みや期待は後ずさりするように小さくなるけれど、貝でも桜でも和三盆のかけらを舌で溶かす力が桂に残っているうちは、弁当を作り続けようと決めていた。

出初めの山菜で手毬寿司を作ってみた。こごみやうるいを飾り、煮切り蛤も乗せた。筍の土佐煮としんびき粉をまぶした海老も添えた。

「先週はびっくりしたでしょう。でも、少しずつよくなっています。夏子さんの弁当の力です」

箱崎はいつもより小ぶりな包みを押し抱くようにして受け取った。

「名前を呼ぶだけでいいの。ほんのちょっとだけ。会えるかしら」

弁当を渡すまでは思ってもみなかった言葉が知らずに口をついて出た。箱崎は束の間意外そうな表情をしたが、すぐに頷いた。

「ありがとうございます。先週はショックだったみたいだから、もう会ってもらえないかと思っていました」

どれほど大切に思っていても、必死で背負っている愛の重さに打ちひしがれそうになっているまだ若い肩。弁当の重さくらいであったとしても、ほんの少しは誰かと分かつことが出来たらと願う時もあるに違いない。

「今日はお弁当の日ね、って今朝、彼女の方から言ったんです。初めて」

神経内科の病棟に続く廊下の隅に、もう水栽培のヒヤシンスが芽を出している。冬の水に根を伸ばして、あんなに青々と芽吹くものもあるのだ。

春の気配にも行き交う同僚にも目もくれず、白衣の裾を翻して箱崎は桂のいる病室にまっすぐ急ぐ。風を切る帆のように、と思いながら私も小走りに後に続いた。

「夏子さん。じき、春なのね」

桂はカーテン越しに細い声で訊いてきた。語尾にわずかな力がある気がして嬉しかった。

「ええ。遅れを取り戻そうと、桜前線はスピードを上げてるみたい」

三寒四温の言葉通りに、遅い春は半歩進んでは、一歩後退するような遅々とした歩みで、今日はまだ厳冬の寒さだった。

「ここ暑過ぎるね。室温を調整するように看護師さんに言おうか」

弁当を広げながら、箱崎の声はあくまでも優しい。弱い者を労ったり、守ったりするのはむしろ男性のほうが一途な粘り強さを発揮するのではないかと、私は時々思うことがある。

「ううん。平気。あっ、お寿司のお雛様」

見て、声を発しただけで、半分は食べたのと同じだ、と私は自分を慰める。

「きれいだねえ。へええ、もう山菜が出てるんだ」

手毬寿司の具を器用に箸でつまんで、箱崎が桂の口に近づける。まるで気配としかいいようのない拒否のサインを察したのだろう、そのまま箸を置くのがわかった。それでも、美味しいよとか、ちょっと食べたら、というような勧め方をしないのは、彼が桂の病状に精通しているからに違いない。

「芽って、怖い」

切羽詰まった声で呟かれた言葉に胸を突かれた。揺れるカーテンの隙間から、尖った頬と深く翳った眼窩の奥で異様なほど大きな目が見えた。

かつてこんなに長かった冬があっただろうか。逝く人にも、看取る人にも、病み続ける人にはいっそう長く永遠に閉ざされていくように思えるだろう。いや、静かに閉ざされることを願っている人にとっては、むしろ近づいてくる春こそが、容赦のない罰のように感じられるのかもしれない。

「ああ、どうしよう。お母さん、あたし、やっぱり、だめ」

打ちひしがれた声で言うと、桂は傍らにあった小さなバッグで盾のように胸を覆うとそのままベッドの隅に崩折れてしまった。

サヤの時と同じだ。私は金縛りにあったように、立ちすくんで、慰めの言葉も言えず、助け起こして抱くことも出来なかった。こんな時、桂の母だったら、どんなふうに励ましたり、叱ったりするのだろうと思いながら、ベッドから垂れ下がっている魚のような白い脚をぼんやり見ていた。

病院を出た私を箱崎は静かな足取りで追いかけてきて、並んで歩き出した。

「彼女の母親は末期の癌でした。自宅に戻って、餓死のような状態で死んだそうです。家を出て透析技師として働いていた彼女はそれを知ってひどいショックを受けて。自分の結婚が具体的になった時、急に怖くなったみたいです、子どもを生んで母親になるのが。卵が食べられなくなったのが、病気の前兆でした」

暖房の効き過ぎている病院から出てしまうと、雪催いの道は余りに寒くて、私は震えが止まらなかった。

「京都旅行から逃げ帰ったのは、俺が嫌いになったんじゃなくて、拒食症で苦しむ自分を見せたくなかったからだった。別れてから病気は加速する一方で、最後の砦が菜飯屋だった。夏子さんの作った料理を食べている時だけは、母親に許されている気がすると言ってました」

涙もなく、眼のまわりの熱い金の輪ももう現れなかった。悼みや嘆きを超えて、打ち明けてくれた箱崎の力に少しでもなれたらという思いが生まれていた。苦しむ二人の母親の代わりは出来なくても、菜飯屋の店主として、ささやかな糧に代わるものを提供するくらいは出来るかもしれない。

「一つ聞いていいかしら。桂さんがしょっちゅう抱きしめているあの小さなバッグ、お母さんの形見なの」

箱崎ははにかんだようにそっと笑った。春の光の粒が見えた。

「俺が持ってたのを彼女がすごく気に入って。だから同じものをプレゼントしたんです。アインソフのバッグ」

「アインソフ。余り聞いたことのないブランドの名前ね」

「有名じゃないから。でもナスカの地上絵がマークで、なんか手作りっぽくって、いいんです。アインソフはヘブライ語で、唯一、無比。永遠っていう意味もあるそうです」

恋人の自慢をする若者の饒舌さで箱崎は嬉しそうに説明した。

　トリコチロマニアというカタカナをすらすらと口にした桂の唄うような声が蘇った。あの時の不吉な感じとはまったく逆の、何という明るい響きだろう。アインソフ。唯一無比の永遠なるもの。地上絵のマークのあたりを痩せた両手で握りしめ、縋りつくように抱きしめていた桂。皮袋の中身を葡萄酒に変えたメシアのように、彼女はあの小さなバッグから生きていくぎりぎりの糧を汲んでいる。

「冬の料理が根菜ばかりのように、春の食材は芽や草ばかりだけど、また来るわ。根気よく」

　話しながら歩くと、病院はどんどん遠くなる。昼休みはとっくに終わっているに違いない。箱崎は私の言葉で驚いたように立ち止まると、ぴょこんと頭を下げ、駆け足で職場へ戻っていった。

　話に夢中で若い箱崎の歩調に合わせ、ずいぶん歩いてしまったらしい。バス停も、タクシー乗り場もいつの間にか通り過ぎてしまっていた。

　それにしても寒い。車を拾おうと周囲を見回していたら、目の前の路地に消えていく見慣れた横顔があった。

　深水だった。昨年の夏に別れてから半年以上経っていても、二年間恋しく待った男の姿を見間違うはずはない。

　襟を立ててごく自然に後を追っていた。日脚が伸びたといっても、それは晴れた日の黄昏に限られる。一日中曇天の夕べは暗くなるのも早い。もともとついて歩くには息が切れそうだった早足の深水は、仄かな明かりをこぼす店の中へちょうど消えていくところだった。

「いらっしゃいませ」と迎える若やいだ女の声が聞こえた。暖簾も電飾の看板もない簡素な店。客を誘う賑やかな音楽や話声も聞こえてこない。むしろ人恋しさを募らせるようなささやかな店構え。少し菜飯屋に似ていなくもない。

座り慣れた席に腰掛けて、深水が一言二言話しかけると、弾んだ声が答える。ひたすらに待つというほどでもないが、気がつくと知らずに待っている。菜飯屋の夏子に似た人が、お茶と今日のお通しを運んでくる。

私はほんの少し店先に佇んでから、すぐに元の道を引き返した。箱崎と桂のいる同じ病院に、深水の妻も入院しているのかもしれない。長く患っている妻に見送られた帰途、味わい慣れた寂しさと一抹の安堵が深水の道草の言い訳となる。

「病院っていうのはね、一種の難破船みたいなものなの。暗礁に乗り上げてはいるものの、まだ浸水もなく、深刻な破壊も免れている。それを確かめて病人を置いて帰るわけだけど、ちょっと目を離したすきに、たった半日空けただけなのに、どんな壊滅的な打撃に襲われるかもしれない。致命的な急変も。それはよくわかっているのよ。数時間外出しただけでも、病状は悪化したり。必死で帰ると、苦痛に悲鳴を上げていた人が案外持ち直して、のんびり眠っていたりする。でも、やっぱり破船は破船なの」

関口の介護に通っていた水江が、いつだったかそんな話をした。

嵐や事故や浸水で航路を失った船に残る者と、心だけ残して帰っていく者。難破船と港との往復を長い間繰り返してきた深水の決して表に出すことのなかった悲哀と、微かな怒り。強い意志と、途切れることのない祈り。

一生のほとんどを健常に過ごす人間と、病みとの同行を余儀なくさせられる人間が、生活は勿論、その精神も情操もまったく異なるものになるのは、当たり前のことなのかもしれない。健康な日常生活と、難破船の生活と。往復を続けざるを得ない人の疲弊と、傷みが今では少しわかる気がする。

私はもう一つの菜飯屋を深水が見つけたらしいことを、心の底から喜んだ。いつもの大通りに戻って、ふと目を上げるとついっと触れて、耳元をかすめる気配があった。かすめるだけで消える三月の風花。故郷では春が近くなると、天が山の雪を吹いて遊ぶように風花が舞ったけれど、東京では滅多に見ない。

風花や儚きものにある汚れ

久しく作っていなかった俳句のようなものが口をついて出た。

「夏子さん。風花と儚さではちょっとつき過ぎですよ」

優しく教える関口の声が、聞こえてきたような気がする。

消えた声の粉末を受け止めるように手をかざしながら、私は風花の舞う空をしばらく見ていた。

桜前線がかすれ消えるような日々が続く。今年の冬の厳しさと長さは記録的なのだという。春の雪と余寒のせいばかりでもない閑散とした商店街を、重いコートを着て歩くと心はつい沈みがちになる。

「うちらみたいな店はじわじわ首締められてるようなもんだよ、まったく」

八百春の若旦那の愚痴だけでなく、櫛の歯が欠けるようにシャッターを下ろしたままの店が増えていく気がして心細い。野菜は言うに及ばず、魚屋の店先も薄氷の張りそうな空のケースが目立つので、つい豆腐屋や乾物を商う店へ足繁く通うようになる。菜飯屋の女将が坂下豆腐店に日参しているらしいという噂が、客足のまばらになった商店街で吹きっさらしの風のように翻っていることは私も知っていた。

「いいじゃないの。客商売って、浮いた話の一つや二つあったほうが景気がよくて」

「へええ、そういうものなの。知らなかった。私は噂が立ったりすると、ぱったり店は流行らなくなるのかと思った」

関口の死をきっかけに、親しさを取り戻した秋子と水江がカウンターで仲よく肩を並べている。

「そんな噂くらいで足が遠のくような客はいっそ来なくたっていいのよ、ねっ、なっちゃん」

小豆を煮ている鍋の前で、私は苦笑いをする。商店街の噂など頓着しないが、耳の遠い槙夫の老母が、大きな声で身上調査とおぼしき質問をしてくることには辟易していた。

「でも豆腐屋の若旦那は相変わらず店に通って来るんでしょ。ならいいじゃない。私も一度会ってみたいな」

「おもしろがらないで、水江さん。相手がお客さんというだけで、なんか疚《やま》しい気がしてるのに」

何度も茹でこぼしたのに、小豆の灰汁はなかなか消えない。膨らんだ豆はすでに寒の水で晒し抜いた色になっているけれど、気がつくとまた濁った小さな泡にまとわりつかれている。

「でも、微かな疚しさっていいなあ、艶っぽくて。一句出来た。小豆煮て朱の灰汁こぼす凍て夜かな。まだ夏子さんは若いのよ。羨ましい」

一本の燗酒で、すでに舌が滑らかになっている秋子が水江の持ってきた牡蠣の味噌焼きと、山菜の煮びたしを代わる代わる食べながら満足そうに言う。

「まっ、私はこんなふうにちびちびお酒を飲んで、美味しい海のものや、山のものを食べていれば、充分幸せだけど」

カウンター越しに水江が労るような笑みを浮かべて私を見る。死が人の心を柔和にさせるはずもないけれど、深い喪失感の底から清水のようにせつなさや愛しさが沁み出し続けるということはあるのかもしれない。銀白の髪は潔さと艶やかさの変わりに、一種の荘厳とも言える静けさで水江の顔を取り囲んでいる。関口の死が永訣の背後に、女三人の新たな親和を用意していたことを私は素直に有難いと思う。

「関口さんの四十九日が過ぎたら、秋子さんの処女句集のお祝いをしましょうね」

「いやだあ、祝ってもらえるようなものじゃないのよ。まあ、生前に塔婆一つ立てたようなものかな」

塔婆と口にしてしまってから、はっと気づいたらしく秋子は心配そうに水江の横顔を盗み見たけれど、彼女の横顔は穏やかなままだ。

「だけど不思議ね、本が出来てしまうと身辺整理が済んだみたいで、すっきりしちゃった。死んだ人も生きてる者も、書けたことも、書けなかったことも、いっしょくたに片付いて。こんなにすっきりしちゃったら、もう俳句は作れないかもしれない」

耳朶にほのかな酔いを残して、秋子はさっぱりした顔で微笑む。

「それは逆よ、秋子さん。新しいステージに新しい季節が巡って、今まで思ってもみなかった感動がきっと用意されてるわ」

灰汁を取る手を休めて、私は思わず水江を見る。

喪失と忘却の後に巡ってくる季節とは何だろう。枯渇することなく蘇り、生成され続ける感動があるのだろうか。若さを失って久しく、老いの門を展望しながら、私の心の中に漂い続ける畏怖と途方に暮れるような寄辺なさ。ひたひたと近づいて遠ざかる、岸も果ても見えない水の流れ、時のうねり。

季節ごとの野菜を順々に切ったり茹でたり、魚を開いて臓物をとったりしながら、過ぎていく日々の中に新たに更新される何があるというのだろう。どんな未知のステージが用意されているというのか。

小豆から湧いてくるささやかな、はかない灰汁をきりもなくすくいながら、私は自分の不断の日常に思いを巡らす。

「そんなにきりもなく灰汁をすくっていると、小豆の香りも滋味もみんななくなっちゃうわよ。いい加減にしないと、小豆でも善哉でもなく、食べ物でさえないものが出来上がってしまう」

優しく咎めるように小言を言う水江は、もっと他のことを私に忠告したいのかもしれない。

白玉や浮き上がるまで母でいる

香りは薄くなった代わりに、薄紫の美しい色に出来上がった善哉に入れる白玉を作っていたら、まるで透き通った最後の灰汁のように、ふいにこの句が生まれた。

「おかみさん、あたしをここに置いて。出さないで。今、帰ったら、あたし、あいつを殺しちゃうかもしれない」

手負いの獣のように取り乱した様子で、サヤが店に駆け込んできたのは三日前だった。隠すとか匿うといった気持ちもなく、私はとっさに鍵をかけていた。閉店まで後一時間を残す時刻だった。

「あいつ、奥さんと会ってたのよ。子どもとも、何度も何度も。嘘ついて、さんざ私のこと騙して利用したくせに。よりを戻したいなんて。家族だからって」

鍵をかけたものの、私は入口の側に立ちすくんでいた。どうしたの、何があったの。落ち着いて、事情を言ってみて。言葉は声にならず、質問すらなかなか出てこなかった。

「もう、やだ。なんでこうなるの。あたしのこと、みんなでバカにして」

テーブルに半身を投げ出し、サヤは号泣する。三十歳の女というより、切羽詰まった獣のように呻き声を上げ、顔を歪めて罵る。投げ出した上半身のどこかで、携帯電話らしいくぐもった音が鳴り始める。その音の在り処ごとむしり取るかのようにサヤが携帯電話を床に投げつけた時、初めて私は声をかけた。

「少し、落ち着いて。泣くならきちんと泣きなさい」

奇妙な叱り文句を口にした途端、誰かの手が私の内部にすっと接木をしたように、新しく芽生えた感情があった。

その感情の正体も出処も明らかではないけれど、この娘の母親ではないからと身を引いて、ただ眺めるばかりという状態を、知らず知らず私は飛び越えていたらしい。

泣き続けるサヤの傍らを通って、まっすぐ厨房へ向かった。出汁に筍を入れ、椎茸を入れて味を調えてから、槙夫に貰った生湯葉を加え、ほんの少し残っていた白魚を足し、三つ葉を散らし、溶かし卵を回しかけて蓋をすると、すぐに火を止めた。

火を止めた途端、サヤの号泣が、若い娘らしい嗚咽に変わっているのに気づいた。

黄瀬戸の小ぶりな丼に御飯をよそって、出来立ての白魚と筍の卵とじを乗せる。壬生菜の漬物を添えて、サヤが好きな熱いほうじ茶を煎れた。

「食べなさい」

日頃に似ない私の勢いに気圧されたのか、サヤは手の平で乱暴に涙をぬぐった。膳に添えられた自分用の朱塗りの箸をちょっと見ると、私を振り返った。

「卵とじ」

目の前のものを復誦する子どものような癖。戸惑いも、感動も、嬉しさも、恥じらいも、同じ仕草で兼ねるような幼さ。知らず知らずに、私はサヤの習慣や癖に慣れ親しんでいることに改めて気がつく。私はこの娘をたった一年しか知らないけれど、ずいぶん長い間一緒に暮らしてきたように、じっと見てきた。理解しているとか、信じているとかいうのではなく、ただ見てきた。それは取りも直さず受け入れて、守ろうとする意思ではないだろうか。

「筍、薄皮も入ってる。やあらかくて。これ、卵じゃあないのに」

サヤは鼻をすすっては、独り言を言う。柔らかな筍の絹皮は私の好物だし、卵に似ているところとろしたものは湯葉だと、サヤは知らない。

卵から卵を選り分けるように箸でかき分ける。何度諫めても直らない探り箸、迷い箸。美味しければ、夢中で食べて、行儀も節度もない。粗雑だけれど、一所懸命なサヤの食べ方が、私はしかし嫌いではない。

「いい匂い。あったかい。ちょっと甘くて」

礼を言うのでも、問いかけるのでもなく、サヤは独り言のように呟く。呟きを中断して、卵液に浸った御飯をすくう。真面目に咀嚼して、順々に飲み込む。

彼女は恋人の裏切りにいつ頃気づいたのだろう。煮詰まった不信を打ち明けた時、開き直ったように事実を知らされて、どれほど動顚したことか。怒ったり、泣いたり。責めたり、罵ったり、哀訴したり。未練と執着の醜態をどれほど繰り返したことだろう。

食事をきちんとすることなど真っ先に放棄してしまったに違いない。嫉妬と憎悪と自棄は相乗作用となって彼女を面変わりさせるほど疲弊させ、目についた顔の毛を根こそぎにしなければいられないような病みにさえ発展させてしまった。

「ふわふわしてる。ごちゃごちゃいっぱい入ってるのに」

箸を持ったまま、感嘆し、何かに捕らわれたような目で、また食べ続ける。卵も白魚も、三つ葉も筍も湯葉も、もうどれがどれだかわからないくらい混ざりあっている、小さな丼の中の温かい混沌が今のサヤの糧だ。

「魚なのに、ふにゃっとして。でも青い目がある。みいんな卵」

箸を持つ手を伝って、生煮えのような涙が落ちる。頷いたり、ちょっと目を瞑ったりしながら、サヤは自分の叶えられなかった夢の残滓を咀嚼する。春の潮の味がする白魚。地中のえぐみを残した筍。海のものと大地のものが彼女を養う。

卵とじが残り少なくなっている丼を、ちょっと寂しそう顔をしてサヤが見る。食べ終わってしまったら、あたしはどうするのだろう。許したり、諦めたりすることが出来るのだろうか。もう本当に、終わりなのだろうか。

眉も睫も、産毛すらないつるりとしたサヤの顔を見ていると、内心の呟きまでもみんな透けて見えてくる。

「いつの間にか、なくなっちゃった。もうお腹いっぱい」

ぱたりと箸を置いて、サヤは羞恥の滲む目で私を振り返る。

「今年はうんと寒かったから、卵の味が特別いいんだって」

「どうして」

「寒いと、鶏が水をあんまり飲まないから黄身が濃くなるって。養鶏場のおじさんが言ってた」

時折り殺意が閃くほど興奮して、逃げ込んできた娘に食事を出し、あまつさえ暢気そうな会話を交わしている。

「知らなかった。だから夏は寒い地方の卵が美味しいのね」

振り返った顔に少し得意そうな笑みが仄見える。

芽が怖いと言っていた桂が、前日にクレソンのお浸しを食べて、「水の匂い」と呟いたことをふと思い出す。雪解水に洗われたクレソンの葉が前歯にちょっと残っていて、私にはそれが遅い春の芽吹きに見えた。

「店の二階に泊まるのがいやなら、うちに来てもいいのよ」

少し考え、店の時計をちらっと見ると、サヤは首を振った。

「電車に乗って、帰る。まだ最終に間に合うから。平気」

自分より上背のあるサヤの肩にさりげなく手を置いて、二人で店の外に出ると、いつの間にやってきたのかと思うほど唐突に、春の月が出ていた。


「今年もまた菜飯屋の豆週間が始まったなあ」

八百春の若旦那がいつもの愛想のよさに戻って、買い物籠の中に出初めの木の芽をたくさん入れてくれた。

「豆腐屋の槙夫、この匂いが好きだから」

顔を捻って下手なウィンクまでおまけにつけた。噂は黄砂のように商店街に降り続けているらしい。

しばらく閉まっていた享保堂の店に「蕨餅あります」という幟が立っていたので、ついふらふらと立ち寄った。

「せんだって、娘にやっと子どもが生まれたんですよ」

色白の奥さんがふっくらとした唇を突き出すように話す。

「まったく、えらく遅い結婚だったたし、丸高になっちゃってたから心配したんだけど。御蔭様で男の子」

蕨餅の並んだ木の箱を抱えた主人までが奥から出て来て、「御蔭で、こっちはすぐに兜買わされそうだけど」とつけ加える。

お祝いを言うと、蕨餅の隣に気の早い柏餅の味噌餡と小豆餡を一つずつサービスしてくれた。

岡田カバン店の前のワゴンには「春のウォーキングデー」と銘打って、軽そうなリュックが山積みになっている。

山野米店の前に「ご自由にお持ち帰り下さい」と書かれてあった台から、糠袋を一つ取り上げて、精米に忙しい禿頭の主人に会釈をする。

私のように故郷を出て、両親もすでになく、自分の家庭も築けなかった女が、こんなふうに小さな町ではかない糧を商って暮らす。どこから来たのかわからない帰化植物、風に撒かれた風媒花や、水栽培の球根より、植生も危うく、根の浅い、漂い続ける暮らしの中にも、ささやかな拠り所が生まれてくるのかもしれない。そんなことを思いながら、春昼の商店街を歩く。

貰ってきた新しい糠と鷹の爪を入れて、今日も筍を茹でる。落し蓋を持ち上げる勢いで筍が茹で上がってくると、店の中が独特の匂いでいっぱいになる。

夕べ、外国から帰ったばかりだという客が、「フランスのアスパラっていうのは、日本の筍みたいなものだ」という話をしていた。筍同様、パリでは春の到来と共に人々がこぞってアスパラを食べるのだという。地中深く埋まり、緑色になる前の香りや柔らかさを珍重するのも筍と同じで、そのために土を盛り上げてアスパラの芽を守るのだという。京都の白筍と言われる上物もやはり、竹林をふかふかの布団のようにするのだと聞く。

「えぐみは筍が伸びる前のストレスなんだってねえ」

懸命に生え、まっすぐ伸び、一途に生きていこうとする草木の命であるならば、ストレスのえぐみでもかまわない。生命の先端の苦さでも愛おしい。糠は沸騰する鍋の中で筍の腸のように捩れている。

サヤが帰ってからもう五日、まだ五日しか経っていないのに、春は一挙に勢いを増した感じがする。遅くやってきたので、染井吉野が咲いてから、八重桜の開花まで短い猶予しかなかった。山吹も、雪柳も、花水木も。あちこちの庭先で白木蓮の花びらが白革の手袋のように重なって落ちている。

筍を茹でている間に、私は買ってきた豆と竹篭を並べて、豆むきを始めた。

毎年、とりどりの豆の下準備をする手順は変わらない。豌豆の莢から豆を出し、きゅっきゅっと音をさせ水切りをする。絹莢の筋を丁寧にむく。最後にゆっくりと時間をかけて蚕豆を莢から取り出し、お歯黒に傷を入れる。

去年まで、豆の始末をするたびに生々しく蘇る記憶があり、胸を圧する痛みがあった。香りを嗅いだり、豆の莢に触ったりしていると、溢れてくる哀しさと喪失感でいくども手が止まり、少し涙ぐんだりする。古い痣のような罪の意識と、やるせなさ。

生まれてこなかった子。別れてしまった人。潰え去った家庭という幻影。母になることなく過ぎていく歳月。

辛い思いをするとわかっているのに、毎年豆の季節が過ぎるまで、まるで自身を試すように、償いをするように飽かずに豆を買ってきては、丁寧にその始末を続ける自分が愚かにも哀れにも思えた。

それなのに、今年はどんなに豆をむいても、幾重にも守られているはずの莢の中に萎み傷んでいたものを発見しても、不思議と哀しさや喪失感に襲われることがない。懐かしく親しいものに出会えた静かな高揚だけがある。

快癒の兆しが見え始めた桂は、豆御飯を不思議なものを見るように眺めたけれど、それが「動く」と怖がったりはしなかった。薄甘い味つけを好んだ関口の影響で、どの豆もつい甘く煮てしまうと言っていた水江。

「なっちゃんは、もうこれ以上マメに働かなくてもいいよ」と優しい冗談を言った深水。厚揚げと絹莢をくたくたに煮るのが好物の槙夫。

サヤの名を「竹林を渡る風の音のようだ」とずっと思ってきたけれど、莢は豆を育む母胎であり、抱きしめて守っている柔らかい家であることに気づいたりする。

＊

待ち合わせ場所は駅のホームだった。

一度は断った話し合いを、「どうしても」と執拗に求めたのは彼女だったのに、会見の場所も日時も勝手に指定して、「私は忙しいので」とつけ足す厚かましさにただ驚いた。

都心から快速で二つ目の駅。進行方向の一番前のベンチ。営業マンが行き慣れた店を指定する口調で言われた場所に着いたのは、約束の五分前だった。

各駅停車の電車を追い越してたった二十分乗っただけで、ホームは都心の雑踏とは切り離されたような静けさだった。駅前のコンコースが見渡せる少し高いホームの先端に立つと、梅雨明け間近の湿った風が吹いてくる。

「この頃の南風を白南風、と書いてしらはえ。歳時記にはきれいで不思議で、ユーモラスな雨や風の名前がたくさんある。きれいで、不思議で、ユーモアがあって、まるで素敵な女性みたいでしょ」

水江が月初めの句会で言っていた言葉を思い出した途端、梅雨空の重い羽二重《はぶたえ》の空気を裂くように、電車が入ってきた。

平日の午後四時という時間帯にも拘わらず、電車が着くたびに、夥《おびただ》しい人の群れが押し出されてくる。「最初東京に来た日、お祭りか祭日かと思った」と地方から上京して間もない客が言っていたことを思い出す。この街では祭りに集まった群集よりもっと素早く人々は散っていく。

初対面であっても、人混みの中から彼女を見分けることはたやすかった。ワタシハ、チカラヲモッテイテ、ソノチカラヲ、シンジテイル。身体全体でそう主張している人はそんなに多くはない。

「お待たせしました」

彼女の方はどんな印象を想定して、私を見分けたのだろう。まっすぐ近づいてきて、無駄のない挨拶をした。ためらいも困惑も、わずかな好奇心すらこぼれなかった。

「倉田雄二の元、妻です。姓は旧姓に戻っておりますので、正木弥生です」

ベージュのパンツスーツに白いシャツを着て、プラチナのオメガネックレスをしている。雄二が菜飯屋に通い始めた頃、「女房も小学校の教師だから、離婚して一人娘を引き取っても生活には困らない」と言っていたけれど、小学生が相手の仕事とはとても思えない洗練された服装だった。

「突然会見を申し込んで、こんな場所に呼び出して。驚かれたでしょう」

ホームのベンチには似合わない高価そうな靴を高めに組んで座った。

「もし雄二さんとあなたとの関係について話をするのなら、私なんかよりサヤちゃんと直接会うべきではないでしょうか」

都会のはずれで、たった一人の小さな料理屋を切り盛りしている、離婚歴のある中年の女。彼女は私についてのどんなデータに基づいて、会見を執拗に願ったのだろうか。

「サヤって子に会いましたよ。何度も。ほんと、いやになるくらい。会いたくなくたって、向こうから押しかけてくるんだから」

また新たに電車が着いて、同じように人の群れが溢れると、匂いと音と熱気に満ちた騒音に取り囲まれて、束の間会話は途切れる。知らず知らずに息を浅くして眉をひそめた私を、彼女は初めて好奇心の混じった目で見た。

「掃溜めに鶴。あなたのことを雄ちゃんはそう言ってた。先生のくせにボキャブラリーが少ないから、何でも熟語とか、通俗的なことわざで表すしかない。そう思ってバカにしてたけど。鶴っていうのは言い得て妙ね。きれいな長い首で。雰囲気までちょっと鶴に似てる」

薄い笑みを浮かべて、褒め言葉だか皮肉だかわからないことを言う。彼女もまた、ホームの騒音が一段落するのを待っていたらしかった。

「夫に裏切られた末離婚して、家庭的な料理を出す店をしている。孤食の侘しさを紛らわすために集まってくる客に温かい料理と場所を提供して。ある客には聖母で、ある客には寂しい女を演じて。ごめんなさいね、こんなあけすけな言い方で。でも違ってたみたい。一度も店にも行かず、きちんとリサーチしなかった。私のミスね。雄ちゃんの話なんか、いつだって当てにならないのに」

彼女の話は明確で、顔も頭も悪くない。容貌は若々しく魅力的とさえ言える。それなのに、と私はまるで次の電車を待つように、視線を逸らしてホームの先を見る。この人の声は沈着を通り越して、どこかに演技の気配がある。

「サヤって子に言って下さい。どんなにうるさく言ってきても、私は雄ちゃんとは別れない。まあ、離婚も一つの別れには違いないけど。つまり今、私は彼を見放す気はない。そのことをきちんと説明してやって。どんなに言っても、まだ好きなら、なんで離婚したんですかって、しつこくて」

気をつけて抑制していても、声には苛立ちと焦慮が滲んでいる。その声や態度のはしばしに奇妙な既視感があって、私はサヤへの思いに集中出来ないでいる。

「私たちは十年も夫婦をしていたし、娘もいる。サヤって子が望むみたいに、絶縁してまるっきり無関係になるわけにはいかないんです」

電車は望む時にすぐ現れるわけではない。私は目纏《めまと》いのような既視感をやっと追い払うと、初めて彼女を非難の目で見つめた。

「サヤちゃんの気持ちにもなって下さい。結婚の約束をして、半同棲のように暮らしながらいろいろと尽くして。急にまた別れた妻のところへ戻りたいって言われても、納得出来るわけがないじゃないですか」

「雄ちゃんが何て言ってるのか知らないけど。私、復縁なんかしませんよ。ただどうなろうと、相手の女に文句言われる筋合いはないの。私の言うこと、間違ってますか」

　間違っているとかいないとか、どちらか一方を非難したり、決着を迫ったりするために私はここへ来たのではない。もともと当人以外の人間が干渉するような問題ではないことくらい最初からわかっている。

　それでも何かサヤのためにしてやれることはないのか。ささやかでもいいから彼女の慰めになるような解決の糸口が摑めないものかと、私は梅雨空の蒸し暑いホームでじっとりと汗ばんだままになっている。乗る電車を待つのでもなく、誰かを見送るのでもなく。

「でも、わかんないなあ。夏子さんはどうしてあんな子に、それほど肩入れするんですか。以前ちょっと菜飯屋で働いてたってだけで。遠縁に預けてあった実の娘で、ホントは母だった。なんてことじゃないでしょうし」

　ハハという言葉を母である人が口にすると、どうしてみんな似てくるのだろう。自信に溢れ、一分の隙もない装いをした弥生とは対極の、サヤの母親の鈍重なほど落ち着いた様子がふいに蘇る。

「菜飯屋に通い始めた頃、雄ちゃんがよくあなたの噂をしてた。もう新しい女に入れあげてと、忌々しく聞いてたけど。いつかあなたに会ってみたいと思った。夏子さんだったら、まだ戦い甲斐があるけど。あのサヤって子じゃあ、どうにもならない」

弥生のあまり露骨に困った顔が少しおかしかった。私自身、サヤが店に来た当初はずいぶんと持て余して、正直辟易したことを思い出す。

「私、率直な女って苦手なの。素直に見える女は愚かなことが多いし、驕慢《きょうまん》だと逆にひどく幼かったりする。だけど、率直な女っていうのは始末が悪い。そういう女を敵に回すことほど、徒労でバカバカしいことはないのよ」

そんな話を恋敵の身内に吐露してしまうあなたもずいぶんと率直ではないか、と言ってやりたかったが、やめた。彼女と向きあっていると、払っても払っても奇妙な既視感に取り囲まれて、サヤのことだけを考えることがどうしても出来ない。

「肩入れではなくて。私、サヤちゃんのことが好きなだけ」

言ってしまってから自分でも驚いた。以前面倒を見ていたから。側にいてほおっておけなかったから。次々と心配ばかりかけて。それらを全部ひっくるめて短い言葉にすると、そんなふうに言うことしか出来ない。

「好きなのね、きっと」

サヤが野菜を選ぶ真剣な目。俎板《まないた》にしっかり押さえつけて切る、緊張した表情。鮮やかな野菜の色を喜ぶ子どもっぽい声。食べる時の一途さ。ポカンとするほど、うっとりとする無防備な顔。あの踊るような迷い箸も、真剣な探り箸さえも、親しんで慣れて、やはり可愛いと思う。大切だと思わずにはいられない。

「サヤちゃん、菜飯屋で働くようになって変わったの。それがすごく嬉しかった」

こんな状況で、会見の目的や内容を考えあわせれば、ずいぶんと逸脱した暢気なことを私は言った。

「へええ。でもあの人、もう三十を越した立派な大人でしょ、世間ずれしていないって言えば聞こえはいいけど、ずいぶん幼稚な人ですよねえ」

新しい電車が入ってきた途端、弥生が一瞬腕時計を見た。

「まだ学校は夏休みに入ったわけじゃないでしょ。お忙しいんじゃありませんか」

「学校って」

弥生は組んだ脚をほどいて、スーツの襟を直した。

「だって、小学校にお勤めなんでしょう。雄二さんが以前、同じ教師と言っていましたから」

「えっ、私が小学校の先生。まさか」

弥生はハンドバックの中からコンパクトを取り出すと、鏡に向かってさもおかしそうに笑った。

「夏子さん、この私が小学校の先生に見えますか。嘘ですよ、嘘。小学校の女教師だったのは、私たちの離婚の原因になった雄ちゃんの愛人のこと。まったくばかばかしい。嘘つきの常習犯のくせに、あの男には想像力のかけらもないんだから」

コンパクトを閉じた時、小さな音がした。それは弥生のスイッチの入れ替わる音だったのかもしれない。今度は公然とホームの時計を見やると、表情を引き締めて立ち上がった。

「会っていただいて、ありがとうございました。少しは私のこと、わかってもらえた気がします。サヤさんに言って下さい。別れたくなったら別れます。でも、今はまだ。あんな男でも、どうしても無関係にはなれないんです」

次の電車を迎えに行くかのように、まっすぐな背中を見せて歩き出した弥生が、振り返って最後の会釈をした時、執拗に私に取り憑いていた既視感の正体があっけなく解けた。

あれは私だ。六年前の夏の私だった。


「もういいから、行きなさい」

夫は私の肩にほんの少し触れ、限りなく優しい声で言った。限りなく優しい、弱い声。詫びるような、気遣うような、自棄の滲む声。どれほど慈しむように言われても、ただ冷酷に酷い、最後の声。つまり別れを告げる声であった。

恋人と暮らす新しいアパートに、もうすっかり彼の荷物は運んであったから、夫は小さな手荷物を一つ提げただけで、反対側のドアの前に立っていた。見送る私に背中を向けて。かたくなに振り返らないことが、最後の思いやりとでも言うように。

嘘つき。意気地なし。裏切り者。人でなし。

あらゆる痛罵の言葉を呑み込んで、私は目だけになって彼を見ていた。慟哭も糾弾も嘲笑も錐揉み状に身体に封じて、身じろぎ一つしなかった。

二年間のうちに、何度も何度も予行演習をした後の、これこそが本物の別れだとわかっていた。人殺し。

電車は出て、彼は連れ去られ、戻ってはこない。そのことを身体も脳も確信するまでどのくらい立っていただろう。七月の末。酷暑のホームに置き去りにされた自分をやっと見出した時、私の口をついて出た最初の言葉だった。

人殺し。長期に渡る離婚騒動の中で味わい尽くした苦悶や逡巡や、嫉妬や怒り。あちこちに麻痺が残るような状態のままで、それは唯一残された救済の手段に思えた。

恋人と妻の間を行きつ戻りつし、三つ巴の修羅が末期に近づく頃になって、私はたびたび「もし私が死んだら」と考えるようになっていた。憔悴も混乱も極限まできていて、自身の死でも想定しない限り耐えられなかったのかもしれない。仮想は日増しに具体性を帯びて、怒りや悲しみに耐えがたいと思うたびに、宝刀のように取り出して眺めるのが習性となっていた。

夫は後悔するだろうか。女は私の死をどんなふうに受け止めるだろう。二人の関係は続くだろうか。私が死ねば、彼はやっと何かを決めることが出来るのか。

もし、私が死ねば。それは呪文のように、たった一つの解決策に向かって私を誘導していくかに見えた。

　これが本当に最後の、決して覆ることのない別離だと認識した時、私にはもはやその結論しか残されていなかった。

　死のう。ホームの、一番先まで行って決定しよう。

　まるで鉄板の上を歩くように耐えがたい暑さだった。じりじり痛めつけられて、ホームを歩いているうちに溶けてしまう気がした。灼熱の熱さは内からも攻めてくる。私は生まれて初めて経験するような強烈な口惜しさに灼かれていた。

　彼を求める気持ちの何百倍の強さで口惜しかった。夫はもう私の人生から出て行って、二度と戻ってこない。でも彼はどこかで生きて、人生の続きを始めるのだ。嬉しそうに笑ったり、肩を抱いたり、優しくささやいたりするのだ。私は死ぬのに。私はこの口惜しさに殺されるのに。

　灼熱のホームを歩きながら何度も幻を見た。彼が戻ってきて、私の背後に立っている。いつもの少し恥ずかしそうな、困った顔をして。狐のようなビロードの目をして。私の名前を親しそうに呼ぶだろう。「なっちゃん」と。

　私は何度もホームの雑踏の中で彼の声を聞いた。そのつど口惜しさが、幻を見る前の数倍になって、幻聴を聞く前の何百倍にもなって返ってきた。どうして別れなければならないのか。どうして、今までのように二人で暮らしていくことが出来ないのか。

一生分の口惜しさに灼かれて、私はホームを歩いた。焼跡を裸足で歩いている気がした。爆音に飛び散った焦土をざくざく踏むと、硝子の破片が脚に、腕に、腹に、目の奥に突き刺さった。口惜しさと夏の暑さの混然と混じりあった火花に取り囲まれて、私は自分の生の突端に向かって歩いた。

六年後の駅のホームに卒然と立って、私は思い出していた。弥生を突き動かしているものは、あの時の私の口惜しさだ。

別れるのは、いやだ。彼が私のいない所で幸福に生きていくことは、許さない。まだあの男を自分の人生の外にすっかり解放などしてやらない。私は口惜しさのために死にたくない。

欲望の残滓、恋着の残り火の鎮火はたやすくはない。

弥生の立ち去った後、ますます混雑してきたホームに佇んでいると、生臭いような風が頬をかすめた。

水江の生まれた海辺の町では、こんな風のことを油南風と書いて、あぶらまぜと呼ぶのだという。

弥生の身体の中にまだ油南風は吹いているだろうか。

カウンターいっぱいに広げた青梅に針を刺しながら、同じことばかり考えている。サヤの胸に、まだ梅雨明けを知らせる白南風は吹いてこないだろうかと。

「どこにもいないんです。そうですか、おかみさんのところにも行っていませんか」

困り果てた声の雄二から電話があったのは三日前だった。

「あいつ、女房が夏子さんに会ったって話をしたら、急に電話を切って、それっきり連絡がつかないんです」

もし電話があったら居所だけでも教えて下さいと泣きつく雄二に、何も答えず電話を切った。切った後、うがいがしたくなるほど疎ましく腹が立ったけれど、今の私にはどうすることも出来ない。サヤのために何がしてやれるのかもわからない。

真っ青な梅の一番膨らんでいる箇所にふつふつと針を刺す。突くたびに捥《も》ぎたての梅の香気と酸が眼の中に飛び散ってくる気がする。

菜飯屋を始めてからわざと避けていた梅酒や梅漬けを、また始めるきっかけになったのは槙夫の「梅って、夏料理には欠かせない調味料だと思うけど」という言葉だった。

梅酒、梅干し。塩漬け、紫蘇漬け。梅びしお。どうせなら、水菓子の変わりにもなるからと、欲張って青梅の甘露煮も作ることにした。

永遠に終わりそうにない手間仕事をし続けたい気持ちだった。いつものように変わりなく料理の下準備をして、つくねんと客を待つには、あまりにも心が波立ち過ぎている。胸を塞ぐ屈託がいつの間にか霧散するような、単純で楽しい作業に没頭したかった。

一昨日は梅酒を仕込み、昨日はたくさんの梅干しを漬けた。

「えっ、なっちゃん、今更梅が欲しいって言われても、遅いよ。だけど、もしこれから上物が入ったら、みんな持ってってやるよ」

八百春の若旦那が呆れながらも、手を尽くしてくれたらしく、新鮮で粒揃いの見事な梅を、注文した当日に自ら配達してくれた。

「すっごい。こんなにいい梅をたくさん。ありがとう。お礼をしなくちゃあね」

思わずはしゃいだ声で礼を言うと、「じゃあ、現物支給ってことで。今度、梅酒を飲みにくるよ」と言って帰っていった。

梅酒も梅干しも客に出すにはまだ大分時間がかかる。でも青梅の甘露煮だったら、翌日からでも食べられる。

「いつも水江さんお手製のものをたくさん頂いていたから、今年こそ菜飯屋の自家製をお裾分けしたいけど。ほんとを言うと、自信がないの。今度東京に帰ってきたら、いろいろ教えて」

夕べ仙台に電話を入れると、水江の口から意味ありげな返事が返ってきた。

「そろそろ今年くらいから、なっちゃんも梅酒や梅干しや、漬物なんかも始めるんじゃないかって気がしてた。勘が当たった」

「えっ、勘って、何のこと」

関口が死んでから一番高い声で水江は笑った。

「私もなっちゃんの作った梅酒、楽しみにしてるから」

水江の勘がよく当たるのは知っているけれど、今度ばかりはちょっと腑に落ちない。そんなことも思い出しながら、私は青梅にふつふつと針を刺し続ける。


「こんばんわ。二人分の配当をもらいにきたよ」

客足が途絶えたすきを見計らったように、八百春の若旦那がふらりとやってきたのは二日後のことだった。

「俺、酒が弱いから、助っ人、連れてきた」

夕方雷があって、雨が少し降った。降ったものの、街路にへばりついているような蒸し暑さは減じる気配もない。凪もない戸の前で槙夫が立っていた。

「通い慣れてるくせに、今更何遠慮してるんだよ。なっちゃんに梅干し作れなんて、わがまま言ったのはおまえだろ。おかげで俺までひどい目にあった」

春雄は少し酔っているらしい。いつものTシャツではなく、麻のシャツ姿で首筋が少し赤い。

「二人一緒に来てくれるなんて、初めてね」

麦茶に熱いおしぼりを添えて出すと、カウンターに座った二人は揃って熱心に顔や首筋を拭きだした。念入りに、一生懸命黙って拭いている様子が、遊び疲れて帰ってきたわんぱく兄弟のようでおかしかった。

「おしぼりのお代わりが必要みたいね」

もう二枚絞ったタオルを差し出すと、二人は顔を見合わせて照れたように笑った。

「商店街の寄り合いを抜けてきたんだ。そこでビール、義理で二杯飲んだだけだよ」

困った顔で言い訳めいたことを言う槙夫を、春雄がにやにやしながら見ている。

「相変わらず気の小さい奴だなあ。お姉さんだから、なっちゃんは怒ったりしないよ」

お姉さん、と言われて初めて気づいた。八百春の春雄にしても、坂下豆腐店の槙夫にしても店主として商いをしている時は、職業という制服を身につけているので、年齢を気にしたり容姿をまじまじと見ることはしない。けれど揃って客として現れると、確かに二人の中年の男は四十八歳になったばかりの菜飯屋の店主より、いくつか年下の独身男性には違いないのだった。

「あっ、そうだった、みやげ、忘れてた」

春雄は提げていた紙袋の中から新聞紙にくるんだ枝つきの枝豆を取り出して、カウンターに置いた。

「枝豆を持ってきた八百屋と豆腐屋。これから俺たちのことを大豆兄弟って、呼んでくれ」

「枝豆と豆腐で兄弟ならば、おから料理なんか作ってる私は、やっぱりお姉さんかな」

いつもより大ぶりの鉢に鯵の卯の花押しを出すと、二人は顔を見合わせて笑った。笑った途端に戸が開いて、二人連れの客が入ってきた。

「なっちゃん、いつものお酒二本。後は勝手にやってるから」

気をきかせた槙夫の言葉に甘えて、冷酒と茄子の芥子漬けを足して、客の応対に追われた。

二人連れの客が帰るのと入れ違いに、一人の客が来て、三十分もしないうちに帰った。

カウンターの席で背を丸めて、槙夫と春雄は久しぶりに会った兄弟のようにくっついて、密談めいた小声で話をしている。時々槙夫が私の姿を追うように見ると、春雄がそんな連れと私を不思議そうに見比べたりしている。

「二人が一緒にこんな所で、こそこそ話している光景って、なんだかおかしい」

客に出す料理の合間に貰った枝豆を茹でて、手早く炊き込んだ枝豆御飯がちょうど炊き上がったので、豆腐と茗荷の味噌汁と一緒に出した。

「すっげえ。ほんとに大豆兄弟定食」

途中で出した金目鯛の煮付けをおかずに、枝豆とじゃこだけの簡単な混ぜ御飯を二人はあっという間に平らげた末、おかわりをした。

「俺さあ、枝豆食って四十年、枝豆売って二十年だけど、こんなにきれいな枝豆見るの、初めて」

「だろう。俺なんて、ここで食う豆腐、みんな初対面だもんな。売ってる時よりよっぽど、別嬪になっちゃってさあ」

少し酔いの回った機嫌の良さで二人はしきりに感心する。

「あんまり褒めてもらったから、これはおまけ」

食事の後に熱いお茶と一緒に出来上がったばかりの青梅の甘露煮を出すと、二人はきょとんとした顔で硝子の器を眺めている。

「えっ、これが、俺の持ってきた梅なのか。あの酸っぱそうな。種のでかそうな」

「そう。きれいでしょ。でも種はまだちゃんと入ってるけど」

笑いながら、二人の母親のみやげ用にと、青梅の甘露煮を保存容器に詰めた。

「これ、お母さんにおみやげ。二人一緒に来たってことなら、ここに居たのがばれてもかまわないでしょ」

槙夫が菜飯屋に通っているのを、母親には内緒にしているらしいのが普段から気になっていた。あるいは春雄の母もまた快く思わないのではないかと心配だった。

「うれしいけど、勿体ないなあ。あんな梅干し婆さんに、こんなきれいな若い娘みたいな梅、食わすの」

春雄の言葉にまた笑った。


今まで考えたこともなかったけれど、槙夫や春雄は何歳くらい私より年下なのだろう。三つ、四つ、まさか、五つ。

そんな埒もないことを考えながら、また今日も青梅に針を刺している。

二人が商店街の寄り合いを抜け出して菜飯屋に来た次の日、買い物をしていたら春雄が客の目を盗むようにして近づいてきて、「例のもの、最後のが入ったから」と意味ありげな目配せをした。

極秘取引のように手渡されたのは、今年最後の青梅だった。

その時の大仰で秘密めいた様子を思い出すと、つい笑いが込み上げてくる。

一つの梅に十七、八回針を丹念に刺す。最初の甘露煮は味はともかく薄い皮に少し皺が寄ってしまった。今度はどうにかして、もっときれいにふっくらと無傷に仕上げたい。なりわいにしてから、料理一つに余りむきにならないようにしていることも忘れて、つい夢中になっている自分も、春雄に劣らず少しおかしい。

下茹でした青梅にガーゼをかぶせ、その上から三回に分けてそっと砂糖を入れる。注意深く灰汁をひく。途中で何度も覗いてみたくなるけれど、我慢をして見ない。束の間の高揚と、「きっとよく出来る」と確信する時の瞬間が料理では一番楽しい。

朝からずっと遠くで鳴っていた雷の音がだんだん容易ならない轟きで近づいて、店の戸に時々鮮やかな亀裂を作る。音はむしろ最前より間遠になった、と思いながら甘露煮の鍋を見張っていたら、ふっと灯りが消えた。

何が起こったのか、一瞬わからなかった。暗闇というほどではない漉し餡のような暗さの中に、青梅の放つ甘酸っぱさと共に閉じ込められた時、まるで時間や光景が巧妙にすり変えられたように、眼前に開けた記憶があった。

同じ甘酸っぱさ、同じ闇の色。違うのは、けだるく遠く消えることのなかった波の音。

私の母の故郷は西伊豆の小さな村だった。海のない北関東の山里で六十三歳の生涯を終えたが、さして海や海辺の暮らしを恋しがることもなく、生家に帰ることも稀だった。

それでもまだ祖父母が元気だった頃は、幼い私を連れて年に数回は里帰りをした。五人いた孫の中で女児は私一人だったので、祖父母は特別私を可愛がってくれた。

その夏、小学校の低学年だった私は夏休みが始まってすぐに、沼津からいつものように船に乗って、母の実家へ行った。海は凪いでいたが、それほど暑くなかった。

鄙《ひな》びた漁港の小さな入り江の船着場に降りた時はもう夕暮れだった。船から見る波光の明るさに慣れていた目には、それでなくてもささやかな村落はひどく暗く、いっそう寂しく感じられた。

「変ねえ。村中が留守みたい。灯りが一つも点いてない」

白っぽい着物に布の大きな袋を提げた母が、心細そうに船着場から実家のあるあたりを眺めながら言った。

「しょうがない。家までは一本道だし。なっちゃん、歩けるよね」

軽い船酔いを起こしていた私を気遣って、母が私の赤いバッグを持ってくれた。

「お母さん、停電だよ」

海から村落へ入る細い道の両脇に郵便局と、雑貨屋が軒を並べている。電車も通っていない小さな村の交通は、一日数度のバスと船に頼るしかない。船着場近く、バス停もある郵便局と雑貨屋が並んでいる通りが、この村の中心街である。

「郵便局も店も真っ暗だもん」

海は荒れていなかったが、落雷の恐れでもあったのだろうか。当時は夏になるとよく停電があった。

「なあんだ、そうか。心配して損しちゃった」

私たちはなぜか声をひそめて笑ったけれど、母の緊張がまだ解けていないらしいのが子ども心にもよくわかった。

ふさぎがちの母を引き立てるように私は小走りに先を歩いた。交通の便が悪い村の老齢化は始まっていて、どの家からも人の声や気配が漏れてくることはない。海の反射光もかすれだした薄暗い道がうねうねと続いている。

「いい匂いがするね、お母さん」

生垣と樹木の隙間からそこはかとない柑橘系の匂いが流れ出てくる。一度気がつくと、道にも垣にもそれは潮の匂いと混じりあって、私たちの後をついてくるようだった。

「夏蜜柑ってわけでもないし。梅かなあ、巴丹杏《はたんきょう》かな。柚子かもしれない」

母も立ち止まって大きく深呼吸した。

「いい匂い。なっちゃんが生まれた時みたいな匂い」

祖父母から、里帰りをして私を生んだ母が「夏蜜柑が大好きだけど、蜜柑って名前にもできないから、夏子って名前にする」という命名の由来を聞かされていた。

「なっちゃん、夏蜜柑の匂いが一年中するここで暮らそうか。おじいちゃんとおばあちゃんと、お母さんと四人で」

母の細い声が停電の闇の中で、潮と甘い果実の匂いと共に、幼い私の胸をわけのわからないせつなさでいっぱいにした。

針を持ったまま、青梅の前で思い出していた。勿論、都会の停電は四十年前の海辺の村とは問題にならないほど短く、店の隅々は余すところなく煌煌と照らされている。

今思えば、あの頃に限って母は頻繁に里帰りをしていたような気がする。夏休みは勿論、秋も冬もお正月も、二人で小さな入り江の船着場を往復した記憶がある。当時を思い出すと、夏の夕暮れの停電のように薄い闇に閉じ込められて、母の姿もいっそう儚くおぼろになる。

あるいは、母は当時父と離婚を考えていたのかもしれない。幼かった私には父母の不仲や家庭の危うさに繋がる思い出はないけれど、夫婦として一度か二度は離婚の危機があったとしても不思議ではない。どれほど睦まじく暮らしていようと、別離の機会はどんな男にも女にもある。深く幾重にも畳まれた記憶の中には、消えない哀しみやせつなさに縁取られた別離の光景が眠っている。

二日後の夜、前回と同じ時刻に槙夫が再び春雄と一緒に顔を出した。

ちょうど店には多人数の客がいて、私はいつもの冷酒に紫蘇煮の鰯と隠元の白和えを出したままで、応対に追われていた。

「よかった、冷奴じゃなくて」という槙夫の呟きと、「俺も、さすがに枝豆は食い飽きた」というやりとりが聞こえてきて、思わず笑った。

一人商いの忙しさが続いて、他の客が帰った時はもう閉店の三十分前になっていた。

「ごめんなさい。ほっときっぱなしで」

「二人っきりだと酒が進んで。酔っ払わないうちに、飯でも食いたいな」

残り少なくなった針生姜をたくさん入れた蛸飯に、冬瓜の味噌汁を並べた。

「へええ、こうくるか。さすがに菜飯屋だねえ。あんなにいっぱい新生姜買って、甘酢漬けにでもするのかと思ってた」

「勿論甘酢漬けもたくさん作ったのよ。持っていくのなら、瓶詰めをおみやげに出来るけど」

言った途端、二人が顔を見合わせて笑い出した。

「やっぱり春雄は大したもんだ。まんまとみやげをせしめて。口が上手いっていうのは、得なもんだなあ」

感嘆しきりといったふうに槙夫が褒める。

「そうだろう。俺だって、だてに三十年、おばさん相手に野菜売ってるわけじゃねえよ」

「すいませんねえ、おばさんで」

私は春雄を睨むふりをしながら、小鉢を二つ置いた。槙夫は大の胡瓜好きで、来るたびに多量の胡瓜揉みを平らげる。俎板が緑に染まるほどの胡瓜を今年は揉んだことになる。

「失言、失言。俺たちはこれから、大事なおねだりをしなくちゃならないのに、まずったな」

「えっ、何、おねだりって。怖いなあ」

普段なら店を開けているうちに椅子に座ったりしないのだが、最近槙夫は他に客がいないと、「なっちゃんも座れば。その方が俺も長居が出来る」というので、厨房にある調理用の椅子に座ることにしている。

「ねえ、何。おねだりって。私に出来ることかしら」

深水と二人で店にいた時とは異なった楽しさで、つい親しげな口調になる。

「そんなふうに訊かれると言いにくくなるなあ。色気より食い気で恥ずかしいよ」

言い出しかねている春雄に変わって、得意顔で槙夫が後を引き受けた。

「普段は息子が外で飯を食ったり、飲んだりするのが嫌いなお袋さんが、今度はいつ菜飯屋に行くのかってしつこく言うんだってさ。それがこの前みやげに貰った甘露煮のおねだりってわけ」

「やっぱりおみやげでもないと、ここへ来にくいのかなあ」

つい気楽に口を滑らせてすぐ後悔をした。一瞬、槙夫の顔が緊張するのがわかった。

「なっちゃん、違うんだよ。槙夫のとこも、俺のお袋も別になっちゃんが気に食わないわけじゃないんだ。鬼門っていうか。まあ、言ってみれば、方角だな」

ついさっきまであったはしゃいだ様子は消え、春雄は私の視線を避けるように続けた。

「俺も槙夫も若くって、気がつかなかった。そうだよ、色気より食い気。女親なんてものは単純だから、俺たちももっと気楽に食い物かなんかで釣ればよかったんだ。そうすれば、あんなことにはならなかった」

初めて聞く春雄の低い声。言っている内容ではない、その背後の晴れない後悔を見据えているような重い口調だった。

「ぜんぜんなっちゃんのせいなんかじゃない。いくつになっても親は子どもが心配なんだ。槙夫んとこのお袋も、うちも。結婚に失敗した息子が不憫なんだな」

お茶を煎れ始めていた手が止まった。私は今までずっと、春雄も槙夫も結婚したことがないのだと思い込んでいた。

菜飯屋を始めた当初から、客の打ち明け話というのには少し身構え、用心する癖がついていた。避けているのではないが、話は所詮話である。それでなくても人恋しい、深入りしやすい性質だったから、自分への戒めのようなものかもしれない。思い出話をされたからといって、客の過去や記憶を共有出来るわけではないのだ。

それでも今夜は気楽に相槌を打つ気にもならず、お茶を蒸す時間が少し長かったかもしれない。

「別にいいんだ、なっちゃん、俺が日頃言ってる無駄話だと思って聞き流してくれ。槙夫はイヤかもしんないけど、昔のことだし。いつか噂なんかで耳に入るより自分で言った方がさっぱりするから」

当惑顔だった槙夫の顔が、この際だからと改まるような神妙な表情に変わっている。

二回入れ直したお茶をすすりながら、春雄と槙夫が変わるがわる補足しあって話し終えた概略はこんなふうだった。

槙夫は豆腐屋を継いで間もなく、菜飯屋の斜向かいにあった小さな飲み屋の女主と恋愛結婚をした。五つ年上だった彼女とは結局一年足らずで別れた。彼女には店を出す前からの愛人がいたのだ。

当時春雄はやはり町内のスナックで働いていた若い外国人女性と結婚し、二人揃って八百春で働いていた。両親は結婚に大反対で、同居してからもいざこざが絶えなかった。彼女がパスポートだけ持って出奔した時に、店の金庫からその日の売上金がなくなっていた。

それが閉店して、店の灯りを半分落としてから二人が話し続けた打ち明け話のすべてだった。

「ああ、ばか長い話したら、喉が渇いた。酒もお茶もいいから、なっちゃん、湯呑いっぱい白湯をくれ」

春雄は打ち明け話の声よりトーンの高い、八百春の若旦那の声に戻って私に言った。

「変な夜だったなあ。こんなこと、長々と話すなんて。でも人生にはきっかけと、はずみってもんがある。なっ、槙夫、俺は話せてよかったと思ってる」

隣で槙夫が肩を落として、小さな溜息を漏らした。

「俺もよかった。菜飯屋に来るたびにいつか話そうと思ってたから」

そう言って槙夫は私の方を労るように見た。

「あっ、そうだ。なっちゃん、俺、今さっき、俳句が出来たよ。水切りの木綿豆腐のだんまりや。やっぱり川柳かなあ」

「さすが豆腐屋。でも水切りなんかしてねえぞ。俺もお前も、あんなことくらいで、懲りちゃあいけなかったんだ。なっ、そうだろ。なっちゃんも。懲りちゃあだめだ」

私は黙っていた。灼熱のホームを人生の末端に向かって歩いた、あの夏。私は自分を灼き尽くすかに見えた口惜しさに、懲りたのだろうか。

「さあ、帰るか。水盃っていうのはわかるが、白湯盃じゃあ、しゃれにもなんねえけど」

私は二人を送って外に出た。長い打ち明け話にふさわしい闇と月だ。明日こそ、白南風が吹くだろうか。

「じゃあ、また。俺も槙夫も朝が早いから」

広げた手を水母《くらげ》のようにめいめいの方向に振った二人と、まるで同窓会が終わった後のように、さりげなく別れた。

「梅干しはやっぱり南紅梅。ジュースやジャムなら古城梅もいい。甘露煮用に来年は忘れずに白加賀を届けるからな」

胡瓜の大袋と出盛りの茄子と南瓜、六キロの見事な冬瓜を届けてくれた時、春雄は約束してくれたのに、梅雨明けした数日後、八百春の店には「都合によりしばらく休業します」という張り紙が張られていた。

張り紙の前で日傘をさしたまま、途方に暮れたような薬局の隠居と会った。

「どうしたんでしょう。誰か御病気なのかしら」

自分が去年の夏、帯状疱疹で一ヶ月以上休業したことを思い出して、訊ねてみた。

「わかんない。救急車が来たとか、どっちかが持病を持ってたっていう話は聞いてないよ。都合っていうんだから、何かあったんだよ。ワカちゃんが病気でも、春雄が元気なら店を開けるだろうから、問題は息子のほうだね」

いつも親しげに軽口を言いあっていた常連でも知らないのだから、これはもう槙夫に聞いてみるしかないと、あっさりと礼を言って別れた。数日前の春雄の様子が思い出された。「俺たちはあんなことくらいで懲りちゃあいけなかったんだ。槙夫も俺も。なっちゃんも」

ガキ大将のような春雄の声が、炎昼の商店街を歩いていると木霊のように聞こえてくる。

店の前まで来ると、大きな帽子をかぶった痩せた女の人が立っていた。

「桂さんなの。もしかして」

白瓜のように少し下膨れの顔がやや頼りない笑顔になる。

「ごめんなさい、こんな所で待たせたりして。早く店に入って。この暑さじゃあ、身体に障るから」

戸を開けようとすると、弱々しいけれど語尾の澄んだ声で桂が、「夏子さん、時間があったら、喫茶店で」と遠慮がちに言った。

以前深水と偶然会った喫茶店まで桂を連れていった。ほんの三分歩くだけで、汗が噴き出てくる。

「店に入ったら涼しすぎて。大丈夫かしら。少し冷房がきつくない？」

あまり気を使ってもいけないと思いながら、退院して間もない桂の身体のことが心配でつい神経質になってしまう。

「暑くても、冷たくても、気持ちいい。病院の外は本物の夏ですね」

雫の滴る水に手を触れて桂が嬉しそうに言うと、つい涙がこぼれそうになる。

「汗をかいたり、氷の音をさせて飲み物を飲むなんて、久しぶりの気がする。ごめんなさい、帽子をかぶったままで。薬のせいでちょっと顔が膨れているし、髪も少なくなったから。あたしは平気だけど、夏子さんは優しいから」

アイスコーヒーをかき回すふりをして顔を俯けた。端然として涼しい声で侘びを言う桂の恢復が無性に嬉しい。体型を隠すようにふんわりしたベージュのワンピースを着て、膝に見慣れたアインソフのバッグを乗せている。

「箱崎さんはお元気ですか」

私の問いに桂は恥じらいの滲む顔で幸福そうに頷いた。胸がしゅんとした。いつかこんなふうに向きあって、サヤに同じことを訊ねる日が来るだろうか。サヤが嬉しそうに頷く姿を見ることが出来るだろうか。

「私、今日は夏子さんに教えていただきたいことがあって、思い切って出てきたんです」

アイスティーのグラスをかき回しながら、桂が以前よりゆっくりした口調で話す。つい口元を見ると、ストローに静かに紅茶の色が通っていく。白い喉が微かに動く。まるで桂の細い身体に健やかな血が通っていくようで、改めて安堵を覚える。

「退院するちょっと前のお弁当に、太い胡瓜のお漬物みたいなものが入っていたでしょう。あれ、なんていう名前のお料理なのかしら」

桂が退院出来たのは六月の末だった。箱崎の暮らすマンションの一室に空きが出来たので、退院と同時に引っ越せば、近くで病状の推移を見守ることが出来る。「まるで天の配剤のように」と彼は嬉しさを隠せない顔で私に報告したのだ。

「胡瓜の太い漬物って、なんだったかしら」

廊下を隔てた斜向かいの一室に暮らす恋人同士の暮らしとはどういうものだろう。フィアンセにも似て、家族にも似て。それは平安な療養の日々であると共に、快癒を確かめて始まる結婚生活の甘い序章となるに違いない。

「普通の胡瓜じゃなくて、太くて、白瓜みたいな中にいろんなものが入っているの。とってもいい香りがして、歯ざわりもよくて、すごく美味しかった」

白瓜みたいと言われて思い出した。桂が言っているのは多分瓜の印籠漬けに違いない。

「ふふっ。印籠って、昔は携帯用の薬入れだったんでしょ。ほんと、薬だったから私にも効いたのね」

漬物の名前を聞いて、桂は笑う。はにかんだように、くすぐったいように。花嫁修業をしている若い娘の様子そのままに。

「私が退院できたのはあの印籠漬けのおかげかもしれない。病院で食べた時、とてもなつかしい気がしたんです。田舎の家にあった母の野菜畑みたい。中身はなんだろうって、覗いてみたの。そしたら急に自分でも作ってみたくなって」

白い頬に微かな緊張の気配がある。彼女の口から母親のことを聞くのはなんと久しぶりだろう。膝に置かれたたいたアインソフのバッグに白い指が触れる。唯一無比というブランド名の、恋人とお揃いのバッグ。これから始まる新しい生活のために、桂は自分の手で二人の糧を作ろうとしている。

「自分が料理をしたいと思うなんて、驚きました。作りたいっていうことは、誰かに食べさせたい、自分も食べようってことでしょ。ずっと私、そんな普通の女の人みたいな生活、無理だと思っていましたから」

私はテーブルにあった紙ナプキンの上に、印籠漬けの断面と手順を簡単に書いた。調味料の分量は大雑把に話した。瓜の真ん中を箸で刳《く》り貫いて除き、中に紫蘇と生姜と種をとった獅子唐を入れる。塩をふって、重しをした瓜を涼しい場所で一晩寝かせる。

「このレシピ通りにすれば、私にも出来るかしら」

喫茶店の名前が入ったナプキンのレシピを大切そうにバックに入れながら、桂が言った。

「最初は瓜の外や中にふる塩の分量が難しいかもしれないけど、慣れれば簡単だと思うわ。わからないことがあったら、店に電話をして」

帽子の下で桂は頷いて、丁寧に頭を下げた。

「もっと丈夫になったら、二人で菜飯屋に行きます。それまで、電話でいろいろ料理のレシピ、教えていただくかもしれません」

世界中の影と言う影を全部貪ってしまったような容赦ない真夏の午後である。店の前で深い深呼吸をすると、桂はふっと寄り添うように身体を添わせて、私にささやいた。

「夏子さん、もともとレシピっていうのは、処方箋っていう意味なんですってね」

商店街の片陰りの中に溶け込むような桂の後ろ姿を、私はいつまでも見送っていた。


「島豆腐が手に入ったから持ってきたよ」

少し夏痩せしたような槙夫が店に現れたのは、八百春の臨時休業三日目の夜だった。

沖縄出身の客が、苦瓜は本土でも手軽に買えるけれど、普通の木綿豆腐ではやっぱり本場のゴーヤチャンプルとは雲泥の差だと言うので、手に入る伝手があったら欲しいと、以前槙夫に頼んだことがある。

「重いのねえ。ずっしりしてて。こんなに固いと思わなかった」

「うん、普通の豆腐よりでかいけど、日持ちがするみたいだよ」

「ありがとう。どこかで特別苦い苦瓜を買ってきて、本場顔負けのゴーヤチャンプルを作ることにするわ」

言った途端、槙夫がはっとした顔をした。今年は苦瓜を買いたくても春雄がいない。

「張り紙見ただろ。八百春の」

なんとなく今夜はもう客が来ないような気がする。こんな時はやはり「閉店」の印に暖簾を降ろしたり、看板の電飾を消したり出来た方が便利だと思うこともある。

「春雄さん、どこか具合でも悪いの。前日に野菜を届けてくれた時は元気そうだったし。ご家族に何かあったのかしら」

「まあ、家族って言えば、言えるけど」

言い澱みながら、槙夫もちらちらと戸の方を見る。閉店の時間までまだ三十分はゆうにある。

「気がかりだけど。私が聞いても、いいことなのかしら」

カウンターの槙夫の前に茄子の鍋しぎと太刀魚の焼き物を出して、いつもの冷酒をつけた。

一口冷酒を飲み、棒に巻きつけて竹輪のように丸くなった太刀魚を食べる。口の中で味を確かめるようにゆっくり咀嚼する。槙夫の飲み方も食べ方も、喋り出す間合いも、一年足らずですっかり覚えてしまった。

「喋ってもいいと思う。別に口止めされなかったから。俺の口からなっちゃんの耳に入ることくらい、春雄はわかってるさ」

槙夫は酒を飲んでいても、料理によっては「ちょっと御飯、つけて」ということもある。「並べといて」と最初から注文する場合もある。鍋しぎをつまんでいる槙夫が、話し始めるのを少しの間待っていた。

「あいつ、奥さんのいる外国に行ったんだと思う。別れた奥さんと、子どもを迎えに」

箸を置いて、ぽつりと言った。驚いたけれど、声には出さなかった。別れた奥さん。そして確かに子どもと言った。聞き返すのをためらって、私は彼の視界からすっと離れた。

「一ヶ月くらい前。突然写真を送ってきたらしい。五歳の男の子。名前はトキ」

気がつくと湯を沸かしている。満水にした薬缶よりもずっしりと重い何かが、胸の中心に錘のように降ろされる。

「奥さんだった人がいなくなってから、六年経つ。計算は合ってるけど。子を産む計算なんか、女ならいくらでもごまかせる。お袋さんはそう言ったって」

いっかな沸きそうにない薬缶の前で私は待っている。槙夫の次の言葉を。少しずつ熱を帯びてくる薬缶の取っ手を握ったまま。思い出そうとしている。あるいは思い出が浮かび上がってこないように抑えている。

ホームで弥生と向きあっていた時に似た不思議な既視感。湯が沸くのをひたすら待っていた。波立つ心を抑えているのか、沸騰し暴れて、吹きこぼれてしまうのを待っているのか。自分の中に深く深く沈んだ錘の正体に目を凝らして。あの時によく似た静かな、静か過ぎる動揺。

「彼女、子どもが出来たんだ。僕の子が」

夫はそう切り出したのではなかったか。彼のために夕食の準備をしている私に向かって。薬缶に水を満たし、火にかけて。あの時私は何をしようとしていたのだろう。なぜあれほどたくさんの湯が必要だったのか。あの夜の献立をどうしても思い出すことが出来ない。

「突然だったから、春雄も悩んだらしい。俺にも写真を見せてくれた。大きな石の門の前で、男の子が笑ってる写真。ほんとに春雄に似てたかどうか。よくよく見たけど、わからなかった」

夫の愛人はあの時身籠っていた子を産むことはなかった。理由はわからない。もともと妊娠が嘘だったのか、策略だったのか。夫も共犯だったのか。私は何一つ糾明しないまま、離婚を承諾した。

嘘でも駆け引きでも、「僕の子」と夫が言った時、すべての片がついてしまった。それは切り札などというものではなく、一種の啓示のようにもたらされて、私はそれを呑み込むしかなかった。

「でも結局、行ったんだな。奥さんは春雄と結婚した後も、本国の実家に仕送りをしてた。両親に大きな家をプレゼントするのが目的で日本に来たんだから。夢は叶う寸前だった。もう家を建て始めてて、門だけは出来上がってた。白い石の大きな門」

ふいにお湯が沸きそうになって、私は慌てた。あんなにも深く埋めたものが、掘り起こされたようで怖かった。もう六年も経っているのに。私は菜飯屋の厨房で知人のよくある離婚騒動の顛末に耳を傾けているだけだというのに。

「春雄が言ってた。お袋の疑いもわからないわけじゃない、だけど、あの門の前に立っている子どもなら、やっぱり俺の子だって」

私は何も答えられず、ただ黙っていた。沸騰寸前で火を止められた薬缶も、その中の湯も少しずつ冷めていくだろう。それならば心の中に沈んだままの錨は一体どうすればいいのだろう。運命に答えはなく、結果に意味はない。熱く、冷たくなっていく錨を呑んだ水の塊の正体を私が知ることはないのだろうか。知ることのないものは変化せず、永遠に消滅することもないのだろうか。

「俺、なんだか春雄が羨ましい気がするよ」

槙夫の呟きが、遠くの崖の上を流れる風のように聞こえる。

私に何を答えることが出来るだろう。目を背け、耳を塞ぎ、出来るだけ遠いところまで逃げのびようとした。それが灼熱のホームの先端でも。生命の絶壁でも厭わなかった。内部を焼尽する溶岩のような口惜しさを呑み込んだ時、私は決心したのだろうか。もう他人とそんなふうに関わることは決してすまいと。

六年前、自分の生命を賭して歩いた。その先端にあったものは、春雄があの夜言ったように「懲りる」などという世知に過ぎなかったのだろうか。

答えも問いも一緒に溶かすほどの酷暑が続いている。槙夫は来るたびに言葉少なになり、黙って私を見ていることが多くなった。

「紫蘇と梅と生姜と葱と水の匂いがする。まるで仙人だわ。ずいぶん痩せて。去年はひどい目にあったから、今年の夏は元気でいるか気になって仙台から直行したんだけど、ほんと、いやになるくらい私の勘は当たるのねえ」

二人分の冷汁を並べている私の方をじろじろ見ながら、水江が困ったように言う。

「去年の帯状疱疹は特別よ。今年のは普通の夏バテ」

「まあいいわ。あの時ほど憔悴していないようだし。こうして店を開けているだけましかな」

新鮮な鯵の叩きに味噌を加えて、香味野菜と薬味をたくさん入れ、しゃばしゃばと薄味の冷たい出汁でのばす。昔は漁師町の素朴な田舎料理だった冷汁も、今では当地に合った食べ方がいろいろ工夫されているらしい。

水江の冷汁は鯵の生臭さを一度焼いた味噌の香ばしさがほどよく消して、教えてもらってから、昨日の干物が残っていたりすると簡単にむしって、即席の昼食にもするようになった。

「なっちゃんの身体が薬味畑の匂いなら、私はさしずめ海産物の行商おばさんの匂いかしら。おみやげに作ってきた飛魚のつみれの匂いがまだ手に染みついてる」

魚の腹のような白い手を裏返して、水江は私に突き出して見せる。

「いくら健康にいいからって、モロヘイヤにメカブにオクラに納豆っていうのもどんなものかしら。身体も心根もねばねばねば、ねちねちしてきたらいい俳句も出来ないじゃないの。枯淡や寂びや、やつれでなくてもいいけど、写実や情操から、さらっと離れる。そのさらっとしたところが俳句のよさなのに」

二日後の句会に提出する句も作れないでいる私の気持ちをまたも見透かしたように、水江が独自の啖呵に似た、意見を吐く。

「冷汁や素麺ばかり食べているからって、いい俳句が出来るものでもないみたい。なんだか最近、とっくに忘れたと思っていたことや、思い出しそうで、思い出せないようなものに、つき纏われたり、絡みつかれている気がして。さらっと身体から離れるようなものはとても作れそうにない」

愚痴を言いながら熱いお茶を出すと、水江はふうんと言った仕草で、店の中に目を移した。

「掛け花に素敵な花がはいってるのね。糸薄に川原撫子。今どきこんな清純な野草を扱っている花屋もあるのね」

八百春が店を閉めたままだから、野菜の仕入れにほとほと困っていた矢先、槙夫が「ちょっと遠いけど」と紹介してくれた八百屋がある。もう若くない夫婦が『産直。安心野菜』を売りにしている地味な店だが、特別のルートを持っているらしく、ときどき見たこともないような珍しいものを商っている。

「手がないから配達が出来なくって気の毒だと、お詫びにくれたの。きれいでしょ」

「へええ。八百屋が野草のおまけをくれるなんて、風流ね。どこから仕入れたって言ってたの」

よほど気に入ったと見えて、水江は掛け花の近くに寄って、つくづく見入っている。

「栃木だって。一緒に惚れ惚れするほど綺麗な茗荷をたくさん仕入れたって嬉しそうだった」

「きっと那須ね。昭和天皇は高山植物や野草の研究をしていたから、採集場所の御用邸付近の野山には、絶滅種の草木が今でも保護されて残っているのよ」

茶懐石の茶花を教えていたこともあり、俳句では死んだ関口からも「草木博士」と一目置かれていた水江らしい話だった。

「那須は芭蕉にとっても縁の深い場所だから、何度か吟行に行ったことがあるの。春は野生の桜草、初夏は鉄線の原種の風車。白山風露。秋には真っ青な竜胆。山のあちこちに燭台のように輝く七竈の実。何よりも那須野の夕焼けのきれいなことといったら」

灰青色の麻のワンピースを着た水江の身体に、一瞬華麗な秋の夕映えが入っていったように思えた。蜜柑山に沈む夕焼けが、この世で最も明るい光景だと言った関口の言葉を思い出す。記憶や過去はふとしたことで逸散に駈け戻ってきて、鮮やかな閃光となり、矢となって人の胸を射抜く。

弥生の去ったホームに六年前の灼熱のホームが伸び、都会の一瞬の停電が母といた海辺の村を再現させたように。たった一輪の白い川原撫子が同行二人の夏野へ連れ戻す。

記憶とは一体どうしてそんな力を持っているのだろう。深く埋められ、封じられても、理由もわからないまま息を吹き返し、新たな力を発揮する。どんな目的で再出し、胸を鷲掴みにするような力で、人を捉えてしまうのだろう。治癒することの決してない痛みを伴って。

「てっせんのほか蔓ものを愛さずに」

小さな声で水江が呟くのが聞こえた。那須の野に守られているという鉄線の原種、風車とはどういう花なのだろう。

「栽培種のてっせんや、流行のクレマチスなんかより輪も小さいし、花も少ない。だけど色はほんとにきれいな紫。かぼそい蔓がまだ露の残った水岸に揺れていたりすると、あまりに気高く清雅で。忘れられないわ」

安東次男の厳しいほどの美意識ですくい取られたてっせんとは、あるいはそんな原種に近い花だったのではないか、と私は水江と同じ気持ちで見たことのない夏野を思った。

二日後の句会には水江が腕をふるった美しい夏料理が並んだ。冬瓜と鱧の吸い物、おおぶりの鷹が峰唐辛子の種を刳り貫いた中にすり身と白味噌の餡を詰めて焼いたもの。鰹のみぞれ叩き、十二単を着た雛のような薔薇色の茗荷寿司。私が漬けた青梅の甘露煮は葛仕立てにされ、化粧直しの紅のようなクコの実があしらわれていた。

「茗荷は関口さんの好物で、あんまり食べ過ぎて忘れっぽくなって困ると、毎年言っておられました」

木村さんの言葉に一同粛然とした。雛祭りを待たずに逝った関口を偲んで誂えた料理だということは誰もが気づいていた。彼の好物だったという一口大の茗荷寿司を私は改めて見た。今年は故人の新盆に当たる。水江は句友と共に亡き人を偲ぶため、彼女流の精進料理を作ったに違いない。

「夏子さん、せっかくだからテーブルにある蓮の浮き葉と蕾をここへ持ってきて。膳を囲んだところを写真に撮りましょう」

バッグの中から仲間の一人がカメラを取り出すと、秋子が今は亡き人の定席に置かれた切子の盃に冷酒を満たした。

「ありがとう」

水江が細い声で礼を言った直後、死者のまばたきのようにシャッター音がして、私たちは中央の蓮の浮き葉を見つめた。

冷酒が二回りくらいした後、「酔ってしまう前に、何か食い物で席題を決めよう」ということになって、盃の隣に短冊が配られた。

「兼題でも前日まで揃わないのに、二十分で出句だなんて、私には無理だわ」

料理の作り方を水江に教えてもらっていた私は、思わず本音で愚痴を言った。

「いいのよ、夏子さん。作品の完成度よりその場の興趣。下手な俳句は酒の肴にされて、骨も皮もしゃぶられて。やっつけたり、感心したりして楽しめばいいんだから」

誰よりも早く盃を空にして、少し酔っているらしい秋子が言った。処女句集を出してから自信を得たのだろう、彼女の言動には以前にはなかった余裕のようなものが感じられた。

「今日の料理でなくてもいいでしょ。昨日の夕食や昼食でもよしってことにして」

私と同年輩らしい翻訳家の女性が、無理やり水江の同意を取ろうとする。

「いいよ、いいよ。だけど俺なんか最近、夕べはおろか、今朝食ったものさえ思い出せないんだから情けない」

木村の碁仲間という人が、赤ら顔を振りながら言ったので、みんなが笑った。

遠き世で茗荷刻んでいる無聊　　水江
土用東風桜煮の蛸鍋にあり　　秋子
青梅に針刺していて空に疵　　夏子

夢の中で浅茅生の野かと思えた見遥かす青は、どうやら人のいない島のようである。それとも人はいたのに立ち去ったのか。消え去り、消息も絶えてから久しいのか。動くものとてない一面の青磁色の夏野には紗のような霧が降りている。

私はどこにいるのか。夢を見る人の特権である視座で俯瞰しているのだろうか。よく見ると、浅茅生の隙間を縫うように細い水の筋があるのがわかる。やがてひそやかな気配と共に水辺近く、子どもの手の平くらいの紫の花が咲いているのが見えてくる。

「風車」と思って目を近づけた途端、先端が少し尖ったてっせん特有の花びらが微かに微かに回っているのがわかった。

その音につられて視座はいっそう高みに高みにと昇っていき、浅茅生の野は遠のく。絵葉書大の大きさになった時、島を囲んで銀色に背を光らせた群青色の生き物が飛び交っているのを見て、夢の中で私は夢から醒める。

「飛魚だ」

夕べは長い夏休みから帰ってきたらしい客が立て込んで、珍しく閉店を一時間以上延長せざるを得なかった。後片付けを済ませて帰ると、深夜を過ぎていた。マンションのドアに不在伝票が挟んであるのを取り上げたものの、疲れていたのでそのままにして眠った。

夢の瘤にしては少し広過ぎる。見遥かす浅茅生の夢の領土の、まだ端を歩いているような覚束なさで不在票を見返した。

宛先は当然私だが、送り主の名前が書いてない。宅配の内容を書く欄に「野菜」とある。なんとなく心が騒いだ。誰だろう。何処からだろう。まず頭に浮かんだのは八百春の春雄である。妻子を迎えにいった外国から野菜を送るなどということがあるだろうか。といって先日句会で一緒だった水江から荷物が届くとも考えられない。

再配開始の時間を待って、指示された番号に連絡すると、ほどなく台車に乗せられて大きなダンボールの箱が届けられた。

浅茅生の夢を遠ざけるように、ばりばりと乱暴に箱を開けた。

何の葉かわからない大きな葉が新聞紙代わりにおおっていたのは、まだ花殻のついた胡瓜の大袋と、髭のついたとうもろこし。緑色を汚したような薄茶色の枝豆。隙間を埋めているたくさんの紫蘇と茗荷。底の方にはベルベットのような新物の干瓢。その袋の中に小さな紙片を見つけた時には、何となく送り主の見当はついていた。

「おかみさん、心配かけてごめんなさい。雄ちゃんに聞きました。ありがとう。私のこと好きだって言ってくれて。だから一人でここへ来ました。どこって当てはなかったけど、うんと遠くって思ったら、船に乗っていました。相変わらずバカみたい。

今は民宿で働いています。秋になって暇になったら、また別のとこへ行くかもしれないけど。箱に入れた葉っぱは島中に生えてるあかざっていう雑草です。食べるだけじゃなく、この木で作った杖は極楽浄土へ連れていってくれるんだって。極楽浄土じゃないけど、島は好きです。今の私には、ここが菜飯屋なのかな」

相変わらず順序をはしょって、肝心なことが大分抜けているサヤの手紙だった。二回読んで、紙片を畳んで、読み落としたところがないか、再び広げて膝に乗せた。乗せたまま、野菜を一つずつ丁寧に見つめた。どれもこれも新しい。島で採れて、船に積まれ、宅配のトラックに乗せられて、夕べ届いたのだ。一度届いて不在だったために、一晩集配所で眠り、やっと私の手元に届いた。

これらの野菜を選び、一つずつ詰め、サヤは何を思ったのだろう。これらがたどる道のりの遠さを思っただろうか。野菜と共に私に届けたいと思ったのはどんな気持ちなのだろう。当てもなく、目的もなく。突堤のようなホームをいくつも過ぎ、自身の内部に追われるように。人知れず遠くへと逃れて行った。追われるように、追い詰めるように。船に乗って陸地を離れた。

サヤのせつなさや悲しさや口惜しさや怒りを確かめるように、野菜を手に取り、指で触って、眺めて、置き直すことを繰り返していると涙が滲んだ。

わかったから。元気でいればそれでいいから、と言ってやりたかった。相変わらず、無茶な真似ばかりして。バカねえ、いい歳をして。まったく考えなしなんだから。

叱るように、言い聞かすように、慰めるように、野菜の真ん中でしばらく座っていた。

ちょっとあかざの葉を噛んでみた。抱き上げるように持ち上げると枝豆の産毛は痒く、胡瓜のイボイボは痛かった。とうもろこしは赤子ほどの重みがあり、干瓢は瑪瑙《めのう》で磨いたように滑らかだった。陽のぬくもりと土の匂いと雨の染み、虫の息と、潮の香りがした。サヤが行き着いた島のすべてがその野菜たちの中に凝縮している。今朝方の浅茅生の夢を前触れにして、サヤにとって「私の菜飯屋」であるという島全体が、ここに運ばれてきたのだと思った。


「夏子さん、今日は胡瓜はいらないの。せっかく珍しいのがいろいろ入荷したのに」

『花野』の主が日に焼けた顔で奥から出てきた。

「そんな迷惑な押し売りして。夏子さん、困ってみえるわ」

槙夫の紹介で初めて会った時は初老の夫婦と見えたけれど、親しく通ってくるうちに、夫妻の歳が大分離れていることに気づいた。快活な主は若く見えるけれど、もう六十を大分過ぎているらしいとわかったのは、終戦を疎開先で知ったという話を聞いた時である。

「家内なんか、まだ生まれてもいなかったけど」とつけ足したので、なるほどと遅ればせながら合点したのである。

「実は知り合いから産地直送の胡瓜をたくさんもらったのは嬉しいんだけど。料理の腕もセンスも足りなくて。胡瓜料理のレパートリーは底を打ったみたい。何か目先の変わった料理があったら、教えて下さい」

『花野』は間口は狭いし、看板もないほど地味な八百屋だが、あちこちの割烹や名のある仕出屋にも出入りしていると槙夫から聞いていた。

「とんでもない、プロに教えるなんて。俺なんか今流行りの野菜のソムリエってわけでもなし」

話していると奥の框《かまち》で奥さんが手招きをする。他に客もいなかったので呼ばれるままに座った。

「お嫌いでなかったら、どうぞ」

盆には鮮やかな赤紫色の飲み物が二つ置かれている。

「梅酢と紫蘇のカクテル。これなら酔いませんから」

仄暗いところで見ると奥さんの瓜実顔は白い槿《むくげ》のようで、到底八百屋のおかみさんには見えない。

「奥さんはちっとも日に焼けないのね。羨ましい。私なんかおつかいに出てくるだけで、重装備。それでもこんなに日に焼けちゃって」

「私、以前からそう。赤くなることはあるけど、黒くはならない。八百屋の女房なのに、内のと一緒に並ぶとちょっと恥ずかしいくらい」

女同士で他愛ないお喋りをしていると、主が台車に胡瓜を数種類並べて説明を始めた。

「関東で売ったり、食ったりするのは大体が白いぼ胡瓜。この曲がったのが四川。名前の通り中華風に炒めたりしても歯ざわりが残る。こっちが花丸胡瓜」

「あんた、そんなこと。とうに夏子さん、知ってはるわ」

藍の長い前掛けをした奥さんが横座りに膝を崩して、団扇で風を送りながら主をたしなめた。

「そりゃ、そうだ。失礼しました。だけど、こっちは珍しいと思うよ。内の奥さんと同じばりばりの京育ち。これは四葉。しようって書くけど、地元じゃあみんなすうようって呼んでる。浅漬けにすると滅法美味い。これは朝風。いい名前だろ。まるで名妓の目覚め時みたいないい香り。こうして並べると、みんな京都のお公家さんふうだけど、ほっとくと俺のような鼬胡瓜になっちゃう」

まるで講談のような主の名調子に思わず笑った。

結局、四葉も朝風も四川も少しずつ買うことにした。加茂茄子に万願寺唐辛子。秋茗荷。夏の名残や秋の気配のするものを見繕っていると、主がさりげなく料理法を指南してくれる。八百春には悪いが、花野に行くと楽しくて、つい長居をする癖がついてしまった。

帰ろうとすると奥さんが和紙にくるんだ花の枝をおまけにくれた。

「きれい。ショウマですか。これ」

「いいでしょう。鳥足ショウマって言うんですよ。お茶の先生に頼まれてた残りもんだけど」

花をおまけにくれる時の癖らしく、禿頭を前から一撫でしながら主が言い添える。

「やっぱり茶席用なのね。友達で茶花を活ける人が、この前いただいた撫子をとても気に入って感心していたの。また見せます。ありがとうございます。なんだか私、これが欲しくて粘ってたみたいで。気が引けちゃう」

あまりげんきんに嬉しい顔をしたのが恥ずかしく、つい口調が言い訳めいてしまう。

「ええの。残りとか、おまけとか照れ隠しに言うて。夏子さんにあげるの、こっちも楽しみにしてるのやさかい」

奥さんの水すましのような流し目で見られて、主はますます照れて禿頭を二度三度繰り返し撫でる。

「鳥足ショウマっていう名前なのか。へええ」

『花野』から買ってきた朝風で、主に教わった胡瓜ととり貝の酢の物を作った。四葉は茗荷と一緒に浅漬けにした。二つの小鉢に代わる代わる箸をつけながら、槙夫はカウンターの隅に置かれた竹篭の花をつくづく見ている。

「野菜も花もそうやって薀蓄つきだと、途端に有難いものに見えてくるから不思議だよな。薀蓄って、こうるさいって思うこともあるけど大事だな。商売っていうのは、そうしないといい物も商えないし、いい客もつかないってことかもしんない」

カウンター越しに話しかけてくる槙夫の声は心なしか元気がない。

「八百春の休業がこんなに長引いて。もし花野を紹介してもらわなかったら、菜飯屋も店を休むようだったかもしれない。ほんとに有難かったわ」

いつの間にか日が詰まって、夜も長くなった。客と客の間がこんなに空くのも珍しいと思いながら、熱いお茶を一緒に飲んでいる。

「春雄が嫁さんと子ども連れて帰ってきたら、お袋も少しは考えると思うよ」

考えるのは八百春の姑だけではなく、坂下豆腐店の耳の遠い実母なのかもしれない。槙夫の屈託が夏の進むのと足並みを揃えるように深くなっていくのを、最近では少しひやひやした思いで眺めるようになっていた。

どんな秋が訪れようとしているのだろう。鳥足ショウマの穂状になった蕾の群生をちらちら見ながら、槙夫の視線をさりげなく避けている。

「夏休みをろくにとらなかったから、秋になったら三、四日、お休みを取ろうかなって思ってるの」

どんな思いがこんなことを唐突に言わせたのかわからない。槙夫の厚くなる憂悶の壁をちょっと揺すぶってやりたくなったのか。飽いたのか、ただこんなふうに緊迫の増す雰囲気を押し返してみたかったのか。

「休みって。急にびっくりさせるなよ。春雄にしても、なっちゃんにしても。まったく、何でもすぐ勝手に決めちゃって」

盃を置いて、槙夫は怒ったように言った。怒ったのは声だけだったのに、鳥足ショウマの粒状の花穂が微かに震えた。

「勝手って言われても。それに休みは三日くらいよ。前もってお客さんには知らせるし」

帯状疱疹で四十日間店を閉めたのとは事情が違う。一人商いの臨時休業をそんなに咎められることは思っていなかったので、私はついムキになった口調で言い訳をした。

「そうだよな。客の俺がこんなに怒るのは変か」

槙夫は少し鼻白んだ声で言って、立ち上がった。

「何日か、お袋と冷奴食ってれば、いいってことだしな」

弟が姉に拗ねて見せるような物言いに、苦笑せざるを得なかった。

「大丈夫よ。春雄さんと違って、外国へ行くわけじゃないし。すぐ帰ってくるんだから」

自分で言いながら胸がどきどきした。深水の時と違って、何か熱い塊に飲み込まれるようにではなく、芯だけがぬくもっている柔らかいものをぎゅっと握りしめているような確かな喜びがあった。

待たれるということが、まだ私の人生に残っていたのかと。


槙夫に話した時点では決定というわけでもなかったのに、口にした途端、なるべく早く具体的にと心が急いた。すぐにでも飛び立つ思いで、旅への思いが膨らんでいく。どこかへ行きたい。たとえ数日でも、菜飯屋の夏子を置き去りにして、自由にどこかを歩いて、違う風に吹かれて、異なった景色と時間の中へ身を置きたいという憧れは日を追うごとに増していった。

「最初はまず、水江さんのいる町へ行こうと思うの」

相談のつもりで、とりあえず電話をすると、例の逡巡のまったくない小気味いい答えが返ってきた。いつだって、水江は期待通りの答えを即座にしてくれる。そんな人が自分の側に常にいてくれる運のよさと幸いを、私はもう十数年も甘受している。

「そりゃ、そうよ。いつにする。案内したいところがいっぱいあるけど。やっぱり二人共初めてのとこが感激が新しくていいわね。楽しみにしてるから、日程が決まったら教えて」

夫の赴任先である仙台でも、留守宅のある東京でも多忙な身であることには違いないのに、決して自分の都合を真っ先に告げたりしない。まして弥生のように初対面の人に「私は忙しいので」と念を押すような強引さは微塵もない。

「都合なんて、どうにでもなることよ」と水江に言われると、まるで時間でも距離の遠さでも、すべてが自在可能な気がしてくるから不思議だった。

スケジュールを云々しないにも拘わらず、水江ほどキャンセルや変更をしない人も珍しかった。計画や予定は丸ごと水江の意志となって必ず実現される。約束を忘れることも違えることもなく、待っていれば彼女は必ず時間通りに現れた。

「九月の初旬には予約が二、三入っているから、第二週の、定休日を含めた四日間だけ店を休むことにしたの」

槙夫に真っ先に知らせると、意外にも彼はすっきりと和やかな様子で頷いた。

「うん、わかった。その頃ならもうさすがに涼しいし。東北の初秋はきっといいよ。米は勿論、あっちは鶏も牛も、肉だって美味いものが揃ってる。酒だって」

「やあねえ。私、仕入れに行くわけじゃないのよ」

「だけど、言うだろ。馬肥える秋って」

「いいえ。水江さんは俳人だから、秋冷ってきれいな言葉で言ってました」

仲直りをした姉弟のように私たちは軽口を言いあった。

「旅から帰ってくる頃には、八百春も店を開けてるよ、多分」

槙夫の言葉に、八百春が再開しても、『花野』とのつきあいは続けるつもりだということを、つい言いそびれてしまった。


待ち合わせ場所は駅の構内にある喫茶店だった。

秋暑しという季語そのままのように残暑が長引いていたから、さすがに弥生も「ホームで」とは提案しにくかったのだろう。

冷房が効き過ぎている席を避けて、広い喫茶店の片隅から、慌しい人の群れがホームの階段を上ってくるのを見るともなく見ていた。残暑に疲弊するのは人だけではなく、構内全体がそこはかとない荒廃の気配に包まれている。白いシャツも、大きく胸の開いた薄いワンピースも、サンダルの素足もすべてが埃っぽく薄汚れて見えた。

二日前の夜、突然電話がかかってきて、弥生は丁寧に過日の詫びを言い、「今度で終わりにしますから、もう一度会って下さい」と申し出た。最初の時のような強引さはなく、少しためらっている様子だった。

　待ち合わせの時間より大分前に着いてしまったので、同じ構内にある本屋でガイドブックを買った。本のグラビアには錦秋の渓谷が載っている。次のページには鉄橋を渡る列車の写真があり、たわわに実った稲穂のカットが添えられている。確かに槇夫が言うように、実りと収穫の時で、旅にはもってこいの季節に違いない。

　ページをめくろうとしたら、通路側の窓にいきなり弥生の姿が見えた。

　書類入れらしいバッグを持ち、ダークブラウンに染めた髪の間からピアスが光っている。痩せたデコルテは裸で、黒のシンプルなチュニックワンピースを着ていた。確かにどこを見ても小学校の先生には見えない。だとしたら、弥生の職業は何なのだろう。そんなことをぼんやり考えながら目で追っていたら、ふいに彼女の姿が視界から消えた。

　振り返って喫茶店の入口を見たが、それらしい姿は現れない。狐につままれたように、ガイドブックを閉じてしばらく待った。

　ゆうに二十分が経過して、私が雑踏の中で見つけたのは人違いだったのかもしれないと思い始めた頃、弥生がやってきた。

　二十分前見かけた時と寸分違わぬ装いだった。

「すいません。お待たせしてしまって」

苛酷なビジネス社会で働いている鍛えられた謝罪のポーズに見えた。

「コーヒーを」とウェイトレスに即座にオーダーした後、「やっぱり、温かい紅茶にして」と注文をし直した。

「私、やっぱり雄ちゃんとは別れることにしました。今度こそ。本当に」

口紅の隙間から硬そうな歯が見えた。歯は骨なんだ、と唐突に思った。人間の身体の中で唯一露出した骨。きれいな白い色はなんだかひどく脆そうに見えた。肉が戦っている時の骨の生硬さと脆さ。弥生の磨かれた白いエナメル質は内側から剥落しかかっているのかもしれない。

「娘とニューヨークに行くことにしました。九月から新学期ですから」

「雄二さんとは話し合いが済んでいるのですか」

運ばれてきた紅茶を見つめながら、弥生が子どもっぽいこっくりをした。サヤがよくうなだれながらする同意にそっくりだった。サヤは船に乗って島まで逃げのびて行ったけれど、この人はもっと遠くへ行こうとしていると思った。じきに華やか過ぎる凋落の始まる日本という島から出ていくのだ。

「いいえ。私は会いません。会う必要もないですから。でも娘とは会わせました。納得したようです。その後私のところへ抗議の電話もありませんでしたから」

今度は私が頷く番だった。黙って頷くことだけが、今度の会見の目的だとわかったから。

「御準備で大変だったでしょ。少し疲れていらっしゃるんじゃないですか」

「大丈夫です」

余り大丈夫ではなさそうに見えた。何かにじっと耐えている感じが全身をうっすらとおおっているのがよくわかる。入院していた桂が、こんなふうに身体の内部で心を縮こまらせて耐えている様子だったのを何度も見た。

「よかったら、出ませんか。ホームまで」

伝表を持って立ち上がると、弥生は素直についてきた。

「四番線へ」

歩き出すとすぐに、まるでそこが指定場所でもあるかのように、弥生が告げた。その四番線のホームのベンチに私たちは並んで座った。

「風が出て、雲がずいぶん早く動いて。ちょっと涼しくなったみたい」

私の隣で弥生がほーっと長い息を吐いた。

「ほんとは今日、二回目なんです。このベンチに座るの。つい今しがたも、夏子さんと会う前に一人で座ってました」

一度約束の喫茶店の前まで来て、弥生はこのホームのベンチに座りにきたのだとわかった。七センチはあるヒールの踵を少し浮かせて、心持ち膝を離して座り、弥生は口笛を吹くような細い息を吐き出し続けている。

「私と雄ちゃん、同じ予備校に通ってたんです。時間があるような無いような。自棄のような、やる気満々のような。その途中で揺れてて、どこにも居場所がない時、二人で山手線をぐるぐる回って。そのうち急に思いついた所で降りて。違う電車に気まぐれに乗って。知らない駅のホームに下りて、ベンチに座って。何となく乗れるような電車がくるまで待って。それがデート」

四番線に電車は入って来ない。当然人混みもなく、構内放送もとても遠い。ホームを過ぎる風も他よりさらりと乾いている気がする。

「ここ、本数の少ない特急しか通らないから、静かでしょ。都内では穴場なの」

私たちはほとんど見ず知らず者同志のように少し離れて座り、お互いがまったく違うところを見つめている。別離の後、命の突端に見えた六年前のホーム。おそらく二十年以上も前、予備校生であった若い恋人が寄り添っていたホーム。それぞれのホームの上に真っ白な雲の峰がそそりたち、またあっけなく崩れ去っていく。

「私がいなくなって、サヤって子が帰ってこなかったら、また恥ずかしげもなく、通うんでしょうね。あなたの店に」

ヒールの踵を微かに鳴らしながら、今しがたより軽くなった声で弥生が言う。

「料理の味なんて、ちっともわかりゃしないのに。あいつにあるのは、好みの女を見つける嗅覚だけ。そりゃあ、味音痴のはずよ。私みたいな料理の出来ない女とずーっと暮らしてたんだから」

ベンチの隣に私が座っていなくても、弥生はこんなふうに話し続けたような気がする。電車の来ないこのホームは、舞台の出を待つ間の、彼女の楽屋のようなものかもしれない。

「大学を出てすぐに同棲を始めたんだけど。二人とも貧乏で、料理の本を買う余裕もない。雄ちゃんが図書館から料理本をくすねてきたけど、その本は面倒くさい料理ばっかり載ってる。嫌味なほど説教くさくて。手間を惜しんで料理をしない家庭には、よい子どもも育ちません、みたいな。それって、図書館から本をくすねて読んでる夫婦には、はなっから無理でしょ」

弥生の舌鋒は戻って、口調も軽快だった。彼女は彼との過去を語る時だけ屈託のない明るさを取り戻せるようだった。

「雄ちゃんは天ぷらが好きで。衣がぼてぼてついた天ぷらをぐずくずに煮て、次の日も、その次の日もご飯に乗っけて食べるの。そんな暮らし」

弥生はぷつっと話しを切って、線路を見た。ゆっくりと見慣れぬ車両の電車が近づいてきつつあった。

「まだホームまでは来ない。時間調整をするんです。始発の時刻がくるまで」

それが電車なのか、新しい運命なのかわからない。発車すれば弥生だけを乗せて、彼女と彼の過去を突っ切って、猛スピードで未知な世界へ突進していくのかもしれない。

「いつか日本へ帰ってきたら、菜飯屋にもお立ち寄り下さい」

電車が近づくまでに何か言いたいような気がして、つい世間的な挨拶に似た言葉が漏れた。

「行かないわ。行けば多分懐かしく、心が慰められるのかもしれないけど。行かない。迷ったり、行くとこがなかったら、どこかのホームに一人で座ってる。自分の乗る電車を自分で決めるまで」

むしろ私に対するさりげない労りさえ感じられるほど、弥生の声は優しく響いた。

待機している電車が今にも突進し始める気がして、私は思わず腰を浮かした。きっと弥生は、このホームで私と別れたいのだとわかっていた。

軽く会釈をしてを歩き出すと、雲も風もざわざわと動いて、頭上に集まってくるように感じられる。

「じきに夕立がくる」

私はホームを振り返らずに歩いた。六年前、生命の切岸で私を救ったのも、夏の驟雨ではなかったか。

怒涛のような雲、嵐の前触れに似て、散り散りに飛ぶ空の青。戒めるように、荒々しい慰撫のように、それは私に追いすがって、襲いかかってきた。雨と風。宥めるように包み込み、浄化するように一心に洗って、私をもう一度うつつの岸に還してくれた。くすぶり続ける口惜しさを鎮め、収拾のつかない混乱を晒し尽くしてくれた夕立。

今もまた素早く雲が走り出している。運命の大車輪のような轟きが近づいている気配がする。私にはまだ見えない閃光も、すでに弥生の目は察知しているかもしれない。

振り返りそうになって、ふと菜飯屋の二階に干してきた白瓜のことを思い出した。

『花野』の主に教えてもらって、作りかけていた胡瓜の雷干し。誕生日のひらひら飾りのようにジグザグにむいて半日吊るしておくと、歯ごたえを残しながら、胡瓜の香りだけを濃縮させることが出来る。野菜の旨みが増すだけでなく、保存にも優れた古い料理法なのだと聞かされた。

水分が適度に抜けた雷干しの胡瓜をピリ辛に炒めて出したら、「これ、ほんとに胡瓜なのか」と槇夫は目を丸くするに違いない。

そんなふうに思ったら、私の足は自然に早くなった。背後に残された六年前のホームは、もう私を追ってはこなかった。

水江との旅が半月も前から私を高揚させているらしかった。

「夏子さん、最近楽しそうですね」

野菜を仕入れに行った『花野』の主にまでひやかされてしまった。

「家内なんか夏が終わる頃にはいつも溜息だか欠伸だか知らないが、フウとかハアとか言って、息が抜けてるようだけど」

「ハウとかスウとか言うてるわけやないけど。ちょっと夏バテ」

麦茶を乗せた盆を持って顔を出した奥さんは少しやつれたように見えた。

「いつもすいません。いただきます」

店の奥にある籐のスツールに腰掛けながら、主が笊にあれこれ野菜を並べているのを見ていた。

「でも京都はこっちよりよほど暑いんでしょ」

奥さんは一筋もほつれていない髪を耳に挟むような仕草をした。主とは大分年齢差がありそうだが、それでも五十歳は越えているはずなのに、奥さんは女の私でも、時折りどきっとするほど艶めいて見えた。

「まあ、地獄やねえ」

はんなりと言われたにも拘わらず、私も主も一瞬ぎょっとして顔を見合わせた。

「地獄もあと何日かの辛抱だ」

主の顔が微妙に翳って見えた。私は奥さんの団扇の風が止まったのを潮に立ち上がった。衰えたとはいえ夕凪のじっとりとした暑さが、日陰に積まれた茄子の紫紺色にまで詰まって見える。

「配達のついでがありますから、お買い上げいただいたものは、おっつけ車で届けますよ。野菜しょった夏子さんが行き倒れになると気の毒だ」

主の好意に礼を言って店を出た。目に見えて日は短くなっているのに、猛暑の記録を塗り替えた夏の午後三時はまだ炎昼と言えるほどだった。

片かげりの軒を選んで歩いた。八百春はまだ店を閉めたままだ。最近は槙夫も春雄の噂をしなくなった。商店街の集まりでも八百春の近況は聞かないという。

店に戻ると間もなく『花野』の主がダンボール箱を運んできた。額といわず首から背中まで水を浴びたようなしとどの汗である。

「車、どこへ止めましたか」

軽トラックの止まった気配がないので訊ねると、最近出来た空き地の前だという。

「だったら少し休んでいって下さい。ビールはダメでも、冷たい飲み物くらい」

主は遠慮深くて礼儀正しいだけでなく、体裁をひどく気にする性質だということがわかってきたので、飲み物より先に汗を拭けるお絞りを出した。

「あっ、これは有難い。まったく爺さんの汗っかきなんて見苦しいもんで」

汗が引いたらしい頃を見計らって、冷茶に菓子を出した。

「美味いねえ。夏子さんの店は流行るわけだ。行き届いていて、さりげない。お茶も菓子もすべてがしゃれてる」

しゃれてる、というのが『花野』の主の最大級の褒め言葉らしかった。

「氷のように見えて、冷たくない。砂糖の塊に見えて、中はほんのり柔らかい。私も家内もこのダイヤ糖が大好物で」

二杯目の冷茶を飲み終わると、『花野』の主の背が心弱くすぼんで見えた。

「暑さというのは、年寄りには心底こたえる。気張ってるつもりでも、ついしおたれていけない」

自分自身を励ますように、日に焼けた首を上げて、弛んでいた顔をひきしめた。

「俳句だけじゃなくて、菜飯屋の女将は茶花の心得まであるとお見受けしました」

クーラーの風から一番遠い場所にかけられた青竹の筒に、当の主から貰った鳥足ショウマが一枝だけ白い花穂を広げている。

「どの花器にするかさんざ迷って、結局いつもの青竹に落ち着いただけ。ほんとに芸がなくて恥ずかしい」

「花を生けるのに、芸はいらない。芸を使わずに生けるのが一番難しい」

ショウマは薄いベージュの微小な泡の集まったような優しげな花だが、それを見つめている『花野』の主の目は鋭すぎる光り方をしている。まるで心の中を占領しているのっぴきならない決心に目を凝らしているかのように。

「褒められたから調子に乗って、教えてもらった茄子の忘れ煮をお味見してもらおうかしら」

気に入りの唐津の小鉢に茄子を急いで盛りつけた。

「いい色に仕上がって。それでは有難く頂戴します」

八百屋の主というより茶人の作法と佇まいで箸を取った。食べてもらっている間はつい緊張するが、ずっと以前に懐石料理を習っていた時と同じ心地よい心の張りを覚える。

やはり茶人の箸使いである。物を食べる美しさと姿勢は、暑さや寒さの厳しい頃にこそ際立つものかもしれない。

「何もかも結構でした」

ほんの束の間、菜飯屋の店内が茶室の清雅に満ちて見えた。微かなクーラーの音に、葉づれや清流の音が紛れ込んだような。

気がつけば『花野』の主は微かに眉間を寄せ瞑目していた。店にいる時よりずいぶん老けて、若い時は精悍であったろう顔立ちに深い皺が目立つ。日に焼けた首筋に黒く捩れた皺が紐状に幾筋か食い込んでいる。老いや疲労だけではない、もっと重く暗いものが主の首を幾重にも取り巻いているような気がした。

拭き残りの汗だったのかもしれない。『花野』の主はさりげない手つきで目をぬぐった。

「御馳走様でした。いやあ、店であれこれ偉そうに野菜の蘊蓄たれるのはおしまいにして、これからは客になってこっそり伺いたいくらいだ」

うまかった、とさらに小さく呟いて、主はいつもの調子に戻って立ち上がった。

「ええ、是非いらしてください。野菜に関する薀蓄をまだまだお聞きしたいから」

ダンボールから重たい冬瓜や南瓜などをテーブルに並べると、主は帽子をかぶり直した。

「店に伺いたいのは山々だけど、やめときましょう。こういう上等な時間も、心のこもった美味いもんも、腹ん中に疚しいものを抱えている私らにとっちゃあ、危ういもんだ。いっぺんにすーにもどされちゃう」

半分は独り言のようにくぐもった声で言うと、疲れの滲む足取りで裏口から出て行った。

開店準備のために、冬瓜の腸や南瓜の種を刳り貫きながら、何度も『花野』の主の言った言葉を思い返さずにはいられなかった。「すーにもどされる」というのは多分、素に戻るという意味に違いない。美しいものに触れる一時も、心安らぐ美味いものも、素に戻るから危うい。「私らのような疚しい者」とはどんな意味なのだろう。私ら、とは奥さんと主の両方共、ということなのだろうか。

野菜の中にある食べられない部分をかき出しながら、ふと手が止まる。それは魚や肉の内臓ではないし、神経の束に似た繊維の固まりも、血合や腸であるわけではない。そんなことはよくわかっているのに、何だか人間の内部を根こそぎかき出しているような気がして、心がざわめく。ざわめくとまた花野の主の言葉の意味と、不思議なほど強く光った目が蘇ってくるのだった。

「花野の店主は、普通の八百屋さんとは違う風流なところがあるのね」

刳り貫いた南瓜を蒸して、食べやすい大きさに切ったものを一度油でこんがり焼き、醤油と蜂蜜を混ぜあわせたたれを絡める。ほんの少しの金胡麻をふった甘辛い南瓜を、デザート代わりに食べている槙夫にさりげなく水を向けた。

「うん。物知りだよ。いろんなことをよく知ってる。聞いたこともないような地名をひょっこり言うこともあるし。あっちこっちで修業して、人には言えない苦労もしてきたんだろうな」

物知りとか世知に長けているだけでなく、独特の感性には苦労しただけでは身につかない複雑で深い襞が畳まれているのかもしれない。今日の様子は普段よりいっそうそんな気がして、さりげなく見過ごしてしまうことが出来ないのだった。

「謎めいてるわね。ご夫婦とも。商いの仕方も、一風変わってるし」

箸に南瓜の飴色をくっつけたまま、槙夫が真面目な顔で私を見た。

「なっちゃんがそんなに興味を持つなんて、ちょっと妬けるな」

最近の槙夫はわずかな冷酒の酔いが醒める頃になって、甘さのまぶされた言葉をデザートのように言うのが習慣になっている。

「奥さんは以前、京都の芸者さんだったって聞いたことがある」

噂は知らなくても、毎日のように会って、親しく口をきいたり所作を見たり、身につけている物に触れるだけで、同性には大体そうしたことは想像がつく。

すべてに関して、美しいというより粋なのである。それも水江のように都会の洗練ではなく、生まれつき肌から滲んでくるような、そこはかとない艶なのだった。

「この間おやじさんが豆腐を買いに来た時、そよりともせいで秋たつことかいの、なんて川柳みたいなことさらりと言っちゃって。かっこいいよな、年寄りのくせに」

「そよりともせいで秋たつことかいの」

九月の句会のために歳時記を見ていた時、偶然私も目に留めた句だった。作者が鬼貫という変わった名前だったので、よく覚えている。

「ほんとに暑いわね。いつになったら秋めいてくるのかしら」

秋、と口にするだけで、一週間後に迫った旅行のことを思い浮かべてしまう。水江と旅をするなんて、十年ぶりのことなのだった。

「にやにや嬉しそうな顔して。思い出し笑いなんて、なっちゃんにしちゃあ、趣味悪いね」

客との対応や短い会話で羞恥心を覚えることなど滅多にないのに、私は槙夫の目にのっぴきならない一閃を見たようで、少しうろたえた。

「菜飯屋の夏子さんも、普通の女なんだな」

槙夫は心にもない皮肉や文句を言う時、顔を右に捻る癖がある。嘘も演技もしつけない人なのだろう。私の顔をまっすぐに見て、見つめ合ったまま嘘をついた夫とも、俯いて、さりげなく時を稼いだ深水とも違う。嘘も無関心も心を寒くさせるけれど、弱い優しさを見せつけられると胸が痛い。この後、槙夫にどんなふうに接していけば、なるべく傷つけず、嘘もなく、疚しい気持ちにならずにすむのだろう。

「お母さんに薩摩芋の蜜煮をおみやげにする？」

「いらない。お袋は歯に挟まっていって、胡麻のふってあるものには箸をつけないから」

顔を微妙に逸らしたまま手ぶらで帰る槙夫を、菜箸を持ったまま、さりげなく「おやすみなさい」と言って見送った。


すぐ近くに住んでいるというのが一番困る。

槙夫の店が、近所のどこよりも美味しい豆腐を作る、というのも困る。

彼の来る時分に不思議と客足が絶えて、いつも二人だけというのも、とても困る。

そして何よりも、彼が来るのを何となく待っている自分が一番困る。

水江から借りた俳句の雑誌を読みながら、季語の上を心は知らず知らず滑っていく。「露」も「霧」も秋の季語だということを最近まで知らずにいた。「冷やか」も「爽やか」も「身に沁む」も秋の季語なのだと思いながら、何ということもなく沈んだり、ふいに浮き立ったりする気持ちを自分でも扱いかねている。

菜飯屋が私の砦であろうはずもない。

昔から私はずーっと普通の女で、菜飯屋の夏子などという特別な女がいるわけではない。気がつくと心は同じ場所を堂々巡りしているばかりなので、諦めて雑誌を閉じた、その時だった。

立ち暗みのような揺れを感じて目を据えると、間もなくもっとはっきりとした横揺れを身体全体で感じた。思わず周囲を見渡すと、部屋の中にある観葉植物が葉だけではなく梢まで揺れているのがわかった。

わかったからといって何かするわけではない。不安な気持ちを抑えて、防災用具の場所や、火の始末のことなどを慌しく考えるが、一方でそれほど大事にはならないだろうと見当はついている。注意深く目を凝らし、身を硬くしている間は時間にすればおおよそ二、三十秒のことで、揺れは治まった。

翌朝ニュースで改めて地震の報に接して、自身が身体に感じた揺れとは比べものにならないほど大きな動揺を私は味わうことになった。

最も被害の大きかった被災地にサヤのいる島が入っていたのだ。私は慌てて彼女が住み込んでいる民宿に電話をかけた。電話は何度かけても繋がらない。テレビでは親族以外、緊急時を除いて通話を自粛して欲しいと繰り返しテロップが流れている。

一旦受話器を置いたものの、心配でサヤの実家の番号を押そうとして、やっと我に返った。それでもまだ携帯電話を持ったまま、テレビの前から離れることが出来ない。

津波警報の出ている画面には初秋の青い海が映っている。白いレースで縁取りされた湾が不吉なほど美しい。家屋の崩壊、道路の切断、ガスや水道や電気といったライフラインの破壊、怪我人の有無といったニュースは同じ情報を繰り返しているのだとわかっても、いつ続報が入るかもしれないと、身動きが取れない。チャンネルを変え、近くの公共施設に避難している人たちの中にそれらしい顔がないかと目を凝らし続けていると、時間がどんどん経過していく。

どんなに気がかりなことがあっても、菜飯屋の開店を遅らせるわけにはいかない。

店に行ってしまえば、決まった献立に添って野菜の下拵えをし、出汁や御飯の支度をして、動作は習慣的に滞りなく続く。手順に狂いはなくても、仕事に使っているはずの目と耳がすぐに身体から勝手に離れそうになる。サヤの子どもっぽい無鉄砲さ。一途に思い詰めて周囲が見えなくなり、一人合点な思い込みで動く。生来の優しさや心配りが素直な形で現れず、空回りばかりする。

「あっははっ。それ、みんなおかみさんのことじゃないの」という声がしきりにする。親子ではないのだから、そんなに似ているはずはないのに、などと苦笑しながら中断しがちな仕事にまた戻っていく。

落ち着く手段も平常心も、結局いつもの仕事の中にしかないと、夕べからとぎ汁につけておいた生干しの鰊で昆布鰊の支度を始めた時に電話が鳴った。

「おかみさん、心配ないから。あたしは大丈夫。地震はものすごかったけど。あちこちメチャクチャで。民宿も道もガタガタ。年寄りばっかだし。しばらく電話出来ないけど、平気だから」

いつもよりむしろ張り切った口調で、サヤは短い言葉をぽんぽん繰り出す。聞き返す間もなく、しきりに雑音が入り、周りで人の話声がする。

「よかった、無事で。実家には連絡したんでしょ。電話を入れてね。それから」

「わかった。ううん、あっ、聞こえなくなった。あれっ。おかみさん、あたし、行かなきゃ。炊き出しもあるし。何が？　えっ」

サヤをしきりに呼ぶ声がして、受話器を押さえずに、本人が大きな声で返事をしたりして手間取り、私はやっとわずかな言葉を差し挟むことが出来た。

「彼に連絡をしなくていいの？」

雑音と人の話声の狭間で聞き取りにくいはずなのに、返事はすっきりと短かった。

「いらない。私のいる所も教えてないから」

騒音がちょっと途絶えて、私はほっと息を継いだ。

「ありがとう、電話してくれて。安心したわ。ほんとに心配で」

後の言葉は聞こえなかったかもしれない。電話が唐突に切れたにも拘わらず、私は詳細な状況説明を聞き終わったように、心が凪いで満ち足りてしまった。

無事だったから安心しただけではなく、明るい声の余韻が潮のように胸に響く。同時に今朝、テレビで見た初秋の澄み切った青い湾が蘇り、島で夢中に働いているサヤの姿が目に浮かんだ。

「あたし、ずっと居場所がないって感じてた。家にいても、東京に出てからも、彼氏と暮らしてからも」

ちょうど一年前に、自信がなさそうに呟いたサヤの言葉を思い出す。「今、この島が私にとっての菜飯屋なのかな」と手紙に書いてきた通り、一面にアカザの繁る、切り立った崖に囲まれた島が、今のサヤにとって唯一の居場所になろうとしているのかもしれない。


「今日の夏子さんは、猫みたいだな。うっすら魚の匂いがする」

鷹が峰唐辛子を箱に入れながら、『花野』の主はオーバーに鼻をふんふん言わせた。

「あら、見破られてしまった。これ、ほんの差し入れ」

サヤが無事だった祝いにお赤飯を炊き、ついでに鰊の昆布煮も詰めてきた保存容器を差し出した。

「前言撤回、いい匂いだ」

主はいつもの通り、店の奥を振り返って奥さんに目で知らせた。

「珍しい、赤まんま。二日会わないうちに、何かおめでたいことでもありましたか」

語尾にうっすらと葛を引いたような滑らかな声で、奥さんが保存容器を受け取った。

『花野』は商っている野菜は申し分ないし、主夫婦も親切なので有難いけれど、たった一つ、休みが不定期という商店としては致命的とも言える欠点があった。「明日の分までお願いします」

と前日に告げられるのはいいほうで、来てみて初めて閉まっているのがわかるということも再三である。

猛暑の続く真夏は仕入れも思うようにいかないことも手伝ってか、ここ一ヶ月ほどは特にひどかった。いろいろサービスをしてもらうお返しを、と思っていてもなかなか実現せず、ずっと気になっていたのだった。

「ええ匂い。内の人は魚臭いなんて失礼なこと言うてたけど、ちょっとも生臭いことない。この山椒の香り、懐かしい」

突然休んだ翌日には奥さんの姿が見えないことも最近は多い。屈託というほどではないが、店番をする奥さんが物憂げな様子をしていることが気になっていた。けれどそれは九月になって葉ものも根菜も端境期にさしかかるせいかもしれない。商品は少なくても、鮮やかな色の果物や艶やかな野菜を独特のディスプレーで盛り上げている店の様子が目立って変わったわけではない。『花野』が屋号の通り、八百屋というより古い花輔のような雰囲気なのはいつものことだ。

「どのくらい煮ると、鰊も煮崩れず、昆布も柔らかく炊けるんやろ」

お世辞抜きに懐かしいらしく、奥さんがすっと昆布をつまんで味見をしている。煮含めた真っ黒な昆布を口に入れる蝋細工のような手。痩せた手首の青白さは日陰に咲くギンリョウという花に似ている。どちらにしても泥のついた根菜や、重くて無骨な野菜を扱うには不似合いな華奢な手なのだ。

「関東の人はなんや知らん、魚の臭みはどんなんでも生姜でのっぺり失くしてしまう。あれはもったいない。魚は臭みも味のうち。そこへいくと山椒はぴりっと時々顔だすだけやから」

普段はすぐに巧妙な軽口で場を盛り上げる主が、会話に加わらずせっせと胡瓜を選んで大袋に詰めている。

「相変わらず見事な胡瓜。だけど、いくらなんでもこんなにたくさんは」

いつもより二倍は大きい胡瓜の袋を見せられて、さすがに驚いた。胡瓜好きな槙夫が三食胡瓜揉みを食べ続けても、一週間はもちそうな分量なのだ。

「こんないい胡瓜もそろそろ終いだからね。今のうちにと思って。鰊のお返し」

「そうそう。余ったら、胡瓜封じでもしはったら。ふっふっ」

胡瓜封じ？　聞き慣れない言葉に、質問をしようとした矢先、普段の主とは思えない鋭い叱責の声が飛んだ。

「しょうもないこと言うな。もう黙っとけ」

それは聞いた者は誰でもいたたまれず、顔を上げられないほどの怒気を孕んだ声だった。奥さんの下駄音が奥に消えると、主は私に向かってそっと頭を下げた。

「すいません。あとで荷物は届けますから。追加注文があったら、電話下さい」

奥の方で微かに風鈴の音がする店を足早に出た。やっと秋らしくなった風が頬に触れる。夏の終わりはいつも人の心にそこはかとない無常感のようなものを抱かせる。秋が進む際の人恋しさとは反対の、軽い虚ろ。遠ざかる奥さんの桐下駄の音が心に響き渡るような。

私の心に今朝テレビで見た真っ青な静かな湾が広がる。この世に磐石なものなど何もありはしない。平穏に見える日常も、危うい崖に囲まれているようなものだ。季節は日々移ろうし、人の心は変わっていく。家も地面も揺れて崩れることだってある。人間のなりわいなどほんの短い、かりそめのものに違いない。

軽過ぎる買い物籠をそっと振りながらしばらく歩いて、ふと振り向くと『花野』の店のあたりに、鱗雲が一筋見えた。

定休日を挟んで三日経った昼、菜飯屋に大きなダンボールが宅急便で届いた。まさかサヤから荷物でもと、一瞬思ったけれど、送り主を見てびっくりした。歩いて十二分の所にある『花野』の主からだった。

露店が開けそうなほどの大量の野菜の底に白い封筒があって、短い手紙が入っていた。

「突然の閉店のお知らせ、誠に申し訳ありません。短いおつきあいでしたが、夏子さんのご厚誼、本当に感謝しております。菜飯屋で食べた茄子の忘れ煮も終生忘れないでしょう。故郷に帰って、本物の百姓になるつもりです。いつの日か私の作った野菜が菜飯屋で供される幸運もあるやもしれません。

本当にありがとうございました。

風鈴の音罅割れし暇乞い

『花野』主　頓首」

驚きはしたものの、どこかで納得して腑に落ちるところもあった。一夏のつきあいで、忽然と消えた『花野』。困ったとか、惜しいというよりある種の潔さを感じる。秋草に彩られた花野の幻が消えたような、青薄の風が通り抜けたような。

「槙夫さんは、気づいていたんじゃないの」

その晩、一本目の冷酒が飲み終わる頃を見計らって訊いた。数日間、厨房に残っていた鰊の匂いもやっと一掃され、槙夫がゆっくりと食べている蛸と胡瓜の酢の物の香りだけがうっすらと漂っている。

「こんなに早く閉店するなんて、思ってなかった。だけど、最初からあの奥さん、危なっかしい気がした。だって、どう見ても八百屋のおかみさんじゃないだろ」

こりっこりっとまだ若い丈夫な歯が蛸を嚙む音が聞こえる。こんな商いをしているのに、人様が物を食べる音を聞くと何だか落ち着かない気分になってくる。手持ち無沙汰に眺めていられるのも気詰まりだろうと、普段は自分の料理を食べている客の側に長くいたためしがない。

家族であったり、親しい間柄であれば、相手が咀嚼したり嚥下したりする音や、表情の変化や箸の進め方などもさりげなく見守ることが出来るのだろうが、私はいつまで経っても客の食事の音を自然に聞き流すことが出来ない。当惑や羞恥心の混じった感じをやり過ごす工夫が思いつかない。違和ともいえないような微妙な相違こそが、金銭で購う料理と、家庭の食事とのわずかだけれど、くっきりした相違なのかもしれない。

私の作った料理を槙夫が食べている。相変わらずきれいな箸使いで、意欲的ともいえる熱心さで食事をしている。この人は私より何歳くらい若いのだろう。母親と食卓を囲む時もこんなふうに満足そうに、楽しそうに食べるのだろうか。食べ続ける槙夫を眺めながら、自然に寛いでいる自分に気づいて不思議な気になる。無心に口を動かし、着々と咀嚼する。硬い歯に噛みしめられる白い蛸の肉。胡瓜の重なった薄い緑色。視線が合うかもしれない気まずさも忘れて、私は彼を見つめる。

「槙夫さんは胡瓜が好物だけど、知ってる?　胡瓜封じって何かしらね」

「ええっ、こわっ。胡瓜に魔物でもいるの」

箸を置いて、細い目をオーバーに見張って見せる。魔物が封じ込められた胡瓜を、槙夫はすでに今夏だけで二ダースは食べたことになると、私はつい笑い出してしまった。花野の奥さんの思いつきでないとしたら、胡瓜封じというのは京都にだけ伝わる風習の一つなのかもしれない。

「今まで商店街の噂話にでもなるといやだから、ずっと黙ってたけど。あの夫婦、姓が違うんだ。お袋の薬を取りにいった時、奥さんも病院にいたらしくて、受付で呼ばれた時の苗字が旦那とは違ってた」

八百屋の店には表札などないし、住いは店の奥だったから二人のプライベートな生活の様子を私はよく知らない。遅く結ばれた夫婦特有の濃やかな情は垣間見ていたものの、それもやはり店の客という視点に過ぎない。

「仲のいい夫婦だったのに。仲がよくても、どうにもならないこともあるんだな」

私は茶花を習って初めて、花野というのは単に花盛りの野という意味でも、賑やかで明るい春の花の咲く野を指すのでもなく、野分けの後の薄や萩や吾亦紅《われもこう》といったさびた秋草の野に限定する言葉だということを知った。

遅く出会った男女が郷里を離れ、小さな八百屋を営んでひっそりと暮らす。消えてから初めて、私は主夫妻が店の屋号を『花野』とした意味がわかるような気がした。

「多分奥さんは一人で京都に帰ったんだよ。八百屋だって無理なのに、百姓なんてとても出来そうもなかったしな」

遠い目つきになって、槙夫が箸を置いた。唇の端に胡瓜の緑が残っているのを見つけた時、ためらわず手を伸ばして取ろうとした自分にはっとした。かろうじて手は動かずにいたけれど、視線は槙夫の唇の端に残った。白い歯の間に噛み残した胡瓜の緑を、まるできれいな蜥蜴の尻尾でも見るように凝然と見つめずにはいられなかった。

「おとついの晩、家に帰ったら、珍しくお袋が一人でビールを飲んでた。俺が風呂に入ろうとしたら呼び止めて、突然変なことを言い出したんでびっくりした」

私の視線を迷いがちに解いて、槙夫は話の続きを始めた。

「今度、あんたがもし夏子さんに振られるようなことがあっても、平気で菜飯屋に行き続けるようでなくっちゃあ、ダメだ。それを潮に店からふっつり足が遠のくようじゃあ、おまえは根っからの意気地なしだ。振られても平気な顔して、夏子さんの作ったおかずを美味い美味いって、食い続けるくらいじゃなくちゃあ、一人前の男じゃない、なんて言うんだよ。きっと酔ってたんだな。年寄りのくせにえらい剣幕でびっくりした。女っていうのは昔のことをいつまでも忘れずにいて。執念深いもんだな」

ずっと以前に、息子がよく似た境遇の女性と恋愛結婚したものの、女の裏切りによって破綻したという過去は、母親にとって生涯の痛恨事であったのだろう。

数年後、もう若くない息子が性懲りもなく、また同じことを繰り返そうとしている。老いた母親の煩悶を思うと、行く末のことを考えもせずに、親しく寛いでいる自分がとても浅ましい生き物に思えてくる。

他人の運命や人生に、打算や思いつきで割り込んだり、軽い気持ちで関わったりしたくない。自分勝手に周囲を巻き込んで、迷惑をかけたり、打撃を与えたりしないように。大切なものを損なわずにいられたら、自分の欲や憧れは叶えられなくても仕方がない。出来れば腸を抜かれた冬瓜や南瓜のように、滋養だけを残して、血も流さず、虚ろを嘆いたりせずに、大切なものだけをひっそりと養いながら、身を処していくことは出来ないものだろうか。

まだ何か言い足りないような槙夫の視線をさりげなく逸らして、厨房の蕪汁の鍋の前に戻った。鍋が温まると、弱い火が白い蕪を優しく揺する。甘く揺すられながら、透き通っていく蕪を宥めるようにそっとすくった。


夜はずいぶん長くなった。早く暮れる分、客足も早めに切れる。帰宅が少し早まっただけで、夜が一・五倍くらいに感じられるのは、闇の色が濃くなったせいかもしれない。深まっていくしじまはいっそう心に沁みて、マンションの窓に剣のように光る月を誰かに教えてみたいような気持ちで眺めていたら、電話が鳴った。

「ドンときて、ガガッて揺れたの。グラグラなんてもんじゃない。たまげて、怖くて、すぐには動けなかった。だけど、民宿には泊まり客もいたからさあ、心配になって這って見に行った。一緒に働いてるおばさんも這ってきて、二人で抱きあって。やっとお客さんを外の広い場所に連れてった。連れてって、引き返そうと思ったら、壁とかが、いっせいに崩れた」

興奮すると切れ切れの言葉を矢継ぎ早に言う癖のあるサヤの話は、臨場感がある割りには整然としていた。怖い思いを味わっておろおろしたに違いないという私の心配は取り越し苦労だったようだ。

「もう、びっくり。だけど、なんか不思議。地面は揺れてるのに、逆にあたしは根っこがはえたみたいに落ち着いちゃって。自分がしなけりゃあならないことが、はっきりわかったし、変なバカ力が湧いてきたんだ」

幸いなことに、地震当初の報道より被災地の被害も少なくて済んだらしい。ガスや電気、水道といったライフラインも三日後にはほぼ復旧して、避難生活も長引かずに済みそうだという。

「行ってあげたいけど。店があるからそうもいかないし。何か出来ることはない？　必要なものがあったら言って。急いで送るから」

意外なことに、話を聞けば聞くほど心配が募る私より、サヤのほうが冷静で「じゃあ、お言葉に甘えて」などと大人びた口調で、箇条書きにしていたらしいメモを電話口でゆっくりと読み上げた。

「よろしくお願いします。おかみさん、島はね、またふらふらし始めたあたしを、強烈パンチで怒ったんだよ、きっと。すっごい怒り方。お母さんや、おかみさんの千倍くらいのド迫力。はっはっ」

サヤの笑いは今度こそ本当に、竹林を渡る風のように涼やかで明るかった。

＊

水江と旅へ出る朝方、激しい雨音で目が覚めた。

「ああ、そう言えば私はずっと雨女だった」

半分眠りながらベッドの中で雨音に耳を傾けた。天候の悪さを憂えることもなく、むしろ癒され、優しく慰撫されるような気分だった。思い起こせば、遠足の日も運動会も、成人式も、結婚式の日も雨だった。あるいは私が生まれた日も雨が降っていたのかもしれない。

朝食を済ませた頃には雨は止んで薄日がさし始めた。二泊三日の旅にしては入念過ぎるほどの旅支度を終えて、マンションを出たのは電車の時刻の二時間も前だった。

一旦出てしまうと足は自然と菜飯屋に向かった。定休日を挟んでたった四日の休みにも拘わらず、しばらくは戻れないような気持ちになって、丁寧に店内を点検した。

昨日のうちにすっかり掃除され、活けてあった花すら処分した店を改めて見回すと、人の声は勿論火や水の動く気配もなく、食べ物の匂いもしない閑寂は永い別れを予告しているようで胸に沁みた。

待ち人が来なかったように、後ろ髪を引かれながらゆっくり鍵をかける。いつもの仕入れバッグに比べればよほど軽い荷物を提げて、私はシャッターの下りている商店街をゆっくり通り抜けた。

午前六時十分、営業三時間前の「坂下豆腐店」は蛍光灯の青白い光を、豆腐数丁ほどのささやかさで路地に拡げている。

灯りは早朝の薄日と溶けあって漏れてくるものの、店にはまだ硝子戸の裏側から半分カーテンが引かれている。売るのは商い、作るのが仕事の豆腐屋は朝こそが正念場だといつか槙夫が言っていた。店の中で彼は一日で一番忙しい時を過ごしているに違いない。

店内から外を眺める暇などないはずだからと、引き戸近くまで寄ってみると微かに豆を煮る匂いがする。十二時間浸水された豆は丁寧に磨り潰されて、もう釜の中で煮えているのだろうか。槙夫が使い慣れた櫂で何度となく大釜の中身を混ぜている頃かもしれない。

「大体六時半頃だな。たまには出来たてほやほやの豆乳が欲しくて、商店街のおばさんが買いにきたりするよ。寝惚け眼で、がんもどきみたいな皺々の顔してさ」

いつだったか私が豆乳雑炊を献立に入れたくて訊ねた時に、そんな話をしてくれたことを思い出す。

高温の液体が豆乳とおからに分かれて出てくると、目の細かい布で丹念に濾した後、豆乳に何度かにがりを打ち、固まるまで二時間。その手順も段取りもいっぺんにではなく、槙夫が酔って口にする言葉を繋げて覚えた。

「木綿の次には絹。出来具合を見てから、厚揚げやがんも、油揚げなんか作り出すから、店を開けるまではお袋と二人、ゆっくり朝飯を食べてるひまもない。味噌汁に飯入れてかっこむだけ、なんてしょっちゅうだ」

思わず身を乗り出していたら、カーテンの隙間から槙夫の作業着姿がちらりと見えた気がして、私はそっとガラス戸から離れた。少しずつ通行人が増えてきている。商店街の誰かに見られて、旅支度をした女が店の中を窺っていたなどと人騒がせな噂が立たないとも限らない。

「行ってきます」

坂下豆腐店を立ち去る時、当たり前のように口から出た言葉に、私自身が少し驚いた。初秋の朝に、菜飯屋の夏子という女とさりげなくすれ違ったような、さらりと離れたようなそんな気がした。


一度は見送るつもりになっていた雨が、名残が尽きないというふうに時折り姿を現し、仙台に着く間際に、同行を決意したような本降りになって追い着いてきた。

仙台の新幹線のホームに、水江は天候に合わせたような薄い水色の上着を着て立っていた。

「おはようございます」

「おはよう。降り出してしまったわね」

水江はむしろ嬉しそうに窓を見て言った。荷物を網棚に乗せ、寛いだ様子で上着を脱ぐと中にも同じアクアブルーの薄いニットを着ている。

「秋雨って、梅雨みたいに長引くこともあるんでしょ」

「そうね。秋霖とか秋黴雨とか言うから。でも、いつだって私は名前のせいで水に縁が深いのよ」

昔から水江はこんなふうに会話に上手に季語を取り入れていたのだろうが、俳句にも季語にも見識のなかった私は、きっとぼんやり聞き逃していたのだろう。以前なら、秋の黴の雨と書いて、あきついりと読むことなどまったくわからなかったに違いない。

「雨女二人の道中を歓迎して東北は大荒れだよって、夫が笑いながら見送ってくれたわ」

水江はまた微笑んだ。出会ってしばらくは決まって嬉しそうな表情を変えない。彼女と会うと、楽しい気分というのはこんなふうに醸していくのだと気づかせられる。

「どうせまだ三時間くらいこのまま乗るんでしょ」

「ええ。秋田で乗り継いで、弘前に着くまでまた二時間」

「長旅ね。雨も入れて同行三人ってことかしら」

予想通り盛岡に近づくにつれて雨脚は激しさを増し、車窓にまで雨滴が走るようになった。これほどの悪天候にも拘わらず、光景が陰鬱にならないのは車窓に連なる金色の稲田のせいに違いない。

ほどなく車内の掲示板に、大雨のため到着に遅れが出ているというテロップが流れ始めた。

花巻から電車も止まり、八戸から青森の区間で運転を見合わせているというアナウンスも聞こえてきた。隣席の水江は何も気づかず、眠っているか眠ろうとしているかに見えた。半白の頭を傾げて自然に肩を落としている。雨の日は赤ん坊はとりわけよく眠ると言う話を聞いたことがあるけれど、あるいは老年にさしかかった人も同じなのかもしれない。

見つめている視線に気づいたらしく、「いい気持ちねえ」と目を開けないままで言った。返事のいらない独り言のようだった。

ちょうど水嵩の増した泥色の川を渡っている時だったので、私はその長閑な言葉に頷けないまま黙っていた。怯むほどではないが、大荒れらしい見知らぬ土地に向かっている今の状況が、暢気に「いい気持ちねえ」という気分でないことは確かだった。

「栃木にいろいろ雨のたましいもいたり」

水江はのんびりした声で私の知らない句を口にした。彼女の瞼には濁流の川も風に薙ぎ倒された稲田も見えず、ただ緑色の雨滴に包まれた静けさだけがあるのかもしれない。

盛岡で私たちの乗ってきた新幹線は切り離されることになっている。『こまち』と『はやて』に分かれる列車は当然のことだけれど、行く先が変わる。

『はやて』は八戸へ、『こまち』は次に雫石に停まります、というアナウンスがあると、「しずくいしだって、雨はますます降るでしょうねえ」と水江は可笑しそうに言った。

水煙に煙る町に鼠色の橋が見え、雨滴に囲まれた車窓が突堤のようなホームを離れる。アクアブルーのセーターに身を包んだ水江が、過ぎ去る雨の町を振り返って言った。

「私が今度の旅で一番何がしたかったか、当ててみて?」

「何かしら。温泉? 初秋の日本海。新鮮な魚をいっぱい食べることじゃない」

「みんなはずれ。私ね、どこまでもどこまでも電車に乗って、見飽きて、うんざりするほどいつまでも車窓を眺めてみたかった。いつの間にか眠ってしまって、目を覚ましてもまだ電車に乗ってる。ずっと、ずっと。見ても見なくてもいい景色が途切れることなく流れ続けている。どこへ着いても、着かなくてもいい。そんな旅にずっと憧れていたの」

「だけど水江さん、乗っているだけで満足なら、一人旅の方が気楽でしょ」

水江は私の言葉にすぐには答えず、満足そうに車窓を眺め、再び話を続けた。

「でもいくつになっても女一人って、多少は身構えてしまったりするでしょ。二人の方が周囲に溶け込みやすいし、周りもほおっておいてくれる。気安い人が側にいるほうが、ずっと自然に寛げて、居心地がいいものよ」

水江の言っている言葉も意味も、納得する間もなくすーっと胸に浸透していく。

「こんなふうに漠然と、怠惰に、無力に運ばれていく。だって、旅の途中だったら日常生活も現実の時間もない。どこにも属してもいないから、自我なんてものも、ほんのちょっぴりですむ気がする」

水江の口から怠惰とか、無力という言葉を聞くのは意外な気がした。常日頃、彼女ほど意欲的で前向きな人はいないと思っていた。いつもきちんと自己を律し、目的を持ち、フル稼働しながら、前進している姿ばかりずっと見てきた。

盛岡を過ぎて、『はやて』と別れると、いっそう遅滞は深刻になってきた。水浸しの野で電車が停まってしまうと、私たちは窓から身を乗り出すように浸水したような道や畑や土手を眺めた。人家すれすれの位置にまで迫った小川は、道と野の境界も消し去り、草地も藪も巻き込みながら勢いを増している。

「紫苑の花が根こそぎ流れていく」

「道路もあちこち冠水してるみたいね」

電車は『こまち』だけの短い車輌になってから、特急とは思えないローカル線並みの速度で動いてはすぐに停まってしまう。そのたびに私たちは女学生のように肩を寄せて窓外の景色に見入った。

「桜は紅葉が始まってる」

「他の木も薄紅葉ね。東京よりは二十日、仙台より十日は秋が早いかもしれない」

水江と私がお喋りを続けている間も、大雨による支障が次々と報じられて車内は徐々に緊迫していく気配だった。

「えっ。奥羽線が運転を見合わせているって。秋田に着いても、弘前には行けないってことかしら」

「暴風は吹き荒れても行き過ぎてしまうのも早いけど、集中豪雨っていうのは、復旧が遅れるんじゃないかな。増水は怖い。白神山脈から溢れた水がどんどん合流するでしょうし」

私たちも遅ればせながら、少し心配になってきた。

「でも秋田ってすごく大きな街よ。ホテルだっていっぱいあるし、バス路線も充実してるでしょうから。どこかへは行ける。行けなくても、芭蕉の時代みたいに屋根のない所で眠るなんてことにはならないわよ」

心細そうな私を慰めるように水江が言った。

「角館を過ぎて、大分走ったからじき秋田よ。大丈夫、どうにかなるわ」

水江の予告通り、雨滴におおわれた車窓には都会らしい灰色のビルの影が増え始めた。

「行き先は弘前ですか。困りましたねえ。リゾート白神が一本あるにはありますが、弘前まで行き着けるかどうか。全席指定ですからお乗りになるのだったら、急いで下さい。後五分ほどで出発です」

ごった返す秋田駅構内で、私と水江がやっと手に入れることの出来たリゾート白神の切符は、計画では明日乗るはずの五能線で、日本海沿いをぐるりと迂回する路線だった。

「別々の席しかないけれど、わがままを言っている場合じゃないわね。あの混みようでは、市内のホテルだって空きがないかもしれないし。行けるところまで行きましょうか」

相変わらず水江の行動には迷いがない。さっさと手に入れた『ハタハタ弁当』を軽く振りながら、まったく気落ちしていない表情で言った。

通路を隔て斜向かいの席に私たちが腰を落ち着けた途端、リゾート白神は篠つくホームを静かに離れた。あまりの悪天候に客はみなはしゃぐ様子もなく、旅支度で満席の車内はむしろ心配そうなひそひそ声で埋まっている。

「駅で聞いた話だけど、青森はもっと深刻らしい。在来線はほとんどみんな不通だってさ」

私の隣に座っていた登山者ふうの男性が、声をひそめて話しかけてきた。

「リゾート白神は海岸線をすれすれに走るから風光明媚で観光客に人気だけど、乗客はただ景色だけを楽しむために乗るわけじゃない。電車なんだから、目的地まで着かなかったら意味がない。そうでしょう」

相客の言葉に、斜向かいの席に座っている水江の横顔が微かに笑ったようだった。

「あっ、次の駅で方向が変わるって。椅子を回しましょう。運がいい。今度はあんたが窓際だ。といっても、名物の夕映えはとてもじゃないけど、見えそうもないね」

雨だけではなく、乗客の不安をかきたてるように風も勢いを増してきている。木々は梢を大きく揺すり、草は薙ぎ倒され、海岸線を走るライトをつけた車は一様に速度を落として徐行運転をしている。

「まだ三時半だっていうのに、まるっきり夕方みたいだ。おたくはどこまで行くの。俺はもう少ししたら降りるけど」

「弘前まで。でもこの分だと定刻には着きそうもないですね」

「定刻どころか。途中で車中一泊ってことにならなきゃあいいけど」

最悪の予想に不安になった私がちらっと水江の方を見ると、新幹線の時と同様、彼女は眠りという曖昧な紗で周囲を遮蔽して身動きもしない。

相客の言葉を裏づけるように電車はふいに停まった。葛の葉がうねるように崖を覆い、土手の下には蒲の穂が杭のように並んで立つだけの、荒涼とした風景が広がっている。

「俺は北海道の海辺の町に住んでいるけど、短い秋が終わるとずっとこんなふうでね。海が澄んで機嫌のいい時なんか滅多にない。だから一度テレビで見た浄土ヶ浜っていう極楽みたいな静かな海に憧れて。今度の旅でやっと願いが叶った」

ふと見ると水江が目覚めていて、最前とは打って変わった面持ちで、まっすぐ目を空に据えている。一体彼女は私たちの会話の何にそんなに興味を持ったのだろう。

「ほら、デジカメで写してきた。これが浄土ヶ浜。きれいでしょう。海は鏡のようにまっ平らで、この岩と緑。まったくこの世のものじゃないみたいだ」

電車はやっと動き出したかと思うと、あっという間にトンネルに入った。車窓には束の間の闇がかぶさり、抜けるとすぐに雨しぶきの海が再び現れる。その刹那、車窓に深水の顔が見えた気がした。深水も北海道の生まれだと言っていた。彼の故郷の小樽の町も、隣の男の言うような、そんな海辺の町なのだろうか。

「この先には不老不死温泉がある。海に突き出た黄色い湯の温泉だっていう話ですよ。せっかくだから、行かれてみたらどうですか」

車内販売のワゴン車を呼び止めて缶ビールを飲むと、客はいっそう磊落に話を続けた。一人旅の無聊を行きずりの客とのお喋りで紛らわすのが習癖になっているのかもしれない。

山肌にへばりつくように白い花が群れているが、それが野紺菊なのか、イタドリなのかも判別出来ない。車輌はほとんど海底を進むような水しぶきに包まれている。電車の進行状況も不安には違いないが、それ以上に私は水江の普段とは違う様子が気にかかっていた。私のよく知っている彼女は、気さくにお喋りを楽しみ、話の中心になっていく社交性を持ち合わせている。それが今日はほとんど自分の殻に閉じ籠もるように黙っていることが多い。私たちの会話の内容が逐一聞こえる場所にいても、一向に話に加わって来る気配もない。

「ほら、ほら、リゾート白神のパンフレットに映っている景色はちょうどここだよ。こんな天気じゃあ夕映えどころか、海岸線もろくすっぽ見えないけど。波が高くなって、波兎があんなに跳んでる」

「波兎？」

「あの白い波のことだよ。白い兎が耳を立てて跳んでるように見えるだろ。本州じゃあそう言わないのかな。俺たちはよく釣りをする時に、今日は波兎が跳んでるからよそうっていうけど」

まるで私に波兎をとっくり見物させるかのように、電車はまた停まった。話の内容を伝えようと水江を見ると、やはり眠りのポーズのまま身じろぎもしない。海辺の町で育った彼女は嵐の海も白い波も見飽きているのかもしれない。

「勝手にお喋りをしちゃったけど、おかげで楽しかった。俺はここで降りるから、道中気をつけて」

水色に煙る運河のようなホームに電車が停まると、相客は帽子をかぶり直して降りて行った。男に続いて、水江の隣の客も降りた。あまりたびたび途中停車をするので気づかなかったけれど、車内は確実に空いてきていて、車輛に乗客は半分ほどしか残っていない。

「こんな嵐の駅に降りて、みんなどこへ行くのかしら」

隣の席に移ってきた水江が、見知らぬ人のような声で言った。

「集中豪雨のため、電車は定刻より一時間四十分遅れて、間もなく弘前の駅に到着します」

アナウンスを聞いたのは、ハタハタ弁当を食べ終わった私たちが、それぞれの眠りをそれぞれの形で切れ切れに味わった大分後のことだった。

やっと着いた駅もまた旅の果てのような雨の中にあった。

私たちの乗ってきた電車が結局最後の電車になったらしく、駅舎には立ち往生を余儀なくされた客が溢れていた。すでに秋田を過ぎてから六時間、東京からの時間を加えたら合計十時間車内で過ごしたことになる。仮眠した時間は多少あるけれど、さすがに乗り疲れて、私たちは目的地に着いた時は口をきく元気もなくしていた。

二泊の旅ならば、一泊目は効率的で利便性に優れたホテルにしようという水江のプランがどれほど有難かったことだろう。駅から徒歩一分というホテルの暖かい一室に落ち着くと、「軽い食事をして、入浴して、明日の予定も、電車の不通も、天候も、みんな忘れて速やかに眠ろう」という水江の提案に否やはなかった。

眠ってからも、雨は夢の中にまで追いかけてきた。

私と水江らしい老女が二人、草紅葉の上に寝かされている。周りは露とも霧時雨ともわからないきらきら光る水滴でいっぱいなのに、濡れても湿ってもいないのは、ホテルの乾いて硬いほどのシーツのせいなのかもしれない。

「ここはどこ?」

寝かされたまま、私は隣に横たわっている水江らしい老女に訊ねる。

「浄土じゃないの」

少しからかうような答えが返ってくる。

「じゃあ私たち、死んだのね」

驚きも悲しさもなく落ち着いて言えるのは、隣にいるのが水江だとわかっているからだ。

「何言ってるの。生きているから、こうして話しているんじゃない。ここは浄土ヶ浜よ」

私は納得して、再び深く眠り込むらしい。

「そうよ、なっちゃん。二人で上手に心を合わせて眠れば、この島は動くのよ」

雨の音で目が覚めた。

「まだ降り続けているのね。雨音がしてるもの」

寝間着姿のまま、窓辺に立っている水江に話しかけた。

「雨音? それほどでもないわ。霧雨よ」

長いこと水の気配に包まれて眠っていたから、身体からまだ雨音が抜けず、時間の輪郭さえ滲んでぼやけてきている。

「食事をして熱いコーヒーを飲んでから、駅に様子を見に行こう。電車はまだ動いていないかもしれない」

私たちの心配が杞憂でなかったことは、弘前の駅前に行っただけでわかった。盛岡へ行くバスには長蛇の列が出来、駅舎から出てくる旅行客は朝だというのに、みな揃って疲れきった表情を浮かべている。

切符売り場は払い戻しを求める人や、交通手段を相談する人でごった返していた。改札の前には、出発予定の電車に不通を告げるバツ印が並んでいる。

「電車の復旧は遅れているみたいね」

それほどがっかりした様子もなく水江が軽く頭を振った。

津軽の小京都と呼ばれている弘前は多数の禅寺や、歴史的な建造物も多く、ねぷた祭りのねぷた絵や凧絵なども展示していて見所も多い。

私たちは気儘にバスに乗ったり、思いついた所で降りて、地図を見ながら探検したりと、豪雨の影響で足止めされていることなど忘れて、計画通りの観光をして過ごした。林檎の直営店を覗いたり、名産の小布刺《こぎんさ》しの工房で見学がてら、おみやげを買ったり、名物料理を食べたりして散策を楽しんだ。

しかし観光の白眉はやはり広大な弘前城である。正門から入って、枝垂れ桜の始まったばかりの紅葉を見ながら松林を抜け、外掘に残る破れ蓮見物をした。追手門を出ると、また小雨が降り出していた。城内見物をしているうちにすっかり方向感覚が狂ったらしく、バス通りも、帰途に立ち寄るつもりだった古風な喫茶店のあった路地もどうしても見つからない。

「伝統的建造物保存地区って、何かしら」

人気のない道を当てもなくを歩き出したものの、そこはどの町にもあるような静かな住宅地で、道を訊ねようにも店舗はおろか、人っ子一人見当たらない。

「書割りの裏側に来ちゃったみたい」

「ほんとに。でも静かで気持ちのいい通りね」

黒塀の続く外観は確かに伝統的建造物の構えだが、門も植栽も玄関も適当に生活の匂いを残しながら古びて、落ち着いた田舎町の佇まいである。

「窓は普通のサッシで、玄関の脇に車庫があったり、自転車が置いてあったり、盆栽が並んでる。普段着の家の佇まいね」

立派な黒松の傍に芙蓉が咲き残り、石榴や無花果といった果樹が実をつけている。空は明るくなったり、ふいに小雨がぱらついたりした。私たちは傘をさしたりつぼめたりして買い物に出た主婦が、寄り道をしているように歩き続けた。

「新幹線に乗って遥か遠くの町まで来て、こんなふうに普通の、それでいて時間が止まったみたいな路地を当てもなく歩いていると、懐かしいけど、心細いような。自分の内側を辿って行き暮れたみたいで。ちょっとせつないね」

一軒の家の前でぱたりと立ち止まった水江の言葉に驚いて、私も傘の下からその家を覗き込んだ。白木蓮の木と、珊瑚樹の垣根。落葉の散らかった車庫があって、六角形に張り出した出窓は風雨に晒されている。雨に傾いた萩の一株が見えるその家は、一年前に私が見た水江の家によく似ていた。

彼女の俳句の師であった関口が入院して間もなく、突然連絡がつかなくなったことを心配して、久しぶりに訪ねた水江の家。あの時に「この家はずいぶん前から空っぽで、ここからはもう何も生まれない。何も育まない形骸だけになっている」と直感したことを鮮やかに思い出した。

水江が「懐かしく、心細く、せつない」と思って見つめているのは、東京に残してきた自分の家なのではあるまいか。「こんな遠い見知らぬ町の片隅にも、私の家とよく似た家がある」

と水江は立ち止まらずにいられなかったのかもしれない。

二泊目の予約をしてあった旅館の主が迎えにきてくれたマイクロバスで向かった先は、稲田が延々と続く山裾の郊外だった。

「昔はもっと民宿もあったんですけど、不便な所ですからお客さんも少なくなってしまいました。海は遠いし、観光名所もない。今じゃあ、旅館を続けているのは、うちともう一軒ほどです」

民宿を始める前、仙台の会社に勤めていたというまだ四十代らしい主は、訛りのない言葉で、恬淡とした口調で話した。

「もともと連れ合いの実家だった古民家を、そこに住んでた年寄りごと引き取って始めた宿でして。まっ、半宿半農ってところですね」

観光案内にも載っていない一日一組の宿を、水江は仙台で個人教授をしている茶花の生徒に教えてもらったのだという。

稲田に引く堀の水は溢れて、あちこちの道を水浸しにしているけれど、他にはさして大雨の影響のない田野を眺めていると、地震の被害にあったサヤのいる島のことなどが思われた。やっと居場所を得た彼女は、これからそこでどんな人生を送ることになるのだろう。

「どうぞ。着きました。田舎の一軒家でびっくりしたでしょう」

車から降りると、少し高台になった場所に二棟の家が並んでいるが、確かに見渡す限り他に人家は見当たらない。曇天の厚い雲に遮られた岩木山らしい山がうっすらと霞んでいる。

古民家の土間には大きな信楽の壺にガマズミの枝と小菊が無造作に活けられていて、何かが燻されているような匂いが漂っている。

夏は涼しいだろうが冬はさぞかし寒さの厳しそうな、簡素でそっけないほど広い座敷に通された。ほどなくエプロンをかけた奥さんが、お茶と落雁と漬物の小皿を乗せた盆を置いて、恥ずかしそうに挨拶をした。

「うちで作ったいぶりがっこで。お口に合いますかどうか」

「ごゆっくり」とお辞儀をして、その後はどんな案内もなく、ただ水江と広い座敷にほおっておかれた。

「この宿を紹介してくれた人は旅館の女将なの。だから時々サービスするのも、されるのもつくづくイヤになるんだって。ここの御馳走の一つはまったく構わないでほおっておかれることって言ってた」

今日一日は私たちの貸切だから、どこへ行こうと勝手気儘だと水江が言うので、奥の間まで行き、水回りや廊下、居間の隅の急な階段を上ってみたりした。一周して戻ってくると、水江はぼんやりと庭を見ていた。

「向こうに見える小さな離れがきっとお風呂ね。道がぬかっているから足元が明るいうちに入ったほうがいい。私はちょっと疲れたから、一眠りするわ」

やっぱり齢かしらね。水江らしからぬ独り言を呟くと、外廊下に置かれたカウチ風の椅子に寄りかかって目を閉じた。

畑から戻ってきた主に入浴したいと告げると、「いつでもどうぞ」と風呂場の鍵を渡され、庭履きの下駄を出してくれた。昨日の雨で地面こそ濡れているものの、コスモスが丈高く咲き群れて、庭は花野の趣きを残している。柿の木の下に立つと木の葉のいい匂いがした。

簡素で清潔な風呂場の作り同様、温泉の質も無色無臭でさらりとしている。昨日電車で乗り合わせた客から聞いた「海に突き出た不老不死温泉の黄色の湯」のことなど思い出しながら、久しぶりに大きな湯殿で寛いだ。

裸になって、装ったり鎧ったりしたものを自然に脱いだ後だからこそ、水や湯は人の内部を潤びさせるのに効果があるのだろう。湯の中で存分に手脚を伸ばしていると、自分がいつの間にか丸二日一緒にいた水江の変化について考えていることに気づかされる。

私たちが出会った頃、彼女は今の私とだいたい同じ歳だった。舅と夫と息子の四人家族。自分以外は男ばかりの所帯の主婦として、八面六臂の多忙な生活を送っていた。やがて舅が亡くなり、数年後には一人息子が独立して、夫婦二人きりになった。傾倒していた俳句の世界では師と慕う関口との出会いがあり、別れがあった。関口との交情と前後して、夫は仙台に単身赴任し、今でも東京を往復する半分別居の日々が続いている。

女盛りと言っていい時代から、初老に至る歳月にはさまざまな変化があったにも拘わらず、水江が私にとってまったく変わらない存在で在り続けた事実の特異さに私はずっと気づかずにきた。それはきっと、私のほうが無条件に水江に依存してきたからなのだろう。「何かあったら、水江さんに」という一方的な甘えが、親族にも劣らない磐石さで、私たちの関係を支えていた。けれど、と私は軽い身じろぎをするたびに、雨音が零れるような錯覚を覚えながらぼんやりと考え続ける。今度の旅で私たちの関係は少し変わるのではないか。少なくとも、水江はその変化の一端をもう垣間見せているのではあるまいか。

車窓に凭れていた水江の、微かに老いを滲ませた横顔。薄く眼を閉じた眠りの姿勢に閉じ込めた、忘我の気配。行きずりの気儘な交流から距離をおいていた孤愁。

今度の旅では日頃見せない彼女の一面をずいぶん見たような気がする。彼女のほうもどこかでそんな変化を、私に自然に受け入れさせようとしていた気もする。

水の仮面。水の鎧。風呂からあがって広い浴室の鏡の前に立った時、ふとそんな言葉が胸に浮かんだ。「水江さん」と親しく呼んで正面を見据えたら、仮面がずれて、そこから今までの彼女とはまったく違った表情が覗くのではないか。薄青い水がゆっくりと沁み出してくるように、見知らぬ女の存在がはみだしてきはしないだろうか。

畝を決壊させた泥と水。野と川の境をなくす野川。新しい時の流れを組成するために、水江は一時そんなふうに内側と外容を溢れさせているのかもしれないと思ったりした。

その夜の夕食は山海の豪華絢爛な御馳走ではないにしろ、吟味された食材を丁寧に調理してあって期待以上のものだった。特に宿の姑の手作りの漬物の見事さには驚嘆した。七種類ほどもあったろうか。塩加減や酢の加減、野菜の歯ごたえの微妙なバリエーションは、そのまま素材を作り育て、収穫した人でなくては思いつかないような、工夫と知恵が生かされていた。ごく当たり前の日常の糧として、衒いも奢りもない素朴な滋味。上質な食材だけを厳選し、客の嗜好を叶えるために手間もお金も惜しまない料理とは、まったく対極の素朴さと豊かさが溢れていた。

野菜や米は言うに及ばず、小麦や蕎麦を育て、風干しの鮎も山女も、数々の茸料理もみな家族総出で収穫し、楽しみながら加工するのだという。

「大雨で道路が切断されることもあるし、雪に降り込められたりもする。陸の孤島にいるようなもんだから、自然に自給自足の用心と気儘さが身について」

訥々と語られる言葉と共に具される料理は、無造作に並べられたようでいて、味の強弱や調味料の種類に工夫を凝らしていることがすぐにわかる。都会の片隅で価格や素材や旬などにありったけの知恵を絞り、世知辛い工夫をしている自分の日常の乏しさがやるせなく思い出されてしまう夕餐であった。

「野菜が採れて食べきれんから、漬物にしたり干したりする。米に向かない農地もあるから、蕎麦も作る。周りには栗も柿の木も、梅林もある。一年中、食いもんには不自由しない分、春夏秋冬畑仕事に追っかけられてるだけで。今も昔もちっとも変わらん」

日に焼けた顔をほころばせて、老夫婦は代わる代わるに言葉を継いだ。

「じっちゃんと釣った魚だ」

「夏休みはおかあちゃんといろんなジャム作る」

二人の子どもたちが大人の話を元気よく補足したり、遮ったりする。自慢するほどの腕ではないと照れる奥さんは、それでも上手に水を向けると、農協や産直センターに頼まれて保存食の講習会をしていることを恥ずかしそうに打ち明けたりした。

猿梨の果実酒から始まった夕食は一時間半に及んだ。

炉辺風に切った囲炉裏には蕎麦団子入りの比内地鶏の鍋が掛けられ、湯気と味噌の匂いが部屋を満たす。

「火はこのまま自然に消えるから。鍋の始末は心配しないで休んで下さい」

従業員である家族全員、子どもと年嵩の者から順々に「おやすみなさい」と挨拶して、隣家に引き揚げる。

「まるで昔がたりの民話のように、上手に次々といなくなっちゃった」

私たちは食べ過ぎたお腹をさすりながら、ほろ酔いの顔で笑いあった。テレビで天気予報を見終わると、まだ九時だと言うのに何もすることがない。音楽もビデオもないし、散歩をしようにも無月の戸外は真の闇である。食事時の囲炉裏のぬくみも消えると、東北の夜はすでに秋とも言えない冷気に支配される。

「一晩寝たらもう帰るのね。また長々と電車に乗って」

広い座敷に少し離れて敷かれた布団の中から、水江のくぐもった声がした。

「雨と電車。電車と雨。明日も降るみたいだし、おかしな旅になっちゃったわね」

私たちの会話はつきあいが始まって以来、だいたい水江が七分、私が三分の受け持ちだったから、返答もあまり急がない癖がついてしまっている。

「私もあなたも姉妹がないから、しみじみ女同士で寝物語や打ち明け話をする機会もないまま、この齢になっちゃった。家族旅行は主婦業の続きでのんびり出来ない。俳友との吟行や、お茶仲間との旅は師弟関係みたいなものがあるし、夜はほんとに休眠のためだけで過ぎてしまうでしょ」

布団の中で頷くだけで、充分受け答えをした気分になっている。

「なっちゃん、疲れた？　もう眠い？」

「ううん、まだ十時でしょ。普段なら店を閉めたばっかりだもの」

薄く目を瞑って菜飯屋の閉店後の夜を思い出そうとしてもなかなかうまくいかない。日常というものは、こんなにも剥がれやすいものなのかと唖然とするほど、普段の生活の手ごたえをいつの間にか失くしてしまっている。

「帰ったらどうなるんだろうって思うくらい。東京も、現実も遠いのに。こうしているのが頼りなくて不安なわけじゃない。変ね」

「旅って変なものよ。だからいいのね」

水浸しの野を肩を寄せて覗き込んだり、知らない町を一緒に歩いた。格別変とも不思議とも思わず楽しんだ二泊の旅を思い浮かべながら、寝具にくるまれて会話の続きを待っている。

「だけどせっかく遠くに来たんだから、最終日に是非行きたいところがあったらリクエストして。こんな天気だけど、電車が復旧すれば象潟へ行けるかもしれない。俳句を始めると、一度は憧れるんじゃないかしら。象潟や雨に西施が合歓の花。ストイックな芭蕉にしては、珍しいロマンチックな句の所縁の土地だから」

「水江さんは行ったことがあるの」

「ないのよ。関口さんは若い時分に行って。寂しいけど、まだ芭蕉の魂が漂っているような気がしたって、言ってたわ」

関口の口伝だけで充分なのだろう。あっさりとこだわりのない口調で水江が答えた。布団の中で話しをしながら、平たく横たわっているだけで身体が少し浮いてくるような、手足の先から淡くなるような心もとなさが増してくる。言葉を交わしている時だけ、櫂を引き寄せて行く先を手繰るように、目を見開く。

「水江さんこそ、行きたい場所があるんじゃないの。例えば浄土ヶ浜とか」

リゾート白神の車中で、相客が浄土ヶ浜の話をすると、斜向かいの席で眠ったふりをしていた水江がその時だけ顔を上げて、目を空に据えたことを思い出して訊いてみた。

「浄土ヶ浜？　ああ、この世のものとは思えないほど静止した美しい浜のことね。あの時はちょっとした私の聞き間違い。うとうとしていたから、聞こえた気がしたのよ。雨水浄土って」

「うすいじょうど？」

今朝の夢が突然蘇った。露と霧の気配に包まれて草紅葉の島に寝かされていた私たち。水江の言う雨水浄土とは、現世の陸から遠く隔たり、波に漂う浮島のような場所のことなのだろうか。彼岸でも此岸でもなく、記憶の潮に流され漂って、眠りと覚醒の間をたゆたう頼りない自我の領土のことであろうか。

「雨水浄土って聞こえた時、ああ、なるほど、そういうことだったのか。やっとここまで来たんだなって思ったわけ」

水江の言葉の真の意味は不明だったけれど、すうっと息を吐くだけで黙っていた。心を合わせて眠らなければこの島は動かないと言った、今朝の夢の忠告を思い出していたのかもしれない。

「私となっちゃんは十二歳違うでしょ。十二、三年っていうのは一つの節目だって気がする。生れてから十三、四歳でなんとなく自我が確立する。青春の門をくぐって、二十代の終わりになると最初の行き止まりだか、切岸があって一旦立ち止まる。昔と今、未来を俯瞰しようとする。三十代からの十数年かけて、社会や家族の中で自分の位置を確保して。それじゃあ後は滑らかに下降するかと思うと、まだまだしばらくはジタバタしちゃう。だけど私くらいの歳になると、突然今までまったく想像も出来なかった境地にすーっと出ているってこともあるのよ」

私自身は二十代の半ばで恋愛をして結婚し、離婚した時は四十を過ぎていた。若さというものをお骨に納めるようにして、菜飯屋を始めた。諦めや達観の境地には遠いけれど、時折りやっと、少し展望のいい場所に来たと感じる時もある。

息をすうっと吐く。長く吐いて、ゆっくり吸うと水と草の気配が肺に満ちてくる。目を瞑って、無音の闇に添うようにしていると、舟もなく、櫂もなく、私たちの気配だけが見えない雨水浄土に浮かんでいるような気になってくる。

「目を瞑った時に見える最初の色がその人の魂の色だ、っていう詩を昔読んだことがあるけど。あなたが離婚して店を始めた頃からずっと、私は眠る間際に決まって菜飯屋を見た。まるで就眠儀式。もし私がなっちゃんだったら。菜飯屋の夏子で、一人でいろんな人と出会ったり別れたりしながら、生きているのだとしたらと、夢想せずにはいられなかった」

眠りの水に真水が入り込むように、ひとすじ睡魔が紛れ込んでくる。睡魔特有の漠然とした錯誤の種と無意識とが合体して、私に一つの想念を抱かせる。菜飯屋の夏子は、あるいは水江だったのかもしれない、と。

名前も自我もひどく淡い。どんどん薄められていく。

「羨ましいっていうより、もっと切実にそんな仮想に縋りついていた長い歳月があったの」

私は寝返りを打って、暗闇の中で水江の横顔を捜した。水の鎧、水の仮面という言葉がふいに思い出された。

「どこにでもある家庭の話なんだけど。結婚当初の舅との軋轢が、介護に入ってからはどんどん深刻になってね。無期懲役みたいに思えた。夫は無関心の砦に閉じこもっているか、姑みたいに私を監視し、採点するような目で見ている。義務感と自己嫌悪でいっぱいなのに、私は呪っているものを、懸命に守るふりを続けるしかなかった。自己呪縛ね」

打ち明けられれば合点がいくことばかりだった。一直線に感情が切り結んで、その構造がすぐに相手にも透けてみえるような生活がマンションという箱に喩えられるとしたら、水江の入り組んで複雑に畳まれた愛憎の在りようは、やはりあの堂々とした空っぽの大きな家に象徴されるのかもしれない。

「我慢して意地を通そうとすればするほど逃げ場がなくなって、私は疎外感に少しずつ追い詰められていったの」

感情という内容がなくなれば単純に機能を失って、空の箱に還るマンションと違い、一軒の家には客間があり、寝室があり、廊下がある。あちこちに開いた窓がある。外には堅牢に見せていても、内側は腐りやすく、淀みやすいものが複雑に入り組んでいる。家のあちこちに冷たい薄氷が張っているような暮らしもあるのかもしれない。

「内と外って、どんどん乖離が深刻になっていっても、けっこう持ちこたえるものよ。家も心もおんなじ」

私は今日二人で歩いてきた『伝統建造物保存地区』の古い家並みと静か過ぎる道を思い出し

ていた。「懐かしくて、心細くて、せつない」と言った水江の声。あれはきっと、当時の記憶がふいにフラッシュバックして、彼女に言わせた言葉なのだろう。

「緩慢な不幸というのは、人の心を鈍くしてしまう。長い間、慢性に痛い部分にタコが出来るみたいに。傷ではないけれど、一種の奇形になることで、耐えやすくなろうとして。でもそれは確実に新鮮な細胞を浸食し、塞いでしまう」

話の内容はよくわかるのに、私はどうしてもそんな状態の彼女を想像することが出来ないのだった。

「窒息しかかっているのに、罅割れもしない自己の鎧から、私を解放してくれたのは関口さんだった。俳句という自己表現は、彼が私に施してくれた手当ての一種なの」

水江の緩慢な不幸も、施された手当てもまさに初耳の、想像だにしないことだった。私は今更ながら、彼女の克己心に驚くと同時に、自分の鈍感さと無力さに呆然となった。好きだったり、親しいと思っていたりすることは、一人の人を知るうえで、こんなにも無力で役にたたないことなのだろうか。

「ぜんぜん気づかなかった。思ってもみなかった。私はいつでも自分のことばかりにかまけてあなたに頼りきっていたから。ずっと側にいたのに、何も知らなかったなんて、情けなくて、恥ずかしい。自分にも、水江さんにも腹がたってくる」

少し離れた布団の中で水江がちょっと笑ったようだった。

「でも関口さんが途中で断念せざるを得なかった治療の仕上げをしてくれたのは、なっちゃんよ。完治ってわけじゃないけど。あなたは私に付き添ってくれたじゃないの。こんな遠い雨水浄土まで」

力を合わせて眠れば、この島は動くのよ、と言われた夢が蘇る。こんなふうに付き添っているだけが、ほんとうに手当てになるのだろうか。

「いい歳になって、こんなこと言うのも変だけど、今でも思うのよ。私はどうして家を出て、菜飯屋の夏子になれなかったんだろうって」

幼く頼りない声だった。かつてサヤが「私はいつになったら水江さんや、おかみさんみたいになれるんだろう」と呟いた声を思い出させるほど、頼りなくか細く、幼い声だった。

「とうとう一度も晴天の岩木山を見なかったわね」

アクアブルーの薄いカーディガンの下から白いシャツを覗かせて、水江がさっぱりした声で言った。

「ほんと。最終日だっていうのに、今にも大泣きしそうな空の色」

上りのホームにも下りのホームにも秋の初めの縫針のような細い雨が降っている。

「でも今日は電車も遅れずに定刻通りみたい。まずまず一安心」

弘前から秋田に向かう急行電車は空いていたから、水江はあたりを憚らない声で言った。

「安心するのは早いわよ。私たちは二本の秋雨前線のようなものだから」

二日前より明るく若い雨という気がするのは、グレーの車窓に時折り赤い色が混じるせいだ。

「林檎畑ね。もうあんなに色づいてる。あっ、そうだ」

水江は網棚に乗せず、足元に置いたままの袋を取り上げた。

「おやつにでも召し上がって下さいって、宿で貰ったおやき、あったかいうちに食べようか」

朝食に平らげた生みたての烏骨鶏の玉子焼き、はたはたの湯上げ、雲丹味噌をたっぷり乗せた新米でまだお腹がいっぱいのはずなのに、鼻先をかすめたこうばしい香りについ食指が動く。

「ほら、見て。小豆に林檎の煮たものが混ぜてある。甘酸っぱくて、美味しい」

たった二日のことなのに、北国の秋は進むのが早い。草紅葉に彩られた土手や畑を見ながら、ほの暖かい林檎のおやきを頬張っていると、最終日になって初めてしみじみとした旅情が湧いてくる。

「ほんとに林檎を大事にしているのね。漬物にしたり、塩漬けを紫蘇の葉でくるんだり、甘さも酸っぱさも歯ごたえも上手に利用して」

「旅行に出て初めてね、菜飯屋の夏子さんが料理の話をするのは。そう言えば、あなたはあまり郷土料理を作らないわね」

「自信がないの。郷土料理って、究極の家庭の味だから。真似をしようと思っても、所詮記憶の中には入れないし」

海のものと大地のもの、人の心を尽くしても、魂の真の糧を作るのは容易ではない。餓死同然で死んだ母親への贖罪から拒食症になった桂の、「お母さん、ごめんなさい」と叫んだ声と、その慟哭を忘れたことはない。アインソフ、唯一無比という名前のバッグに秘めた箱崎の愛情だけが、桂を救った。

庇も待合室もない雨のホームに電車が停まるたびに徐々に座席が埋まる。薄紅葉の桜の木に見送られて駅舎が遠ざかると、車内には束の間雨の匂いが立ち込める。少しずつ増す賑やかさを避けるように、水江はいつの間にか眠りの姿勢に入っている。

旅行の初めには彼女の、まるで周囲と溶け込むのを厭うような素振りに少し戸惑ったものの、今では眠りの形を借りた無音の中にいると、不思議な寛ぎと開放感さえ感じるようになっていた。水江が旅の初日に宣言した「ただ飽きるほど車窓を眺めて、無為に運ばれていく」ということは、こんなさりげない孤絶の在りようであったのだろう。

喋っても喋らなくてもいい、言葉は発せられても、発せられなくても同じことだと思う時、人の心はゆるやかな輪になって閉じようとしているのかもしれない。

秋田市内で名物の稲庭うどんを食べ、美術館やいくつかの観光スポットを見て、私たちは帰路につくために、秋田駅に戻ってきた。

「新幹線に乗るまで少し時間があるから、お茶でも飲みに行きましょうか」

「ああ、ほんとにもう帰るのね。待っている間は長いのに、二泊三日の旅ってあっけない」

「この程度の旅なら、もっとこれからたびたび出来るわよ」

言葉ではそんな会話を交わしても、明日からまた旅行に発つ前と同じ日常が続くという実感がどうしても湧かないのだった。

「菜飯屋の夏子が雨に流れてしまったみたいな心細い顔をしてるわよ。大丈夫」

私の顔を見て水江はからかうような表情を浮かべた。電車を降りて街に戻ってくると、水江を囲む雰囲気はごく自然に元に戻る。今度の旅で幾度か目にした、周囲と柔らかく隔絶しようとした水江の孤独とは、どんなふうに内部に撤収されてしまうのか、あるいは自然に消滅してしまうのか、いつか聞いてみたい気がする。

「今度の旅ではなっちゃんと吟行句会を実現させるつもりでいたのに。何だかそれも曖昧に流れちゃって。結局雨女の道行きで終わるみたい」

「だけど水江さんはこんな旅がしたかったんでしょ。雨と車窓と静かな眠り。ただ無為に無力に、どんな世界にも属していない時間を流されて」

「そうね。言い訳も愚痴も悔いも、深く埋めたはずのものまで、濁る間もなく流れてしまったし」

水江の言葉は私の内心の呟きでもあった。同時にもう一本の浅い川のように、彼女の側にいた二泊三日が私にとってかけがえのない時間であり、不思議な経験だったと素直に胸に沁みた。

「一緒にこれて、よかった。いい旅だったもの」

「ありがとう。私もあなたが一緒で有難かった」

雨はやんでいたが、厚い雲におおわれた初秋の風は驚くほど冷たい。私も水江も思わず身をすくめて熱いコーヒーを飲んだ。飲み慣れたコーヒーの香りと苦さが喉を過ぎていくごとに東京の日常が少しずつ戻ってきているのがわかった。

「あのお豆腐屋さん、まだなっちゃん目当てに通ってきているんでしょ」

血の繋がった姉であっても、これほど当意即妙に相手の内心をいち早く読めるものだろうか。

「私目当てってわけじゃないけど。二人で店にいると、なんだか自然に寛ぐの。変ねえ、夫でも家族でもない。ただの客なのに」

「何言ってるの、なっちゃん。ただの客なんて、菜飯屋にはいないじゃない」

コーヒーカップを置いた途端、私は目頭がつぅんと熱くなったのがわかった。タダノキャク。ついそんな寂しい物言いをした自分と、ただの客なんていう人はいないと言ってくれた水江の言葉と。どっちが涙の原因なのかはわからなかった。

「とても大事な人なの」

顔を伏せたまま言うと、まるで涙壺のように空のカップの中に涙がぽたぽた落ちた。

「雨があがった途端、今度はこっちが雨降りになっちゃったね」

旅に出て、一番水江に打ち明けたかったのは、この一言だったのだとやっと気づいた。

「大切にすればいいのよ。大事なものならば」

普段通りの水江の声だった。言われた人の胸に染み一つ残さず浸透していく暖かい滴のような声と言葉。水の鎧はオブラートのように溶けて、そこにはいつもの明快で率直な水江の顔があった。

「迎えてくれた雨、見送ってくれる雨。なかなか情け深いもんだわねえ」

仙台で一足先に降りるからと、窓際を私に譲ってくれた水江が車窓に身を乗り出すようにして言った。

「水江さんは、まだまだ見飽きないんじゃないの。車窓にも雨にも」

「いいえ。もう充分、堪能させていただきました」

水江はわざと大仰に深々とお辞儀をした。

金糸でびっしり縫い取りをしたような稲田を囲んで細い銀線の雨が光る。新幹線がスピードを増すごとに、雨の糸は途切れがちになって、夕暮れが近いというのに、空は少しずつ明るさを増していく。充分別れを惜しんでくれた雨も水江の愛想づかしで、とうとう退散するつもりになったようだ。

盛岡で私たちの乗ってきた『こまち』は来た時と同じように、東京に向かう『はやて』と連結される。静かに滑らかに解かれた往路とは違って、連結は心地よいくらいの衝撃を伴って座席に響いた。

完

本書は、魚住陽子個人誌『花眼《ホウエン》』（二〇〇六年～二〇一一年）に連載されたものを加筆修正し、再編集したものです。（駒草出版）

著者
魚住 陽子（うおずみ ようこ）

1951年埼玉県に生まれる。

1989年「静かな家」で第101回芥川賞候補。1990年「奇術師の家」で第1回朝日新人文学賞受賞。1991年「別々の皿」で第105回芥川賞候補。1992年「公園」で第5回三島賞候補、「流れる家」で第108回芥川賞候補。

2000年頃から俳句を作り、『俳壇』（本阿弥書店）などに作品を発表。2004年腎臓移植後、2006年に個人誌『花眼』を発行。

著書に『奇術師の家』（朝日新聞社）、『雪の絵』『公園』『動く箱』（新潮社）、『水の出会う場所』（駒草出版）がある。

菜飯屋春秋
二〇一五年六月一六日 初版発行
著者 魚住 陽子
発行者 井上 弘治
発行所 駒草出版 株式会社ダンク 出版事業部
〒一一〇－〇〇一六
東京都台東区台東一－七－一 邦洋秋葉原ビル二階
TEL 〇三（三八三四）九〇八七
FAX 〇三（三八三四）四五〇八
http://www.komakusa-pub.jp/
印刷・製本 日経印刷株式会社
［撮影］ 新堀 晶（駒草出版）
［ブックデザイン］ 宮本 鈴子（駒草出版）

ISBN 978-4-905447-49-8